ポイエーシス叢書
73.

日常非常、迷宮の時代1970-1995
オペラ戦後文化論2

小林康夫

未來社

日常非常、迷宮の時代 1970-1995——オペラ戦後文化論2■目次

日常非常、迷宮の時代 1970-1995——オペラ戦後文化論2

装幀——今垣知沙子

オペラ「星形の庭の明るい夢（1970-1995）」

O saisons, ô châteaux! Quelle âme est sans défauts?（おお　季節よ、　おお　城よ！　きずのない魂がどこにある?）

――「un opéra fabuleux」（架空の、壮大な、寓話的なオペラ）を、性懲りもなく、「再開」relance しようというこの刻にあって、まるで来たるべきなにかを呼び出す呪文のように呟くべき言葉があるとしたら、それはやはりアルチュール・ランボーのあの詩篇「錯乱II」の一節かもしれない。フランス語原文を掲げたが、実際、それは二〇歳前後の頃わたしが日々、原文で口ずさんでいた詩句でもあって、ついでに指摘しておくなら、原文では「季節」も「城」も複数形、それらに内在的にかかわるというより、それらが入れ替わる切れ目や境界にあって、そこに走る切断線をわが魂の消し難い「きず」として受けとめると言おうか。激しかったひとつの「季節」が終わり、いま、「魂」にひとつの「きず」＝「欠損《ディフェクト》」を刻みこんだまま、「新しい刻《とき》」へ、その未知なる「時間」と「空間」へと入っていこうとするのだ。☆1

　この「新しい季節」を、われわれは、とりあえずここでは、一九七〇年から一九八九年と区切った。第一オペラ『肉体の暗い運命 1945-1970』の「前口上」でも述べたように、「昭和」という時代の終焉やバブルの崩壊、さらには世界的にはベルリンの壁の崩壊や天安門広場の事件によってマークされる一九八九年前後にひとつの決定的な断層を見るにしても、それは一九四五年の敗戦からの時の流れにたいする区切りであって、この一九七〇年前後からはじまる「新しい季節」の終りは、むしろ阪神・淡路大震災やオウム真理教事件によってマークされる一九九五年の区切りではないか、という問いは、いまでも未解決のまま開かれ残っているのだが、この二重性において、どちらの区切りがより関与的かは、まさにこの「オペラ」を書きつ

☆1「再開」relance（クリスティアン・フィランス）については、第一オペラの第三幕第一場、また、「欠損（ディフェクト）」（大江健三郎）については、同第三幕第三場（bis）を参照のこと。

つ、歴史を辿り直してみることによってしか決めることはできない。第一オペラの場合もそうだったが、わたしが「オペラ漂移的」opératique と勝手に呼んでいるエクリチュールは、あらかじめ構想された各幕や場を追っていくものではなく、何を語り、何が登場するのか、まったく定まっていないところから、——まさに「歴史」というものはそうなのだが——その「未知」を探るように書くことであるからだ。このオペラがどんな「劇」を物語ることになるのか、現時点では、まったく見えていない。

だが、まだなにもはじまっていないこの段階で、ひとつの懐疑が兆していることは正直に告白しておこうか。それは、はたしてこの上演がどこまでオペラ的でありうるだろうか、ということ。第一オペラは、「肉体」というタイトル・ロールが明確であった。それは、担い手が次々に変わるのだとしても、一貫して「劇」の主役であった。だが、この第二オペラでは、そのような強烈な輝きと臭いを放つ騒々しい「主役」を立てることは難しいと予感される。ここでは、パッションと欲望に貫かれた悲劇的かつ喜劇的な「主役」を軸にして、「劇」が組織されるのではなく、まるで「夢」のように出来事の連鎖が現われては消えていく、いっそシネマトグラフィックとも言うべき展開となるしかないように思われるのだ。つまり、「主役」というなら、それは、眠りながら「夢」あるいは「ファンタジー」を見ているわれわれ自身ということになるのかもしれないのだが、それもまた楽しからずや！、これは「夢」の「オペラ」なのだと覚悟をきめることにしよう。

もうひとつ言っておかなければならないことは、一九七〇年からのおよそ二〇年というのは、わたし自身の人生で言えば、二〇歳から四〇歳に相当するということ。それは、わたし自身が、これから上演されようとする歴史的な空間のなかに——もちろん中途半端な端役でしかないのではあるが——完全に巻き込まれているということである。第一オペラでは、せいぜい最後の幕で、楽屋の通路をそっと通ってみたくらいなのに、ここでは、舞台の端くらいは通過することになるかもしれない。自伝的な語りを行なう意図はないのだが、もとよりこの「オペラ」は、三人称的な客観性の基準からではなく、あくまでもわたし自身がそれを内部から生きたという視点から、「季節」を再・現前させようという実験であるとすれば、「3＋1」すなわち「三人称＋一人称」の装置 dispositif は必然でもある。それが、この第二オペラにおいては、さらに強く機能することは避け難い。というのも、ここに登場するであろう人物や作品について、わたし自身がすでに、——多少の遅れはあるにしても——同じ「季節」のなかで書き、論じていたりもするからだ。

だから、これは、一九七〇年に二十歳であった、とりたてて特性のない、バナールな男がどのように時代の文化に参入しようとしたか、そのイニシエーション initiation の「劇」でもあることになるかもしれない。意図するわけではないが、それをあえて忌避もしないのが、わたしのポジションということになる。実際、そのような「参入」の「劇」においてこそ、「時代」という多様体は、そのひとつの切断面を鮮やかに呈示するのではあるまいか。ここでは、その切断面＝舞台を——のちに参照する一九七八年の一作品にちなんで——「星形の庭」と規定しよう。明るく開けた「なにもない」その庭に、いったいどんな鳥たちが舞い降りてくるのか

——それが、必然的にマルチ・メディア的にならざるをえないこのオペラを貫く問いであるだろう。

幕が開く。だが、舞台は真っ暗な闇のまま。そこにオーケストラの音が降ってくる。さざめくクラスター状の音の波。音のマッスが音列を構成するというよりは、いくつかの群に分かれた音が速度をともなって動くことで、そこに空間が立ち上がる。夜の庭である。頭上の梢を風が渡り、水がさざ波をたて、足下の砂利がきしみながら崩れ、天上からは静かな雨のように星まで降ってくる。間違えてはならないが、空間があって、その各所から音が聞えてくるのではない。むしろ音が、複雑な動きのテクスチャーの滝となって流れ落ち、そうすると「空間」が、場処をもち、起こってくると言うべきだろう。だが、それも束の間、アーク状に開かれたその「庭」に、いつの間にか、闇のなかにいっそう暗く濃く、二つの「影」が現われていて、一方が、激しい息づかいで風の管を鳴らすならば、他方は、撥音も鋭く弦を打ちつける。クラスターの音とはまったく異質の、ほとんどデモーニッシュな音が、――闘いか、あるいはエロスか、――激しくぶつかりあう。

武満徹《ノヴェンバー・ステップス》――それが、われわれが選んだ前奏曲である。作曲は一九六七年、ニューヨーク・フィルハーモニー交響楽団の一二五周年記念のために委嘱されたもので、同年十一月、小澤征爾指揮で初演。日本での初演は、同じく小澤征爾指揮（日フィル）で翌六八年六月の現代音楽祭の「オーケストラル・スペース　68」であった。

厳密を期すならば、一九七〇年を端緒の区切りとするわれわれのオペラにとっては、その年の三月に大阪で開幕した万国博覧会の鉄鋼館、武満自身もシュトックハウゼンらとともに設計に関与した、千数百個のスピーカーを用いたコンサート・ホールでのパーカッションとテープによる作品《四季》Seasons をこそ（なにしろわたしは本稿をまさに「O saisons!」の一句から書き出したのだから）選ぶべきであるのかもしれないが、ここではどうしても、ニューヨークという異国の地で、尺八と琵琶という日本の伝統的な楽器の激しい響きが立ち上がったという出来事を思い出しておかなければならない。というのも、この第二オペラにとっての主題のひとつは、日本の戦後文化が世界へと開かれていくことであるからだ。November Steps というタイトルがどのように定まったのかについて武満徹が書いている文章があって、そこに「琵琶と尺八の音が、オーケストラに水の輪のようにひろがり、音が増えてゆく」という発想から、最初は water ring としようとしたが、友人のジャスパー・ジョーンズに、それでは単なる「波紋」ripple としか受け取られないだろうと言われて断念するという挿話が紹介されているが、☆2 垂直に立つ一本の「樹」が生み出す「輪」が水平的により広い世界へと拡がって行く運動は、紛れもなくこの時代を貫く基本的な運動パターンのひとつとなるだろう。☆3

とすれば、まさに「前奏曲」だ、この世界初演はどうだったのか、その最初のリハーサルの現場に耳を澄ませてみなければならない。

☆2　「十一月の階梯――November Steps に関するノオト」（武満徹『音、沈黙と測りあえるほどに』、新潮社、一九七一年、所収）

☆3　武満自身、「洋楽の音は水平に歩行する。／だが、尺八の音は垂直に樹のように起る」と言っている（同右）。

私のオーケストラの書法は、きわめて細かく分けられた無数のパッセージが、同時に響くものであり、音量の変化の度合いについては、かなりうるさいほどの指示がなされている。(……)序奏のオーケストラの部分で、すでに反対の気分をゼスチャアで示す演奏家が現れた。ざわつくオーケストラに向って、小沢氏は、私の音楽の性格について、的確な表現で、楽員たちに熱心に語ってくれる。個々の技術については、私は、いささか不快な気分になりながらも、十分に期待できるものだと思っていた。よそよそしいオーケストラの雰囲気とは対照的に、鶴田(錦史)、横山(勝也)両氏は目を閉じたまま、端然としている。

序奏を経て、琵琶と尺八の演奏にはいると、オーケストラの状態は徐々にだが、それまでと変化してきた。オーケストラが出す音は精彩のあるものとなってきた。そこには演奏の技術だけではないほかの何かが、加わってきたようなのだ。

「ノヴェンバー・ステップス」は、曲の終り近くに、琵琶と尺八だけが演奏する部分がある。それは、八分にもわたる長いものなのだが、オーケストラの楽員たちは、じっと二人の演奏に聞き入っている。もちろん、東洋の英知にたいしての、好奇が手伝っていただろう。しかし、そうしたことも越えて、二人のすぐれた演奏家の音楽に、強く惹きつけられていたにちがいない。オーケストラの最後のコーダは、初めの状態からは想像もできぬほどに、生き生きとしていた。

曲の指定通りの沈黙の後に、楽員たちの「ブラボー」と拍手が起った。

ニューヨークの寒気を感じながら、私は、夜のウェスト・サイドを歩いた。自分のうちに起ってくる興奮を、一人で、そっと確かめてみたかった。

十一月のニューヨークで私のステップは、やっと一歩踏み出された。

（武満徹「十一月の階梯——November Steps に関するノオト」）


われわれの夢のステップ1は、だから一九六七年十一月ニューヨークのウェスト・サイドをひとり歩いているあの小柄な作曲家のイメージとしようか。かれは歩いている。十一月の寒風が吹き抜けるなかを。しかし心は昂揚している。「やっと一歩踏み出された」という興奮。では、この「一歩」とは何だったのか。かれは、まさしく西欧音楽の「城」あるいは「塔」とも言うべき場に、異質な響きを持ち込んだ。しかも、異質なものを、その場に溶け込ませようとする態度においてではなく、むしろ対立的に、挑発的にぶつけた。それどころか、西欧音楽の「権威」にたいして、みずからはいかなる「権威」もないまま、その異質な響きを聴くことを、さらには「沈黙」を聴くことを強制したのである。異質なものへの反発、しかしそれを超えて、異質が受け容れられる。武満徹の挑戦はみごとに成功した。☆4

だが、それは、ただたんに、西欧音楽の枠組みのなかで日本の伝統的音楽が場所を占めたというだけではない。二つの異なった「音楽」がぶつかったという面はもちろんあるのだが、同時に、もっと本質的に、そこでは、つまり少なくとも武満徹の精神においては、「音楽」と「音」のあいだの差異がラディカルに問われていたと言うべきかもしれない。しかも、その対

☆4　このリハーサルの詳細は、最近刊行された立花隆『武満徹・音楽創造への旅』（文藝春秋）に、武満自身だけではなく小澤征爾や横山勝也の証言なども含めて詳細な記述がある。

立的差異において、作曲家武満自身は、むしろ「音」によって「脅かされて」いたということを、われわれは忘れるわけにはいかない。かれははっきりこう書いている――「邦楽器の音は、実際に演奏される時にこそこの上もなく自由であり、その響きは演奏者を通じて自然と合一する開かれた、存在を超えたプレザンス（現存）として顕われるが、創作の過程にあって、それは思考の論理を引裂くまでに私を脅かしつづけた[☆5]」。

どうしてか。それは、一撥、一吹きの「一音」は、「論理を搬ぶ役割をなすためには、あまりに複雑 Complexity であり、それ自体ですでに完結している」からである。「一音」がすでに「世界」であり、「宇宙」であって、それはそのまま完結しており、論理的な展開、ということは翻って音楽的な展開を必要としない。琵琶の一撥、尺八の一吹きに、すでに無限に複雑な差異がすでに立ち現われており、それはそのまま、人間の「意味」を経由することなく、一個の「世界」なのだということである。そこでは（少なくとも西欧的な文脈における）「人間」は追放されているというより、はじめから登記されていない。そしてここがもっとも重要なポイントだが、武満自身はあくまでも西欧音楽の側に立っているのである。ニューヨークという文脈では、武満は、日本の伝統楽器を引き連れて西欧音楽の「塔」にやって来た日本人である。だが、本人にとっては、その楽器が指示する「一音」の世界は、かれの存在様態のなかにあるものであると同時に、西欧音楽というかれの実践にとっては、あくまでも外部、しかもある意味では、絶対的に（つまりひとつの「絶対」を指し示しているという意味において）「外部」でもあるのだ。実際、その当時、かれが行なっていた作曲は、たとえば一九六四年の《テクスチ

☆5　武満徹「一つの音」（『音、沈黙と測りあえるほどに』所収）

ュアズ》という題名がはっきり指示しているように、クラスター的なテクスチャーを展開することで出来事の感覚的な世界を立ち上がらせるように方向づけられていた。じつは、それもまた、洗練された「複雑 Complexity」の表現であった。それは、この《ノヴェンバー・ステップス》においても追求されている。琵琶に対応してハープ、尺八に対応して金管など、それぞれ一般的な奏法を超えた技法を駆使した演奏が、複雑さの新しい「質」を織り上げているのである。☆6 それは、「西欧音楽」が、根源的に異質なものを、ただ対決するのではなく、みずからも変容しつつ迎え容れるという動き、一言で言えば、「歓待」Hospitality の動きを組織しているということだろう。

そしてそのためには、逆説的だが、オーケストラはみずからの厳密な組織化をむしろ脱構築することが求められる。きわめて繊細な複雑さが追求されていながら、同時に、それは厳密にコントロールされるべきなのではなく、まるで庭の木叢のそよぎや鳥のさえずりのように、絶えず差異をもって揺らいでいることが要求されているのだ。そのことを、たとえば小澤征爾は、指揮者の立場から次のように指摘している——「武満さんの楽譜は、普通の人と書法もちがうし、考え方もちがう。とにかくこまかいんです。普通の作曲家が四分音符で書くところを、あの人は十六分音符で書くという感じなの。だから三十二分音符なんていうのが、ワーッと出てくる。はじめて見た人は、みんな『なんだ、これ』って思っちゃう。それだけこまかく書いてあるから、厳密に合わせなくちゃいけないんだろうと思っていると、『縦が合わなくてもいい』(上段下段の音符のタイミングが合わなくてもいいの意味)なんてことを言い出した

☆6 実際、『武満徹・音楽創造への旅』のなかには、武満の「日本ではもっぱら琵琶と尺八の導入が話題になりましたが、ぼくとしては、むしろオーケストレーションに力をそそぎ、そっちのほうが、心の中では誇りにしている部分なんです」という発言が引かれている(五一一ページ)。その意味では、同書のあとの章(三八/三九)で立花隆は、武満徹の「西洋音楽への再回帰」を問題にしているのだが、それはおそらく「回帰」という言葉で語るのにふさわしいことではないかもしれない。日本と世界とのあいだの関係は、この時代、もはや「回帰」というよく使われる言葉で語られる次元を超えてしまっているように思われる。

りする。『いちおう書いてあるけど、別に合わせなくたっていいんです』なんてね。西洋の音楽家にとって、縦を合わせるということは、ＡＢＣみたいな基本中の基本だから、これは信じられない話なんです☆7」。

　こうして、オーケストラが「歓待」の「庭」を立ち上げる。その「庭」のなかに、琵琶と尺八が、まるで「影」のように降り立って、自分たちだけのエロスを――はじまりも終りもないような仕方で――繰り広げる。強いて図式的に言うならば、ここには、われわれの第一オペラを貫いていた「実存」という問題系の二つの出口が対置されている。一方には、論理的な計算可能な展開、もう一方にはほとんど宇宙的な、魔術的な「プレザンス」――これら二つの相対し、かつ相補的でもある二つの方向のあいだに危うい均衡を見出すこと。それが、暴力的なまでに性急に自己同一化を求めたあの「実存的肉体」の破壊的運動に替わって、この「季節」を貫いていく、静かな、しかし密かに激しい運動が目指すものとなるのではないか、という予感。この「庭」の予感をこそが、この前奏曲では聴かれなければならないのだ。

　だが、そう書きとめてしまえば、すぐに思い出されることがある。それは、――はやくも先に述べたことが現実化するのだが――武満徹の音楽について、「聴かれ得ないもの」を聴くことが要請される場処なのだ、と書いていた、わたし自身のテクストである。日付を言うならば、一九八一年九月。秋山晃男が編集した『音楽の手帖　武満徹』である。武満と親交があったかれと同世代の、文字通り錚々たる書き手が文章を寄せているなか、論考としては最後に、なんとカントの『純粋理性批判』の一節をエピグラフに掲げた「音楽の場処」というわたしの

☆7　立花隆（前掲書）五一九―五二〇ページ。

☆8　だが、自分の迂闊さに啞然とするのだが、いま思えば、これは武満さん自身の推挙ではなかったか。かれは、七八年「パリの秋」芸術祭で行なわれた「間」展の音楽ディレクターをつとめていて、十月から十一月にパリで一七回に及ぶコンサートを企画監修していた。この年の九月にパリに留学したわたしは、ソルボンヌ大学の礼拝堂で行なわれた近藤譲さんのコンサートなどに足を運んだのだが、武満さんに招かれて一晩、出演した演奏家のみなさんとフォーブール・サントノレの中華レストランでご馳走になったことがあった。パリに着いたばかりの貧乏留学生にとって、それは、まさに晴れやかな「歓待」を受けた刻であって、いまでもそこを通るたびに思い出す。（と、雑誌連載時には書いたのだった

テクストが掲載されている。たしかにわたしは、一九七三年から渋谷の西武劇場を舞台に行なわれていた、武満徹の企画・構成による音楽祭「今日の音楽 Music Today」を毎年聴きに行っていた。何年のことで、どういう経緯だったか、記憶ははっきりしないのだが、武満さんに感想の文章を渡したこともあった。だが、それにしても、音楽を専門とするわけでもなく、しかも二年以上も前からパリに留学中であったわたしにどうして原稿依頼が来たのか、いまでも不思議な思いがするが、☆08 わたし自身にとっては、これはある種の恩寵のような機会ではあった。すなわち、二年以上の空白を置いて久しぶりに日本語で書くクリティークであったのに、なぜかはじめて、自分なりの論理的展開のスタイルがつかめたように思えた。二〇代の頃もいくつかテクストを公開する機会は与えられていたのだが、ほとんど自己韜晦的な窮屈な文章しか書くことができなかった。それが、当時、パリで哲学者たちがこぞってカントを講じていた影響からか、武満の音楽を一種の論理的な実践、しかもアポリア的実践として読むという作業を行なうことで、はじめて——いま読み返して言うのなら——この時代に即した脱構築的なクリティークに自分もかかわれるというささやかな出発点へと辿り着くことができたのだ。

そしてそこでは、もちろん武満の言葉をそのまま借りているのだが、わたしはすでに「音楽の場処」を「庭」というメタファーで語っている。その記述は、本オペラにおける「庭」のコノテーションを明らかにするのにこれ以上のものはないと、いまだにわたしには思えたりもするのだ。とするなら、じつは、わたしの小論もまた、本オペラの遠い「前奏曲」であったのかもしれない。

が、その後、たまたま過去の郵便物を整理していたときに見つけた一通の手紙によって、この記述が正しくないことがわかった。その手紙は、当時、同級生の岩佐鉄男からのもので、わたしに、かれに代わって、『音楽の手帖』のために武満徹に関する論を書いてくれないかと頼む内容だった。つまり、わたしは彼の「ピンチヒッター」となってその論を書いたのだった。）

「この聴く場処、それを武満徹は『庭』と言うかもしれない。それは一個のメタフォールである。だが、ここでも、メタフォールとは、言語のシステムのなかのひとつのレトリックであると同時に、そのシステム内には収斂され得ない、むしろそこからはじめて言語の可能性が露わになるような翻訳し得ないものの翻訳であることを明確化しておかなくてはならない。

では、その上で、いったい庭とは何であるのか。何故、武満にとっては音楽の場処が庭というトポスによって翻訳されなければならないのか。

そう問いはじめて、われわれはすぐに、この庭が、どんな国語にもそのまま翻訳できるような抽象的で普遍的な庭である以前に、より深く日本語というひとつの限定された場処のなかでしか把えきれない意味をもっていることに気がつかないわけにはいかない。園が文字通り閉鎖的な一個の独立した秩序の空間として考えられるとすれば、庭は開かれた空間、むしろそれだけでは一個の自律的な空間を構成し得ない余白の空間として考えられなければならない。

庭は住居の余白であり、その近傍である。庭は決して棲家habitatとなることはできないが、しかしそこから離れて存在できるわけでもない。もしハイデガーの言うように言語が存在の棲家であるとすれば、それを取り巻く余白の空間が、ここに聴くことそのものの領域として広く開かれているのである。だが、より大事なことは、庭そのものがすでにすぐれて翻訳の空間、メタフォールの空間であるということであろう。庭には樹があり草があり、岩が、砂が、水があるだろう。それらは自然である。だが、森や山野とは異なり、その自然はすでに翻訳された、すなわちテクネーを加えられたフュシスなのである。庭は自然の自然への翻訳として現われてくる。とすれば、そのときその自然はみずからへの限りないメタフォールでなくて何であろうか。

庭において、敷きつめられた砂は、海であり、銀河であり、鏡であり、有でありそしてまた無であるだろう。全体としての庭はそこでは、われわれが考え得る最大の、ということはあらゆる相対性を脱した――すなわち、むしろ考え得るかぎりに最大なものよりさらに大きく広い――場処としての〈宇宙〉のメタフォールとなるであろう。[☆9]」

竹の筒を吹き抜けていくひときわ激しい息＝空気の音。あとに続く「指定通りの沈黙」。われわれは、その「沈黙」という「聴かれ得ぬもの」を聴こうと待機しつづける。

☆9　小林康夫「音楽の場処」、『音楽の手帖　武満徹』、一九八一年、青土社、二一八―二一九ページ。（このテクストは、わたしの最初の単行本の一冊『無の透視法』、書肆風の薔薇、一九八九年、に収められている。）

第一幕「黄金疾走」

水の予感。そう言っておくことにしようか。

われわれの第一オペラは、「火」によって焼かれた「大地」の上に「風」が舞い通りすぎる舞台であった。とすれば、それに続くこの第二オペラでは「水」が渦巻き、流れることになるのかもしれない。

計画も計算もあったわけではないが、そう言えば、「オペラ戦後文化論」をはじめるにあたって述べた「前口上」のなかで、四部作だからと、全体をワグナーの「環《リング》」になぞらえながら、一九七〇年までの第一オペラは「ワルキューレ」、そして一九七〇年からの第二オペラは「ラインの黄金」に対応するとわたし自身述べていたはずだ。☆1 とすれば、前回の前奏曲を受けて、いまや、第一幕の幕をあげなければならないのだが、それが、またしても——というのは、第一オペラ第三幕が「黄金、暴力の問い」であったからだが——「黄金」という指標によって指し示されることになるのは、必然ということになるだろうか。

第一場

まずなによりも、われわれは、これからはじまる「季節」に署名しよう。

☆1　小林康夫『オペラ戦後文化論1　肉体の暗き運命1945-1970』、未來社、二〇一六年、一〇ページ。

おれは署名した
夢……と
ペンで額に彫りこむように
あとは純白、透明
あとは純白
完璧な自由

（吉増剛造「黄金詩篇」）

一九七〇年三月一日、一冊の詩集が刊行された。吉増剛造『黄金詩篇』（思潮社）、水面から指一本が垂直に天地に突き立つ、鮮やかなイエローのカヴァーが厚みのあるトレーシングペーパーで覆われている。黄金ではなく、レモンのような、その若いイエローが炸裂した（赤瀬川原平の装丁）。激しい「夢」の「季節」の幕が切って落とされた。ここでは、詩集と同題の一八〇行にも及ぶ長篇詩（初出は前年）を、われわれのマニフェストとして読んでおきたい。

〈黄金詩篇〉という題名は、――吉増剛造自身の説明によれば――ジェラール・ド・ネルヴァルのソネに由来する。[☆2] とすれば、すぐにも「夢はもうひとつの生である」という名高いフレーズを掲げる『オーレリア』[☆3]が思い起こされて、なるほど、詩篇の冒頭、まずは「夢……と」署名されなければならないのは、ネルヴァルへの遠い応答でもあったのか、といま事後的に納得

☆2 『黄金詩篇』、――この題名の由来を。平凡社版『世界名詩集大成』フランス篇のネルヴァルの同名の詩篇が贔屓というか、大のお気に入りだった。」（吉増剛造「『黄金詩篇』――火点し頃」（二〇〇八年に思潮社から刊行された復刻版の『黄金詩篇』に付録として挟みこまれた「資料集」から）。ここでは、吉増は、ネルヴァルのそのソネからわざわざ原文と訳を対置して「"Crains, dans le mur aveugle un regard qui repie" 畏れよ、盲いたる壁のなかに汝を窺う一つの目、」を引用している。

☆3 通りすがりの指摘だが、Aurélia という言葉はそもそも語源的にも「黄金」と関係があるはずであった。

するのだが、本質的なことは、七〇年という区切りにあって、「おれ」——そしてわれわれ——が、断固たる一人称の発話において、みずからの「額」に刻みこむように「夢……」と「署名した」ということ。いや、なにかすでに書かれたものがあって、それに最後に署名が付け加えられるというのではない。まったく逆。最初に、まず署名がある。しかし、その「夢……」の「……」が明確に指し示しているように、「あとは純白、透明」、まだなにも書かれてはいない。「あとは純白」、つまりそこになにを書こうが「完璧な自由」。

詩とは、この「完璧な自由」をみずからの行為として引き受けること。くどくどしく言い添えておけば、すでにあらゆる種類の感情に貫かれた実存があって、そいつが言葉を通して自己を歌いあげ、「表現」するというプロセスではない。『黄金詩篇』に収められた最初の詩「朝狂って」は、「ぼくは詩を書く／第一行目を書く／彫刻刀が、朝狂って、立ちあがる／それがぼくの正義だ！」と立ちあがるのだが、集中すべての詩は、ある「朝」、突然、なんの根拠もなく、まるで「狂った」ように、「第一行目」が、——それも「白紙」の上にというのではなく（「中心の歌」の第一行目は「白紙があるというのは嘘だ！」と書かれていた！）、みずからの「額」、その「脳髄」の「中心」に——彫り込まれるところからはじまっているのだ。詩人はそれを「それがぼくの正義だ！」と言うのだが、そして当然、われわれは微笑みを返したくもなるのだが、しかしその瞬間に、詩がもし「表現」ではなく、完全に「行為」であるとするならば、詩人がみずからに向かって——たとえ一本の「彫刻刀」、いや、ただの「ペン」にすぎないのだとしても——振り上げるその「剣」を「正義」と呼ぶこともできるかもしれない、と狼狽える。

だが、この「純白」、この「完璧な自由」からどのように行為するのか。けっして簡単なことではない。おそらくとたんに襲ってくるのが、根拠のない不安、さらに言えば、「恐怖」ではないか。

冒頭の六行の高揚に続いてやってくるのは、次のような行である。

ああ
下北沢裂くべし、下北沢不吉、日常久しく恐怖が芽生える、なぜ下北沢、なぜ
早朝はモーツァルト
信じられないようなしぐさでシーツに恋愛詩を書く
あとは純白、透明
完璧な自由
純白の衣つけて死の影像が近づく
純白の列車、単調な旋律
およそ数千の死、数千の扉
恐るべき前進感
おれは感覚を見た！
純白の、無数の直立性

純白の、数千の扉
道はただ一筋、死にいたる扉を考えていたのはまぼろしであった
夢であった
夢のなかの、夢のなかの、夢
二月十一日
朝
下宿のこの部屋で
次々に恐怖がひらく

「下北沢不吉」と一行屹立する。すると、すでに「夢……」と署名されていた詩が、出来事としてはじまる。下北沢は詩人が住んでいる場所、その日常の場の名を「不吉」と断言することにおいて、「純白、透明」が惹起する「不安」が転化される。「不安」から「不吉」へ。同時に、受動から行為へ。この「不吉な日常」を「裂くべし」、言葉によって「裂くべし」、すなわち、別の詩篇（「疾走詩篇」）冒頭（「ぼくの眼は千の黒点に裂けてしまえ」）が言うように、まるで文字のような「千の黒点」へと「裂くべし」。もしひとが、どうしてもこれらの詩句のなかに、詩人にとっての現実世界を見定めようとするならば、下北沢の下宿の一室で、一九六九年二月十一日朝、モーツァルトの音楽を聴きながら蒲団のなかで「恋愛」のことを、そして詩のことを考え、そこから出発して、「あとは純白、透明」の「詩」の「行為」へと突進しようとする

――三〇歳の――詩人の姿を想像してみてもいい。だが、もちろん、その現実世界には詩はない。詩が起こるのは、そうした現実世界が言葉によって「千の黒点」へと裂けてしまい、その裂け目から、――その「目」、ただしくネルヴァルに倣えばその「盲目の壁の眼差し」（☆2参照）から――無数の「感覚」、「数千の感覚」が立ち上がってこそである。だが、そのとたん、まさしく「下北沢不吉！」、その「感覚」は死の相貌を呈する。詩は死、なのだ。

だが、こここそが、吉増剛造の詩篇versを読む分岐点である。すなわち、この「死」をたんなる言葉の綾とみなすか、それともここに真正の「感覚」を追認することができるか。言葉の意味は、概念なのか、それとも感覚なのか。だが、「死」とはいえ、ここでは誰か具体的な誰かの死が問題となっているのではない。そのような喪失の「感覚」ではない。そうではなくて、それは、まったく特徴というものを欠いた「純白の感覚」。すでに起こった死の出来事に由来する「感覚」ではなく、そのたびごとにまるで「純白の列車」のように「近づいて」くる「影像」としての「死」、来たるべき「死」、しかも数千の「死」なのだ。

と、ここまで書いて、――（いささか吉増剛造を真似てみれば）――六月六日、午後、わたしは北の丸・竹橋へと出かけた。東京国立近代美術館で行なわれた「全身詩人、吉増剛造展　声ノマ」オープニング・セレモニーに出席するためである。燃える竹橋を渡って、北の丸不吉！「声ノマ」へというわけでもないのだが、スピーチで吉増さんがこの「声ノマ」の「マ」を説明しながら、自分にとっての「声」の「マ」の最初の記憶が、幼少のころ毎夜ラジオから聞えてきた「空襲警報」の「声」であったと、そしてその発信地がじつは、なんと、美術館のある北の丸であったと話してくれたのには驚き、心動かされた。なるほど、「空襲警報」という無名の、特性のない、しかし「空」からたえず近づいてくる死のありようこそ、ここで「詩」という「行為」が出会わなければならない「死」のひとつの原型ではあるのかもしれなかった。その意味で、吉増剛造もまた、ただしく「戦後」の詩人である。「戦争」を直接に体験しているというよりは、「戦争」の「たえざる接近」だけを、その「不吉」の出来事をこそ、言語を覚えるのと同時に、言語とともに、識ってしまった文字通りの戦後詩人であるのだ。

　こうして「詩」とともに「死」が兆す。すると、突然、詩人の脳髄に、――「純」という言葉が呼び寄せたのか――いつか観た映画の一場面が浮かぶ。どの映画なのかはわからないが、たぶん「血」そして「海（太平洋）」のイメージとともに、名脇役として知られていた俳優の浜村純のイメージが浮かぶ。「なぜ」と詩人が書きつけるとき、それは、言葉そしてイメージが根拠なく到来したことを意味する。

数千の扉へ数千の感覚が走る
血が走る、自殺が走る、壁走る
純白、アッ浜村純、太平洋で叫んで走る
なぜ純、なぜ浜村、なぜ
死骸がふわっ、と走る
壁がふわっ、と走る

死骸がふわっ、と走る
純白の糸にとりついて垂直に走る

こうして感覚が、イメージが、「純白」の上を疾走しはじめる。だが、こうなれば、もはや部屋にとどまっているわけにはいかない。みずからも街に出て「行為」を、「純」粋な「行為」をしなければならない。詩人は外に出る。「純白」の「部屋」から外に出る。まるで「純白の思惟」にゆっくりと世界を与え返すかのように。

ひらく
外へ出る
思惟
ゆるい坂道をゆっくりくだってゆく
言葉の波をゆっくりくりはねのけながらくだってゆく
ああ
下北沢裂くべし、下北沢不吉、下、北、沢、不吉な文字の一行だ
ここには湖がない
The Lord is my shepherd............Yea, though I walk through the

valley of the shadow of death, I will fear no evil?: for thou art with me?;
主はわが牧者《ぼくしゃ》なり……たとひわれ死《し》のかげの谷をあゆむとも禍害《わざはひ》をおそれじ、なんぢ
我《われ》とともに在《いま》せばなり

詩篇第二三篇、教えられた聖書の一節を
歌のように口ずさむ、意味もなく
ただ湖のイマージュから
薄氷を踏んで
生きてゆくであろう
透明な思惟
やがて歌もなく、詩篇もない
現実にむかって
純白になるであろう

詩人は街に出る。そこは下北沢。そして「思惟」——言葉の流れとなって、「ゆるい坂道をゆっくりくだっていく」。どこに「くだって」行くのか。どこが「下」なのか。下北沢不吉、だが、「ここには湖がない」。決定的な確認である。では、この「湖」とは何なのか。あえてそ

う問わなければならない。下北沢不吉、その不吉な「the valley of the shadow of death」を詩人は下っていく。とすれば、行き着く先は「死」でなければならない。「死」という「湖」へと辿り着くのでなければならない。しかし「ここには湖がない」。この「生」という「薄氷」の「下」は「死」という「水」が拡がっているはずなのに、そして――「自殺」という形であれ、そうでないのであれ――詩人はその「死」に魅惑されているというのに、しかし「死」はあくまでも「イマージュ」（この言葉の使い方にモーリス・ブランショの『文学空間』の影響を見たっていいわけだが）だからこそ、「薄氷を踏んで／生きてゆくであろう」と突き放したような認識が下りてくるのだ。

　しかし、じつは、まさにその時なのだ、「詩」がほんとうにはじまるのは。すなわち、詩人が、現実世界から別の世界へ、幻想世界へと、ジャンプするように「橋」を渡るのは。すると、一挙に世界の相貌が変化する。とたんに「霧」が立ちこめる。あんなに晴れた朝だったはずなのに、いまや「霧」立ち籠めて、まるで「夕暮れ」。それは、「薄氷」の下に拡がる「死」という「水」が、一挙に、「霧」となって、湧きあがり、空間を埋め尽くすかのよう。

坂道をゆっくりくだってゆく
朝であった
橋を渡る
霧だ！

橋を一気に渡る感覚体
霧だ
血がゆっくりゆっくり額ににじんでくる

「霧」については、同じ『黄金詩篇』のなかにも「黄金のザイルは朝霧に……」と題された詩があって、「きょうは／朝霧をついて／巨大な終末の光景、中世来迎図に似た光景を見にゆこう／西へ／コンテッサSにのって」とあるばかりか、『黄金詩篇』に続く詩集『頭脳の塔』の同題の詩篇――この時期の吉増剛造の〈極点〉と言っていい大作だが――、その冒頭は、もはや「純白、透明」の助走的プレリュードを経ることなく、一気に、あの忘れ難い詩句「朝霧たちこめ／狭霧たつ／地獄の扉へむかう／自殺にははじまりがない、それは無限につづく余白にむかう！（……）」とはじめられていた。そのように「霧」は、現実世界と幻想世界との境界に立ち籠めるほとんど物質と化した言語のありようなのである。だから、「霧」立ち籠めると、もはや現実の時間空間は保証されない。時間はとたんに、極度に「ゆっくり」となる。いや、ほとんど止まったかのごとき。しかし、同時に、いつの間にか「朝」だったものが「夕暮れ」となっている。現在という時間は消えて、時間は、「古代」なのか、「未来」なのか、いずれにしても現在ではない時間。そして下北沢であった場所は、どうなったのか、まるであの「湖」の「湖底」のようにも思えてくる。

思惟、何処へゆくか
思惟、何処へゆくか
ここ下北沢、下北沢不吉
ここ湖底であろうか、古代の
霧
ゆっくり
みおろすと
やがて夕暮
鏡のような夕焼のなか、人々が歩いている
また、その奥で
宇宙の涯に壮大な夕焼けを建てている大道具師
虹の大曲線
思惟、ゆっくり血を吸う

こうして風景の色が変わる。「純白、透明」であった「思惟」が、いまは、「太陽」あるいは「血」の「赤」に染まる「世界」を見下ろしている。「純白」から「赤」へ。そして「赤」の境域《トランジット》を経て、ついに「黄金」へと「落下」する。

ここは
かつては猫町だった
そして
いた
ガスタンクはとぼとぼ地平線を歩いていった
クレーン
夕焼、赤い顔
落下した
ブルー・ライト・横浜、黄金橋《こがねばし》
ブルー・ライト・横浜、黄金橋《こがねばし》
空、不吉なる卒塔婆《ストウーバ》
空、黄金橋《こがねばし》
虹の曲線、黄金橋《こがねばし》、海一滴！
思惟を渡る黄金橋《こがねばし》
死と殺人が平手打つ！
沈黙、立ちあがる死体
疾風、金貨、黄金橋《こがねばし》
夕焼、バタッと倒れ、少年あらわれる黄金橋《こがねばし》

眼を素足で渡る
夢の夢の黄金橋《こがねばし》
かつて立証されたことのない、死を死ぬ、黄金の洗面器
自我《ぼく》を殺害する
自我《ぼく》を殺害するために風景は存在しはじめる

「猫町」の一語が、萩原朔太郎の「散文詩風の小説」を指示して、すでにここが異界であることを明示しているのだが、そこに、当時（一九六九年）、大流行していた、いしだあゆみの歌謡曲「ブルーライト・ヨコハマ」のリズムが重なって、現実に横浜にある黄金橋という「名」へと「詩」の疾走は辿り着く。もちろん、われわれがどうしても現実的世界との対応にこだわりたいのなら、下北沢の下宿を出た詩人が、当時、一世を風靡していた日野自動車の洒落た「コンテッサS」を駆って——「ガスタンク」、「クレーン」と風景を横切って——横浜まで文字通り「疾走」し、黄金橋《こがねばし》に辿り着くと想像したってかまいはしないが、しかし「詩」の「行為」としては、「自我《ぼく》」が殺害される「死を死ぬ」——「死を詩ぬ」と変換ミスしてみたい気までしてきたぞ！——世界、その黄金世界へと、いま、突入するということなのだ。

とするならば、「黄金」とは、「自我《ぼく》」の「死」という幻想の輝きであると言ってもいいか。コロナのように、生命という「太陽」が「霧」に覆われるとき、はじめて見えてくる、周囲に燃え上がる黄金の光。生は、「死」のコロナの光輝に包まれており、その黄金のコロナを、い

ま、詩人は、まるで「不吉な卒塔婆《ストウーバ》」のように「空」に書く。詩の一行は卒塔婆《ストウーバ》、それが――「縫針」のように――「林立」するのだ。

　こうして詩が疾走する。詩は疾走。「自我《ぼく》」の「死」を超えて疾走する。するとそのとき、疾走は、――詩人自身にも予感できなかった（とあえてわたしは言ってみることにするが）――思いがけない言葉となって雪崩れはじめる。そして、それが、「中心」に突入しかかったことを証明する。「中心」とは、吉増剛造がほとんどみずからの詩の方法論とも言うべき六七年のエッセイで語っていたこと――「考えることの不能な中心をめぐって、なおも中心を考えようとする志向が存在する。ぼくはここしばらく、この中心志向とも中心感覚ともいうべきものをめぐってすごしてきたように思われる」（「中心志向」）。ある意味では、吉増剛造の詩の「行為」は、存在のこの「考えることの不能な中心」に向かって、それを安易に名づけるのではなく、むしろ逆に、けっして名づけないために、つまりそれがひとつの世界として渦巻き、回転し、さらには爆発するように疾走し続けることなのだ。

　では、そこで、不意を撃つように、立ち現われるものはなにか。それは、なんと「巨女憧憬」そして「米国《アメリカ》」。このふたつの、まったく未知の次元が開示される。そこが、この詩の疾走が行き着く場処なのだ。

空、黄金橋《こがねばし》
木乃伊《みいら》の眼から彼岸にのびる黄金橋《こがねばし》

黄金橋は巨女憧憬、巨女憧憬、脚が腐っている！
燃える赤線地帯、蜘蛛《スパイダー》スパイダー！
米国《アメリカ》、理想境《アルカディア》
米国《アメリカ》、理想境《アルカディア》、赤児、アウシュヴィッツ
さらに真赤な息《ガス》、息《ガス》、息《ガス》
疾走する漆黒の純白
おれは黒星を絞め殺して乳房となった
米国《アメリカ》、理想境《アルカディア》
燃える霧、巨女、燃える黄金
星条旗、日の丸、人のにおいのする地球を両手でしめる
天、点、点、点、息《ガス》！
空、不吉なる卒塔婆《ストゥーパ》
神の貌のように黄金が林立
世界から首が抜けない！
この快感は犯罪まで数ミリメートルに迫った
貴女がたは問題外だ
おれは女という言葉、群衆という言葉
鏡突破、鏡破壊

額のなかを激しく流れる音楽をみよ
古代へ、未来へ
思惟が爆裂する
黄金の同心円！

すでに同詩集の「変身」という詩篇は、「ぼくは女になるかどうか！」という衝撃的な一行から開始されていたのだが、吉増剛造においては、「死」の魅惑は、その背後に、——ほとんど必然とも言うべきだが——「性」を隠しもっていた。「詩」の疾走は、同時に、あからさまなまでに「性」の疾走でもあった。それが、ここでは、「米国《アメリカ》」と結びついた「巨女」幻想として現われる。それは、おそらく「黄金橋《こがねばし》」に現われたあの「少年」が、その少年時代という「古代」の王国において抱いていた欲望＝幻想に通じていくものなのかもしれないが、われわれはここでは深入りはしない。いずれにせよ、集中の「黄金のザイルは朝霧に……」の疾走が、もっとはっきりと「アメリカ」を主題として、最後には詩人がその近くで生まれ育った「横田基地」へと辿り着くのと同様に、ここ「黄金詩篇」においても「詩」は、「理想境《アルカディア》」でもあり、「アウシュヴィッツ」でもある「A」の音の二重性に貫かれた「米国《アメリカ》」の方へと、そしてより具体的には、「金髪《ブロンド》」のおそらくは裸体へと、炸裂すると言っておこうか。☆4

そこで下北沢から開始された不吉な「行為」は、とりあえず終わる。封印される。その「封」のためには、まるで呪文のように、同じ言葉を反復しなければならない。はじめは三回

☆4 引用中に、「息《ガス》」とあるのが読者には奇妙な感覚を与えるのだが、「中心志向」のなかで、詩人が「名付けることがこの中心を消す、ぼくにおける中心の感覚が、ぼくにおける言語活動と、ちょうどガソリンと空気の混合状態（ガス状態）になり、ぼくの一瞬一瞬の決断の手は、微妙な手つきを求めて手袋をつぎつぎに脱ぎすてる状態にある」と書いているのが、ひとつの鍵を与えてくれるようではある。吉増剛造においては、詩の「疾走」はかぎりなくオートモービルなのである。また、この直後に、詩は、「フロントグリル」という言葉を刻みこんでいるのだが、日野自動車のコンテッサというシリーズは、ラジエターが背後のトランクに置かれているという特異な構造をしていて、「フロントグリル」が背後についていたのだった。

三行、そしてそれを受けて二回二行。しかし、ここでは、詩の冒頭の「おれは署名した」に正確に対応するように、文は過去形に置かれている。「渚に舞う薄刃一枚の黄金仮面をみた」——「黄金」はこうして「仮面」となる。すなわち、金井美恵子が的確に見抜いたように、「黄金は薄っすらとおたがいの闇の中で身体にメッキされていたのかもしれない」☆5。そもそもネルヴァルの「黄金詩篇」の原題はVers dorés「金色の詩行」、「黄金」でできた詩ではなく、表面が金色に輝く「行」である。その表面の「薄さ」こそ、まさに現実世界に切りこむ「刃」であり、「仮面」なのである。それゆえにこそ、詩は、その「夢」という「黄金」の「嘘」を断固として、最後に、垂直に肯定しなければならないのだ。

おお　金髪《ブロンド》の
フロントグリル
中心に眼の吊る
中心に眼の吊る
中心に眼の吊る
渚に舞う薄刃一枚の黄金仮面をみた
渚に舞う薄刃一枚の黄金仮面をみた
おれは一行の嘘だ！　と、
また一行直立した

☆5　金井美恵子「愛の錬金術——吉増剛造の詩編にことよせて黄金のイマージュを回復するものがたり」、『現代詩手帖』一九七〇年八月号より。ここでは前掲の資料集に拠る。引用文のあとを、金井美恵子は、「わたしたちは表面を触れあわせて震える二枚の薄い金属板」と書いている。

第二場

実は開会式前夜、翌日すべてのメカニズムが充分に作動するかどうか、点検のために、お祭り広場のすみずみを駆け巡っていた。三月中旬だったのに、何故か寒波が襲来して、雪が舞った。勿論ここは半戸外で、暖房などあるわけがない。五年前、冬のスコピエに滞在していたときに買い求めた、鞣しが不足して、妙な臭いののこる羊の革を着こんではいたが、元来南方向けの体質は寒さに弱く、全身冷えきってしまった。明け方大阪の宿に帰りついたとたんにギックリ腰。製図板にむかってかがみこむ姿勢のため、あの頃は建築家の職業病といわれていたので、軽い兆候を私はもっていたが、このときは強烈だった。ベッドから動けなくなった。だからデクのガラス窓ごしに開会式をみる機会を失った。TVの中継をベッドからみていた。アナウンサーの解説が腹立たしかった。「世界の国から今日は」の歌が流れる。私はこのときに、本当に「熱」から冷めた。

（磯崎新『反回想Ⅰ』）☆6

もちろん、一九七〇年三月の大阪万国博覧会の開会式。文中「デク」とあるのは巨大ロボット。岡本太郎のあの「太陽の塔」が立つ「お祭り広場」に出現した、「ヘラクレス像に起源をもつ、ア・ウンの力士像の代理」として構想された高さ一四メートルの、どうやら霧を吹く一

☆6　磯崎新『反回想Ⅰ』、GA、二〇〇一年、第八章。

対のロボット「デメ・デク」の片割れ。デメは、上部に二つの眼球状の球体をもつが、デクは、積み木のように立体を積み重ねた形態。デクは、「会場演出指令塔の役割をになう」機能をもたされていた。その指令室のなかにいるべきであった「お祭り広場・機械諸装置」の提案者かつ設計者、当時三八歳だからもう若いとは言えないが、ひとりの建築家が、祭りの当日、病院のベッドから、TV中継でその本番の舞台をみることになったという出来事である。

人生にはよくある偶発事 incident ではあるのだが、いまの時点から俯瞰的な眼差しでみるなら、そこに、まるで〈歴史〉の意志が介在したかのような、運命的な演出を見てとることも不可能ではない。いや、それを〈歴史〉に帰してよいのかどうか。われわれとしては、それこそ、むしろこの建築家・磯崎新の、当然ながら無意識的な、自己演出ではなかったか、と言ってみたい気がしてくる。なぜなら、祭りの熱狂のさなかにいながら、かれ自身が「熱から冷めること」を心底において求めていたからである。舞台が完璧に整うまではかれの責任であるが、祭りそのものにたいしてはクリティックの距離をとる。かれが設計し、つくり出したものが動きはじめるとき、もはやかれはいない。観念は現実化し、しかしかれ自身の肉体は不在。その現実を、——アイロニーなしにではなく——見詰める眼差しだけがある。そのように、運動のさなかでズレていくものがあり、そのズレがさらなる疾走を可能にしていく。

われわれがこの第二場の主役としてかれを召喚するのは、第一場の詩人と同様に、疾走者、しかも途方もないダイナミズムで時代を（いまでもなお）疾走し続けている（六〇年代のかれ自身の用語を借りていうのだが）「エレメント」としてである。疾走は、六〇年代にすでに開始されており、しかもその運動は、われわれが第一オペラで描こうとした「肉体」の季節のもっとも熱い中心を突き抜けていた。☆7 そして運動は、われわれのパースペクティヴにおいて決定的な歴史の転換点をマークしているEXPO'70のもっともシンボリックな中心を貫き通った。ところが、その運動が完成しようとする祭りの瞬間に、ズレが生起し、その差異がまさにわれわれの「オペラ」にひとつの明確な「方向性」を与える、とわれわれは勝手に展望したいのだ。

　このズレは、表面的にはきわめて偶発的であるように思える。だが、そうなのか。このようなズレこそ、むしろかれの方法、あるいは「手法」ではなかったか。それは、すでに磯崎新の建築の――二年後の大分県立大分図書館（一九六六年）と並んで――出発点とも言えるN邸（一九六四年）の設計のうちにはっきりと宣言されていたのではなかったか。一九六五年の文章だが、この設計を振り返って、かれは書いている――「ところで、架構のシステムと、生活行為のパターンのあいだに、軋轢が全然おこらないような解決はあるのだろうか。もしその解決を究極の目標とすれば、一種の予定調和が成立する。それ自体としては信じられても、おそらくはいちじるしくスタティックな解決にとどまらざるを得ないだろう。それよりも、相互が《無関係》に存在することから出発したほうがよいのではないか☆8」と。もし「生活行為のパターン」のうちに「肉体」を見ることができるなら、これは、建築的な「構造」と「肉体」とのあいだに、積極的に「無関係」というズレを持ち込むことを意味する。相互に無関係で、不連続な論理を、「突然重ねあわせてみる」。すると、「不連続で、《ズレ》た部分に、デザインという人間

☆7　なにしろ、われわれの第一オペラの収斂点であった土方巽の〈肉体〉の生成そのものに立ち会っているのだから――「1962. Tokyo 比較的閑静な東京の中心にある住宅地にあった私の自宅で、当時ハプニングと呼ばれはじめていたパフォーマンスを演ずるためのインフォーマルなパーティがひらかれた。宴の最中、突然、土方巽が全裸になって屋根に登り、篠原有司男がそれにつづいた。屋根のうえの二人の裸体が暗闇を背景にして、スポットライトで浮きあがった。私はそのパーティの主宰者として警察署に連行された」（前掲書「序」）。

☆8　「幻覚の形而上学」（磯崎新『空間へ』、美術出版社、一九七一年）。

による手の行為を超えたものがあるかもしれない。むしろそういうわからない結末を予想する方法をここでひきだしてみよう」とかれは言うのだ。

だが、忘れてはならないのは、N邸において、「構造」が、徹底してプラトン的な立方体によって構成されていたことだ。つまり、「構造」ははじめから、まったく現実的な、機能的な論理とは無関係な、まさに形而上学的な論理に依拠しているのである。そしてそれは、磯崎新においては、「破壊」の衝動と結びついていた。かれは言う、「立方体と正方形の利用を私は日本の木割りや西欧の黄金分割のようなデザインの比例もしくは均衡感覚を破壊する手段として考えていた☆9」と。すなわち、ル・コルビュジエのモデュロールに極限化されるようなモダンの建築の中核にある「比例」という理念そのものを、――「比例」の極限、あるいは「敵」としての――正方形・立方体によって、破壊するというほとんど反建築的とも言うべき衝動である。つまり「表面が均質化し、空間が比例さえ崩れて意味を失い、空洞となる。その無意味な空洞（白）を具体化してみる」ということ。この引用に続けて、磯崎新は「これはひとつの賭けである」と書いている。たしかにここに見られるのは、「意味」と「無意味」とのあいだの（あの実存主義的な）「回転扉」の反転運動にほかならないのだが、それが最終的に目指すものこそ、おそらく一個の建築を超えて都市、しかも「廃墟」としての都市ではなかったか。

六〇年代をつうじて、「切断」することだけを考えていた。〝破壊〟もそのひとつだった。都市を破壊することを夢想していた。プロセス・プランニングを〝切断〟によっ

☆9 『反回想I』、同前、第九章。

> て締めくくろうとした。想像のなかで、有機体のように伸縮している建物を、ある瞬間に踏みこんで決定し凝固させる。その〝切断〟面がポッカリと口を開け、その奥に無気味な何ものかの存在を暗示する。それは廃墟のイメージでもあった。決定され、凝固され、完成された建物は、そこで完成すると同時に死をもむかえる。「切断」とは、時間を停止させることでもあり、歴史の連続性を断つことにもつうじた。

すなわち、最終的なターゲットは建築ではなく、都市なのだ。磯崎新の過激な「夢想」をわれわれが勝手に極限化するならば、ここでは建築とは、都市を「破壊」するために、かれが作り出す「死」にほかならないということになる。新しく建てられる建築こそが、都市という「有機体」に「死」をもたらし、都市に「廃墟」というその根源的な相貌を与え返してくれると言ったらいいだろうか。建築という一個の「有機体」の全体性がはじめから信じられていないことにおいて、これほど反建築的な態度もない。にもかかわらず、それは建築の否定ではなく、むしろ建築という全体性のロゴスを脱構築し、それを都市へと明け渡す運動である。しかし、都市もまた、一見すると一個の建築以上に「有機体」的な増殖運動に見えるのだが、そこに、かれが見ているのは、「廃墟」、なんと「未来」としての「廃墟」にほかならない。

すでに一九六二年の時点で、かれは、そのことを明確に宣言している。

二　廃墟は、

われわれの都市の未来の姿であり、
未来都市は廃墟そのものである。
われわれの現代都市は、
それ故にわずかな《時間》を生き、
エネルギーを発散させ、
再び物質と化すであろう。

（磯崎新『空間へ』）☆10

「未来都市は廃墟である」――もちろん、このように言うことができるためには、まず最初に「廃墟」があったのでなければならない。「廃墟」を、たんなる過去の遺物としてではなく、まさに「現在なき現在」として生きたことがあるのでなければならない。そして、その時間軸を、「現在」を切断的な折り返しモーメントとすることによって――「回転扉」を回転するように――反転させ、「出発点」を「未来」へと投影するのでなければならない。

実際、磯崎新にとっては、はじめに「廃墟」ありき。かれ自身は、それを、次のように語っている――「建築の学生として思考を開始しようとした時期までに、ぼくの体験のなかにあったのは、ぼくをとりかこむ実体が、次々に崩壊、いや、消滅していく事件ばかりであった。町々は焼失した。かつてある形態をもったとしても、次の瞬間にはもう見当たらない。都市は消えて焼土だけがあった。焼土は、ギリシアやエジプトの廃墟のように、訪れるまえから、壊

☆10　磯崎新『空間へ』、美術出版社、一九七一年。

れているものではない。ぼくの肉体をとり囲んでいた物理的実体が、突然に脱落して消失するのだ。だから、焼土をもっぱら歩いたことは、変貌ではなくて、消失感を与えたように思われる」[☆11]、と。

「戦争の日々、ぼくはおそらく少年の無邪気さで、焼夷弾のあいだを駆けくぐった」とかれが言う体験がどのようなものであったかはよくわからないのだが、われわれにとって決定的なのは、この「焼土」の記憶が、それを経験したであろう「肉体」の運動の側でではなく、「都市」の側において、ほとんど必然的なプロセスとして観念化されたということ、そしてすでに六〇年代から開始されていたその観念の運動が、七〇年という閾、歴史の折り返しを経て、はじめて「未来」への運動として、舞台にあがってくるということなのだ。

こうしてようやく、われわれは、これらの引用を含む一冊の書物の衝撃を語ることができるようになる。一九七一年二月刊行の『空間へ』（美術出版社）。表紙は鮮やかな空色の青。それについては、のちに磯崎自身が、「勿論、青空は終戦の日、つまり玉音放送というのがあった日、松根油を採ると言われて、丘の松を切り倒していたときの空にちがいなく」[☆12]と洩らしている。つまり、戦争の「廃墟」の空、その背後に「闇がべったりはりついて」いた「青空」、その――「無」なのか「虚」なのか――「空間へ」という鮮やかなマニフェストではあった。

空間へ。同時に、都市へ、すなわち「廃墟」としての都市へ。これは「楽屋落ち」ということになるが、ここに至ってようやく、われわれは、「肉体」という激しい「主役」を軸に展開していた第一オペラに較べて、この第二オペラでは、確固たる「主役」が不在であるように思

☆11　同前、「年代記的ノート」より。
☆12　『反回想Ⅰ』二五三ページ。

われていたのが、ここでは、「主役」は人間主体の側にあるのではなく、なによりも都市の側にある、「都市」こそオペラの真の主役なのだと納得する。

実際、EXPO'70とは、まさに戦争の荒廃からの復興がひとつの区切りをマークして未来創造という新しいエポックに入ることを宣言し、祝おうとする国家的プロジェクトであった。その未来創造の軸はなによりもテクノロジーであった（万博博覧会の開幕が日本における原子力発電所が産んだ電気がはじめて都市に流れた日であったことを忘れるわけにはいかない）。そのプロジェクトのテクノロジーと祭りとを結び合わせる現場の設計者であり責任者であったのが、磯崎新。そのかれが、祭りの当日、現場から離脱し、「ズレ」て、祭典を病室のベッドに横たわったままクリティックに見るという自己分裂を起こす。繰り返しになるが、それは偶然の結果というよりは、かれの論理の必然が現象したと言わなければならない。

なぜならば、『空間へ』の劈頭を飾るテクスト「都市破壊KK」（一九六二年）において、すでにかれ自身を都市破壊者SINと友人ARATAという二重性の存在として自己規定しているからである。それは、かれの実存的な選択であったと言うべきだろう。その選択に、かれの存在は、七〇年、意識を超えてすら忠実であった。いや、いまに至るまで変わることなく、忠実であったと言うことができるかもしれないが、それは、この舞台の射程を超えている。いずれにせよ、都市こそが、この一九七〇年から一九八九年にかけての「季節」の主役。しかも、たんにテクノロジーによって急激な増殖を遂げる物理的建築としてではなく、その現実が同時に「廃墟」であるようなズレをともなった二重化、脱構築の運動としての「空間へ」なのである。

すなわち、「ズレへ」――われわれは「空間へ」という語法をそう翻訳する。

となれば、われわれがとりあえず設定した一九七〇―一九八九という「季節」の歴史的状況について、かれほど明確にその「スケルトン」を語ってくれる人はいないだろう。この「季節」を、「歴史の落丁」と呼ぶかれは、われわれの台本なきオペラのバックグラウンド（時代）について次のように書いている――「一九七〇年を境にして、日本はその国家としての貌を急速に失いはじめた。その時期に起こった二つの事件、三島由紀夫の割腹自殺と赤軍派の自壊は、右、左の両極のイデオロギーの終末を告げたと受けとめられているが、実はその両極の運動を生みだしていた日本という国家が腐蝕したあげくの結末であるとみた方がいい。それをテイクオーバーしたのは、経済的活動であった。日本株式会社と蔑称されたりするように、『資本』が『国家』をしのいだのである。結果として、国境のような境界線の意味がかわる。それは、国家間の障壁ではなく、むしろ異文化相互の接触点となる[☆13]」。

ここでは、ズレの効果は、異文化間の境界線へと転位されている。境界線はもはや対立の障壁ではなく、その接触から、新しいなにかが生み出されてくるインターフェースの場と変わっていく。すなわち、われわれが予感するのは、この「都市の季節」のオペラを横切り、通りすぎていく人は、なによりも「境界」をダイナミックなズレとして生きようとする者ではないか、ということ。もちろん、境界は、水平的に異文化間にだけあるのではなく、垂直的に、現実と幻想（夢）のあいだにもある。すでに都市そのものがほとんど幻想的ですらある、見えない現実として立ち上がってくるときに、その奥に、――「無」であれ「虚」であれ――黄金の

☆13　同前一四ページ。

ような「真理」を見出すのか、見出さないのか、それこそが、われわれのオペラの賭金、けっしてワルハラ城には回収されない「ラインの黄金」ということになるのかもしれない。

　こうして、われわれは、EXPO'70の会場から、責任者でもあったひとりの建築家が「退場」するそのわずかな「ズレ」のうちに、勝手に、このオペラを貫くライトモチーフを抽出する。幾度となく反復される同じ場面。『空間へ』の出版とほぼ同じときに、かれが書いた、まさに「反建築的ノート」と題されたテクストで、それをもう一度確認しておこうか。

> そのあげく、私は膨大な疲労感におそわれた。と同時に、眼前の極彩色の光景は、露出過剰の写真のように、色あせはじめる。脱色されて、白茶けた残骸だけがのこった。
>
> 　疲労感だけでなく、肉体は破壊的限界にきていたのだ。ぶっ倒れて動けなくなったのを潮時にして、私は会場から退場せねばならない。車椅子に乗せられて、フォークリフトでボーイング７２７に積みこまれた。
>
> 　ちょうど、その日、お祭り広場に、天皇と皇太子が臨席し、「君が代マーチ」にのってデメロボットが踊らされ、花ふぶきが大屋根から飛び散った。
>
> 　会場の過剰な色彩は、過剰な情報になって、くまなく伝播したのだが、その陽気さのなかで、私は疲労感や肉体の痛みだけではなく、荒廃した光景に向かって転落していたのである。

まるでみずからロボットになったように、フォークリフトに乗せられて積みこまれる一個の肉体。しかし、その肉体には、「闇」、「無」あるいは「虚」に向かって、垂直に「転落」していく一個の精神が宿っていた。歴史というカオス的な大河の流れが急なカーヴを切って方向転換を起こすときに、正確に、その転換点において、もうひとつの底なしの底へと「ズレ」落ちていく精神。それは、いったいなにを拾いあげることになるのだろうか。

（磯崎新「反建築的ノート」☆14）

こうして、オペラのライトモチーフは提示された。そこに蛇足のようなミニ・コーダを加えておくとすると、それでは、これを書いているわたしにとっては、EXPO'70はどうであったのか？　思い出すことはただひとつ。それにたいしていっさいの思い出をみずから禁じることが当時の唯一のモラルであったと言おうか。その祭典が、わたし自身がわずかなりとも舞台の隅を通りすぎた「肉体」の季節への決定的な弔鐘であることははっきり自覚されていた。感覚的な次元でそれは、タブーの領域をかたちづくっていた。しかし、ただひとつ、美術館にマルセル・デュシャンの『階段を降りる裸体』がやって来て展示されることは、無視できなかった。どうしても見てみたかった。いまから思えば、二〇歳の学生の愚かな振舞いとも思えるのだが、七月頃だったか、厳密にその一枚のタブローを見るためだけに、わたしは新幹線に乗り万博会場に赴いた。太陽の塔も、お祭り広場も、「極彩色の光景」はまるで眼鏡に庇をつけたように無視するという頑な態度を自分に課した。そして『階段を降りる裸体』を見た。いや、

☆14　磯崎新『建築の修辞』、磯崎新著作集④、美術出版社、一九八四年、より。

特別に感動したわけではない。ただ、見ただけだ。だが、いまの時点からのあとづけの論理でそのときのわたしをすくいとるのなら、それは、祭りのなかで「転落」していく「肉体」なるものの最後の「影」を見取りたかったのかもしれない。

いかなる根拠もないが、性的な魅力をすべて削ぎ落としたような、あのアノニマスの『階段を降りる裸体』は、わたしの想像力のなかでは、磯崎新が、群馬県立近代美術館（一九七四年）の「立方体」のフレームを切り崩すときに用いた、マリリン・モンローの姿態を形取ったカーヴの定規（「無名時代の二枚のヌード写真を原型にして、身体の各部が切り抜かれ、組み合わされたもの」[☆15]）と重ね合わされている。「箱を壊すこと。というより、箱に肉体の影が写り、反射し合い、貫通することによって開口部が生まれる」[☆16]とかれは言うのだが、「立方体」という純粋な「観念」のうえに、それでもかろうじて「肉体」の「影」が落ち、それが「開口部」を生む。それが、階段を降りるのであれ、転落するのであれ、連続的な「運動」を可能にするその「影」が切り崩す「開口部」こそ、この「季節」を通っていく、「ズレ」としての主体の根源的なあり方ではなかっただろうか。

第三場

たとえば、まずは、まっすぐに奥行き方向へと続く通路。地下道でも、あるいはホテルの廊下でも、日本家屋のなかでも、さらにはコンクリート剝き出しの溝、いろいろあるのだが、装飾のない、ときにはほとんど廃墟のような無機的な通路の奥からこちらへ、あるいはこちらか

☆15　『空間へ』三四四ページ。
☆16　『建築の修辞』六六ページ。

ら奥へ、人が、ひとりあるいは数人、だが誰もが孤独に、ほとんど機械的に、歩いて来る。眼差しはそれを待ち受け、あるいはそこに向かって進んで行く。

ついで、水平方向。画面を水平に横断する線。それは、手前にあるテーブルや梁のような室内の構造物のせいか、建物、壁、駅のホームのような屋外の構造物のせいか、あるいは自然の土手でもよいのだが、その水平の上を、その線に沿って人が歩いていく。いや、人だけではない、轟音をたてて電車が通ったりもする。眼差しはそれを少し見上げるように見る。

あるいは、たとえば最初の通路には——まさにホテルの廊下のように——いくつもの扉が並んでいて、扉が開いたり、しまったり、そのたびごとに人が出入りする。あるいは、なにも起こらない。

あるいは、一面視界を覆う壁の窓、障子、シャッターが開いたり、閉まったり。いや、具体的な構築物の「開口部」ばかりではなく、なにもない壁の上に、たとえばフィルムが投射されれば、それがまたもうひとつの「開口部」☆17。スクリーンの上のスクリーン。そして、もしこの「スクリーンの上のスクリーン」の上のスクリーンは何か、と問われるなら、それは、それを見ている「あなたの眼差し」、と答えればいいかもしれない。(と、ここで「衝撃」の効果音が響くと想像してくれてもいいのだが……)

女の声　全部私には関係ないことです。母のことを仰言ってるのでしたら、母はいません。母の母のことを仰言ってるのでしたら、母の母はいません。母の母の母のこと

☆17　前節の末尾に引用した磯崎新の文章『箱を壊すこと。というより、箱に肉体の影が写り、反射し合い、貫通することによって開口部が生まれる』を参照のこと。

を……

彼女は顔を覆っていた両手を、ゆっくりとはなしていく。

女の声　仰言ってるのでしたら、それは、あなた……

吉田喜重・山田正弘『エロス＋《プラス》虐殺』より☆18

そして、タイトルが浮かび上がる――『エロス＋虐殺』。吉田喜重監督の映画作品。だが、この作品の誕生は何年なのか、そう問うて、われわれはとたんに、『エロス＋虐殺』という映画作品が何であるのかをひとつに決めることができない、つまり作品そのものが自己同一性をドラマティックに危うくしていることを認識しないわけにはいかない。

すなわち、まず第一に、封切りと言うべきだが、一九六九年八月にフランスのアヴィニョン映画祭で上映された上映時間三時間四六分のオリジナル・ヴァージョン、そしてそれを三時間五分に縮めた海外ヴァージョンが同年十月にパリで一般公開される。日本での公開は七〇年三月だが、この公開版は、さらに短縮されて二時間四五分となっている。しかも、現在、われわれが手に取ることができるDVDの吉田喜重全集には、日本公開ヴァージョンに加えて、オリジナル・ヴァージョンの不完全な再現（一九巻のフィルムのうち第7巻の大半が欠損という理由による）である三時間三六分の「ロング・ヴァージョン」が収められている。つまり、長さが異なる合計四つのヴァージョンがあるわけだが、完全なオリジナル・ヴァージョンはついに日本では公開されなかった幻の作品になっている。映画がそれに向かってみずからを差し出し

☆18　『年鑑代表シナリオ集1970年』（ダヴィッド社）より。

た「あなた」はどこにいたのか、いるのか、すでに宛先 destination は不透明なのだ。

しかも、日本での劇場公開が遅れたのは、作品の長さの問題もあるが、それとは別に、題材となった中心的劇《ドラマ》の当事者のひとり（神近市子）が存命で、プライバシーと名誉毀損を理由に上映差し止めの訴訟を提起したという事情もあった。訴えは、公開上映の初日の朝に東京地裁によって却下されるのだが、否定的な方向ではなかったとはいえ、観客の眼差しに作品が与えられる可能性／不可能性にたいして、「法」が介入した作品でもあった。つまり、この作品は、「一九七〇年」という「肉体の季節」から「夢の季節」への転換の閾において、まさにその転換そのものに問いかけつつ、かつ作品の外部から奇妙にも、その問いかけに呼応するかのごとく二重性、多重性の刻印が強制されるという命運 destin を引き受けていることになる。それこそが、ここでわれわれを惹きつけてやまないものなのだ。

だからこそ、われわれは、映画作品について語りながら、その内容となる物語＝劇《ドラマ》に触れることをできる限り遅らせてきた。われわれは、きわめて不十分ではあるのだが、映画が差し出す空間の構造、強いて言うなら「空間のレトリック」のいくつかを示唆するところからはじめた（断っておかなければならないが、そこでは、『エロス＋虐殺』だけではなく、七〇年の『煉獄エロイカ』も密かに参照されている。後者はその方向をよりいっそう強化増幅し、ほとんど結晶化させているからである）。だが、もはや、物語に触れないわけにはいかない。というのも、この作品の願望ないし希望は、まさに、「空間のレトリック」の構造体のうちに、「時間」の、ということは「歴史」の線的一方向性を解体することにあったからである。

核となる物語は、一九一六年、アナーキスト大杉栄が「自由恋愛」の思想がもたらす三人の女性との関係のもつれから、神近市子によって刺されるいわゆる「日蔭茶屋事件」、そしてその七年後の一九二三年、関東大震災というカタストロフィーのさなか、大杉が、その三人の女性のひとりであった伊藤野枝と、そして甥の六歳の橘宗一とともに、軍によって密かに虐殺されるいわゆる「甘粕事件」。

だが、同時に、この映画は、五三年前の過去の物語を、一九六九年という制作年の現在時において語るという「物語の物語」の構造を明確にしている。すなわち、六九年に二〇歳である束帯永子という女子大生と彼女の愛人であるコマーシャル・フィルムのディレクターの畝間満、そしてニヒリズムを抱え込んだ性的不能の若者・和田究というトリオが、ホテル・オリエンタル、撮影スタジオ、さらには当時、開発が進んでいた新宿西口の副都心造成地などで、ほとんどドキュメンタリー映画の「ゲーム」と化した「問い」のプレイを繰り広げるのである。

大正の劇には、もちろん、大杉栄の妻であった堀保子、伊藤野枝の夫であった辻潤、同志の堺利彦や荒谷来村なども登場するし、現代のゲームには刑事の目代真実二や永子の友人の打呂井恵などもバイ・プレーヤーとして現われるのだが、この映画の核心的な問いはあくまでも、もし大杉栄が主張していたように、「エロス」（自由恋愛）――それは「肉体」と別なものではないだろう――が権力構造からの脱出路になりうるとすれば、大杉―野枝―逸子（作品内では、「市子」ではなく、この名が与えられている）が展開したエロスの「劇」が、一九六九年の「現在」において、どのように可能なのか、可能でないのかを、歴史的現実を超えて、「問う」ことにあったと思われる。映画にこの「問い」を問わせること。映画だからこそ、歴史的現実をただ再現するのではなく、その時空的展開を多重化し、――現代物理学が暗示するような――パラレル・ワールドを提示することができる。映画こそが、「歴史」という「箱」にいくつもの異なる「開口部」をあけることができる。夢あるいはファンタジーとしての「開口部」を貫通させることができる、とこの作品で吉田喜重は主張しているかのようなのだ。

　実際、この映画は、その到達点において、「日蔭茶屋事件」の三つの異なったヴァージョンを提示している。まず、現実に従って「逸子が大杉を刺す」ヴァージョン。しかし、これも、迷宮のような日本家屋のなかで、喉を傷つけられた大杉が刺した逸子を追う、美しい夢幻的な乱舞のシーンに変容されている。それに続く第二ヴァージョンは、タイル張りの風呂場で「刺せない逸子に変わって大杉自身がみずからを刺す」イメージであり、最後の第三ヴァージョンは、逸子と大杉が争う場面に突然、そこにはいなかったはずの野枝が現われ、畳敷きの廊下で「野枝が大杉を刺す」ものである。つまり、「歴史」の「日蔭」であるような「日蔭茶屋」という場所《トポス》が、ここでは、異なった想像が入り乱れるファンタジーの迷宮と化しているのだ。いくつもの部屋が隣りあい、通路が交差し、そして不意に、つぎつぎとその障子や襖や戸が倒れていく。そしてまるで回転扉のようなこの時空構造体のなかを、刺そうとして刺しきれなかった逸子、刺された大杉栄、そして逸子にかわって、逸子を超えて大杉を刺す野枝が追い、追われるのだ。

野枝　殺される……？　でもその前に私はその相手を、殺しているでしょうね、きっと私はそうしてしまう女だわ。

野枝は短刀を拾っていた。

大杉　野枝を殺させる者は……私だ、それを知っているのか。

野枝　（きっぱり）知っています。

野枝は短刀を握りしめる。その刃に唇を押しあててみる。その冷たい感触を感じた瞬間、野枝の全身をひとつの戦慄が激しく刺し貫いた。それは、絶望と虚しさの入り混じった感情であった。それは全く不意に、野枝の心の奥深い彼方より突然醒め息もつかせぬ勢いで一挙に全身に溢れ出、彼女を内側から圧倒せんとした。瞬間、野枝はうろたえ、息をつめ、それにたえようとする。

野枝は目まいを感じ、ふらついたように思った。

その時、逸子が叫んだ。

逸子　怕いのね、あなたも、殺されると知って怕くなったのね、ただの女だったのね。

野枝は激しく首を振るといった。

野枝　違うわ！　もう私たち三人のゲームはお終まい！　終ったのよ！　大杉は生きているわ、あなたが刺せなかった時、逸子さんが刺すことができなかった時、私がどうしたらいいか、私は知ってしまったのよ！　私は……未来をみてしまったんだわ！

野枝の手で、短刀がひらめく。

逸子は野枝をとどめようとする。

逸子　大杉は死んでいるのよ、死んだ者を刺すことはできないわ!

野枝（激しく否定する）いいえッ、あなたがこの短刀に賭けることで突き抜けようとし、それがあなたはできなかったこと……それが私にはできた!

野枝の短刀は大杉の顎を見事に刺し貫いていた。

野枝　………それだけのことだった………

迸る血。

大杉は、ゆっくりと倒れおちた。

大杉が呟く。

大杉　これこれ、あるべき結末だ……☆19

引用はシナリオに依拠しているが、実際の映像作品では、野枝の「（きっぱり）知っています」の科白の直後、露出過剰の真っ白な空間のなかに畳に突き刺さった短刀のイメージが挿入されている。ある意味では、これこそ映画のひとつの焦点。映像のレトリックの観点からすれば、劇《ドラマ》の「問い」は、究極的には、誰が、このあからさまにファロス中心的な「短刀」というシンボルを引き受け、それが必然的に内包している「死」を成就させるのか、ということになる。そして、逸子が、女としての嫉妬ゆえに失敗したその行為を、みずからも「死」に随伴す

☆19　前記シナリオ集による。実際の映画作品はディテールにおいて、また表現において、これとはちがうところがある。

るという覚悟のもとでむしろ思想的に、執行するのが伊藤野枝であったかもしれない、と映画は言うのだ。それは、何を意味しているのか。現実には、「日蔭茶屋事件」で大杉は生き延びる。生き延びて、七年後、権力によって虐殺される。「エロス」プラス「虐殺」である。だが、映画は、これを反転して、「虐殺」プラス（マイナスでもいいのだが）「エロス」、にすると言ってみようか。というのも、この映画のすべては、「虐殺」のあと、すべてが終わってしまったところから、はじまっているからである。

　思い出そう。この映画は、メイン・タイトルが映される前に長いイントロダクションがあって、そこでは、東京から博多へ旅をし、伊藤野枝の生地を訪れた永子が、野枝と大杉の娘である魔子、まさに「日蔭茶屋」事件の翌年に生まれた――ということは、映画のなかで逸子が明かすように、この事件のときにはすでに野枝は魔子を孕んでいたことになる――魔子に次々とインタビューする（さらに付け加えるなら、魔子という名は、「日蔭茶屋」事件に際して、世間が神近市子に同情し野枝を「悪魔」呼ばわりしたことを逆手にとって、魔子と名づけられたとされている）。魔子は永子の問いにまったく答えないのだが、最後に、永子が「質問は終りです。もう一度お名前を。魔子さん」と問われて、「A子です」と答え、それに永子が「永子は私です束帯永子、二十歳、学生です」と応じると、魔子が「ではB子です」と答える。その後に続くのが最初の引用部にほかならない。しかも、この魔子は、伊藤野枝と同じく、岡田茉莉子が演じている。そしてこのあと魔子はまったく登場することはない。

　乱暴に言うなら、この映画のすべてはこの魔子の視点から展開されている。いや、魔子とは、この視点の名、つまり「すべてが終わってしまった」あとの視点の名、「母はいません」と言わざるをえない視点の名なのである。ついでに指摘しておくなら、この「すべてが終わってしまった」こそ、永子の分身《ドゥーブル》である「やりたいことがなにもない」不能の青年・和田究が引き継いでいるものではある。すなわち、この映画の「問い」は、「すべてが終わってしまった」とき、つまり——まるでコジェーヴだが——「歴史」の終りを、いったいどのように駆け抜けることができるのか、であったと言うこともできるかもしれない。

魔子は永子である。そしてまた野枝である。いや、それどころか、魔子こそが、野枝となると言うべきか。映画という「夢」のなかで、魔子は、いま、野枝となって大杉を刺し殺す。なんという時間錯誤《アナクロニズム》だろう、「視点」でしかなかった存在が、「短刀」をつかんで、自分の「父」を刺し殺すのだ。

もしそうならば、「母のことを仰言ってるのでしたら、母はいません」——「母はわたしです」、わたしは『母』となって父を刺し殺すのです」、と魔子は言うかもしれない。

「母の母のことを仰言ってるのでしたら、母の母はいません。母の母はわたしの想像力です」、と魔子は言うかもしれない。

「母の母の母のことを仰言ってるのでしたら、それは映画です」、そして「映画とは、見るあなたの眼差しです」と、われわれは魔子に言わせてもいいかもしれない。

これは、もちろん、この映画がつくられた六九—七〇年から、すでに「日蔭茶屋事件」と「七〇年」を隔てる年月に届きそうなほどの時間が経過してしまった二〇一六—一七年われわれの「現代」が夢見る第二ヴァージョンである。

ならば、現実に即した第一ヴァージョンはどうなのか。

あるいは、「母の母の母のことを仰言ってるのでしたら、それは、あなた、吉田喜重です」と魔子は言うかもしれない。実際、『エロス＋《プラス》虐殺』の日本公開の直後に雑誌に発表された吉田喜重のエッセイは「見ることのアナーキズム」と題されていた。その末尾に『エロス＋虐殺』に触れて、かれは次のように語っていた――「いま私は終りのない、変身の一季節がまぢかに来ていることを感じている。見ることがなんの保証にもなりえない、その苛酷なアナーキズムをそのまま引き受けようとする視線にようやく立ちいたれたようだ。／映画『エロス＋《プラス》虐殺』における大杉栄が死に至るのも、現実には当時の国家権力による加害であったにせよ、彼自身がその妻伊藤野枝によって刺されて死んだという空想の結末をどうしても必要としたのは、革命のイメージを自己否定の窮極にとらえたいという私のとどめがたい視線の果てであり、さらに言葉を加えれば、私自身を自己否定しようとしたからにほかならないだろう」[☆20]。

こうして吉田喜重は、みずからを「(見ることの)アナーキスト」と規定する。すなわち、大杉栄は吉田喜重である。そしてこのアナーキストは、「革命」の窮極として――女が握る「短刀」の力を借りて――「自己否定」を遂行しようとする。実際、吉田喜重は、野枝に刺された大杉に、「恋、僕の三つの恋……革命も……革命は自己否定を孕んでいる……」と言わせているのだ。一九七〇年、「自己否定」という論理は変革の運動の中心を占める時代の言説であったが、この論理は必然的に、みずからの「死」に辿り着かないわけにはいかなかった。映

☆20　初出は『早稲田文学』一九七〇年四月号。吉田喜重（蓮實重彦・編）『変貌の論理』、青土社、二〇〇六年、四二頁。

画のほとんど最後で、われわれは、いかなる理由なのかまったく明かされないまま、スタジオの撮影監督であった畝間満が、映画フィルムによって首を吊るというシーンを見ることになるのだが、それは、「見ることのアナーキズム」に貫かれた「映画」がみずから「自己否定（自死）」を行為するあまりにも直截なメタファーであったのかもしれない。「映画」は、「映画の映画」となり、それは必然的に「映画」のある種の「Dead End」に逢着しないわけにはいかない。実際、『エロス＋虐殺』のレトリックをさらに発展させたとも言うべき、七〇年に制作された『煉獄エロイカ』の最終のシーンでは、行き止まりの駅のホームの先に高々と「Dead End」という標識が掲示されなければならなかった。そして——ここでは論じる余裕がないのだが——それに続く、北一輝を題材とする、七三年の『戒厳令』を最後にして、吉田喜重は、一九八六年の『人間の約束』まで、少なくとも映画監督としては、長い沈黙へと突入する。『エロス＋虐殺』からはじまるいわゆる「近代批判三部作」を通じて、吉田喜重は、——ちょうどドラクロワが「絵画」をそうしたように——「映画」を「虐殺」したとあえて言ってみてもよいかもしれない。[☆21]

とすれば、われわれの想像力は、われわれのスクリーンに、七〇年に三七歳、つまり虐殺されたときの大杉栄の年齢（三八歳）にほぼ同じ歳の吉田喜重が映し出されて、そのかれが、「母のことを仰言ってるのでしたら、母はいません」と静かに言うと投影してもよいかもしれない。なぜなら、いくつものエッセイのなかで吉田喜重自身が打ち明けているように、かれは、福井に生まれたのだが、二歳のときに（結核で）母をなくし、「母がいない」子として育

☆21 「同じように『虐殺』を扱って、しかしより古典主義的なスタイルのうちにとどまっていた《キオス島の虐殺》（一八二四年）に対して、この時代の新古典主義の巨匠であったアントワーヌ＝ジャン・グロは、「これは〈絵画〉の虐殺だ」と言ったのでしたが、それを受けて、ドラクロワ自身がこの《サルダナパールの死》について「これは虐殺第2号だ」と言ったのでした」（拙著『表象文化論 絵画の冒険』（東京大学出版会）、二〇一六年、一四四頁。

てられたからである。その「母がいない」空白を埋めるために、女中さんが面倒をみる、さらには新しい母が来る。そしてこの二人の「母」こそがかれを映画館へと連れて行き、「映画」のイニシエーションを与えるのだ。新しい「母」は東京から「モダンな文化的道具」を嫁入り道具として持ち込んでくるのだが、そのなかに電気蓄音機とならんで三面鏡があった。かれは言う、「母が嫁入り道具としてもってきた三面鏡は、まさに魔法の世界をかいま見せてくれた。もっとも三面鏡の前にならべられた化粧水の匂いが、都会から来た新しい母の存在を強く感じさせたからだろうが、わたしの遊び場が一つ増えたことは確かだった。三面鏡の光りかがやく世界がそれだった」、と。[☆22] すなわち、三面の「鏡」、三人の「母」、三人の「女」。この三面鏡の構造は、言うまでもなく、『エロス＋虐殺』においても、大杉をめぐる「三人の女」をはじめとして、至るところに潜在している。それは、のちの『鏡の女たち』（二〇〇二年）にまで続く、いや、そこにおいて全面的に開花するとも言える、吉田喜重の「見ることのアナーキズム」の根底的な構造とも言えるものなのだが、ここでは掘り下げる余裕はない。[☆23] 魔子とは、こうして、「母なきもの」であるがゆえに、三人の「母」という「魔法」を生きなければならなかった吉田喜重自身でもあったのかもしれない。

だが、われわれのファンタジーはここで終わるわけではない。『エロス＋虐殺』が「日蔭茶屋事件」に三つのイメージを投影していたように、われわれの「シネマ」もまた、第三のヴァージョンを喚起しないわけではないのだ。

いや、それは、われわれの想像力から生起してくるのではない。そうではなくて、ある意味

☆22　吉田喜重「風にはためくハンカチ、一枚のブロマイド写真」、初出は『ヘルメス』第一五号、一九八八年。前記『変貌の論理』所収。

☆23　われわれとしては、さらに、この構造が、一九四五年の福井の空襲による「火」の災厄を通過することで、「見ることの魔法」に「アナーキズム」の次元が接続されることを論じたいところだ。中学一年のかれは、「女中さん」とともに、猛火の中を逃げまどうのであった。

では、「歴史」から、表に現われた「歴史」ではなく、その裏側を支える目に見えない「歴史」からの、あたかも逆襲のように、それは訪れる。しかも、それは、われわれがこのテクストであえて触れようとはしなかった俳優という肉体からやってくる。すなわち、魔子であり、伊藤野枝である岡田茉莉子は、後年、次のように語って、「映画」を、そしてわれわれを、鮮やかに差し貫くのだ。

「完成したばかりの、『エロス＋虐殺』について書かれた新聞記事を母が読み、この作品が大杉栄と伊藤野枝を描いていることを知り、『あなたのお父さんは、若いころ、大杉栄の家を訪れ書生にしてほしいと言ったそうよ』と、私は母から告げられた。谷崎潤一郎先生と出会う以前の出来事だったと、亡き父が母に話したことがあったという。／その父、岡田時彦は、私が生まれると、魔子と名づけようとした。それは大杉と野枝とのあいだに生まれた長女に、大杉が魔子と名づけていたからだという。そうした大杉と野枝を描く映画に私が出演していることを新聞で知って、母はなにか運命のようなものを感じて、私に話してくれたのだろう。／もっとも母は、生まれたばかりの私が魔子と命名されては、将来お嫁に行くときの障害になると思い、「魔」と「子」のあいだに、母自身の名、利子の「リ」を加えて、「マリコ」としてほしいと父に懇願し、ようやく父は私の名を、鞠子としたのだという」[☆24]。

岡田茉莉子はまことに魔子であった。しかもその魔子は、一歳のときに姓の異なる父をなくした「父なし」の子であった。だから彼女は言うことができたかもしれない、「父のことを仰言っているのでしたら、父はいません」。そして、「父の父のことを仰言っているのでしたら、

☆24　岡田茉莉子『女優岡田茉莉子』、文藝春秋、二〇〇九年、三四八—三四九頁。

父の父は……いません」、と。あるいは、「それは大杉栄です」、と。そして「父の父の父のことを仰言っているのでしたら、それは、……あなた」と、さあ、誰をだろうか、画面の向こうから指差すのだ。

　こうして魔子が疾走する。吉田喜重を、岡田茉莉子を、伊藤野枝を、大杉栄を、そしてわれわれの眼差しを、魔子が「風のように」通り抜けてゆく、疾走してゆく。[☆25]『エロス＋虐殺』のシナリオには、イントロダクションの魔子の「それは、あなた……」の科白のところに「註」がつけられており、そこには、「大杉栄、伊藤野枝の長女魔子さんは、六八年一〇月五日、福岡市内で亡くなられた。五十一歳」と書かれている。クランクインは、その半年後、「春三月」、満開の櫻のもとであった。

☆25　先に引用した野枝に刺された瀕死の大杉の言葉は、「真実は……野枝は……僕を刺した、僕を通り抜けてゆく」と続いていた。

こうしてますますシネマトグラフィックにわれわれのオペラは進行する。舞台はもはやスクリーンと化して、そこに、あちらに、こちらに、少しずつ形成されていく超高層都市の風景が投影されると想像してもいい。いくつかの指標を挙げるとすれば、一九六八年の霞ヶ関ビルディング（一五六M）を皮切りに、七〇年世界貿易センタービル（一六三M）、七一年京王プラザホテル（一七九M）、七四年新宿住友ビル（二一〇M）、新宿三井ビル（二二五M）、七八年サンシャイン60（二四〇M）と第1期の超高層建築ラッシュが続いていく（以降、いまにまで続くその第2期は、丹下健三設計による九一年の東京都庁第一本庁舎からはじまると考えてよいだろう）。「空間へ」――磯崎新とともに、われわれが見出したこの時代の方向軸は、現実には、なによりもまず超高層ビルの出現に象徴されるような都市の変容として現われるのだ。

だが、それだけではない。この時代、都市空間の変容は水平方向にも機能した。すなわち中心から「郊外」へと拡張的な変容である。それを代表するのが、多摩丘陵に出現した多摩ニュータウン。日本最大規模の住宅空間の開発であったこのニュータウンは、最初の入居が一九七一年。七四年には入居者は三万人に達し、八〇年には六万人、八七年には一〇万人と増え続けていく。しかも開発の運動は首都・東京に限られたわけではなく、七二年に高々と文字通り『日本列島改造論』を掲げて首相にのぼりつめた田中角栄のもと、列島全体が「空間改造」の狂想・狂騒・狂躁（そして競争）の渦へと巻き込まれていく。☆1 われわれのオペラが対象とする七〇年代から八〇年代にかけての時代は、もちろん原油価格の高騰による二度にわたるいわゆる「オイル・ショック」（七三年／七九年）などの経済危機にもかかわらず、文化的「気分」の全体的な基調は、基本的にはユーフォリア（euphoria）の状態であったと言えるだろう。☆2 戦後の「廃墟」が新しい空間組織によって覆われ、隠され、消され、それとともに、それをポストモダンと呼ぼうがそうでなかろうが、その新しい空間のなかで、あらゆるものが再定義されなければならなかった。そこでは問うことが問題となる。答えることではなく、問うこと。その「問い」を実践すること。たとえば、衣服、このごく身近なものを問うこと。

> 三宅一生は一九七〇年に、「ギリギリまで剝ぐこと」だけをひっさげて登場した。それは私には始源にもどらなければならぬという、切迫した意志に基づいた捨て身の姿勢から生まれたものだったのだろうと思える。／このとき、衣服はバラバラの布の断片であった。伝統的に分節化してきた洋服の分解法とは無縁の、規則をはずれた、たんに肉体の一部にひっかけられ、まつわりつかされた布の断片である。しかもそれを次々に剝ぎとって、ついに肉体をあらわにしてしまう。これはサディスティックなま

☆1　一九七二年はまた、いわゆる「沖縄返還」の年であった。それは、いまだにまったく解決されていない北方四島問題にもかかわらず、文化的な「気分」としては、いちおうのこととして、「戦後」の終りを意味してもいた。この時期の「沖縄」に関しては、筆者は、『未来』誌上で、未來社発行の沖縄写真集シリーズに寄せて、四回にわたって批評的論考を連載させてもらった（二〇一三年四月号〜二〇一三年七月号）。この論考は、本連載に接ぎ木されるべきものと考えられている。

☆2　言うまでもないことだが、一九七〇年までの「戦後」を率いてきた「思想」にとっては、それはユーフォリアどころではなく、突然の失墜、（勝手な造語だが）ディスフォリア disphoria であった。その「暗さ」は、オスティナートとして、時代の奥につね

でに肉体と衣服の関係をつきはなし、きざみつくしたギリギリの結末であったとも考えられる。一九六八年五月、彼はパリにいた。ギイ・ラロッシュのアシスタントとして、オートクチュールを学んでいたのだが、あの五月革命とともに店をとびだしている。オートクチュールといういわゆるファッションの世界においてもっとも制度的に確立した部分に対して、彼が論理的な批判を用意できていたかどうかつまびらかではない。おそらく猜疑心のかたまりのようなパリのファッション界にいて、言葉も不自由なまま鬱屈した日常を強いられていた状態から、一気にとびだしていったのかも知れない。「異議申し立て」はむしろ衝動的に肉体をかけた行動へ走らせたところに特徴があった。エネルギーを燃焼させる。そして事件のあとの空白がおとずれたときに、みずからに突きささるような問いがかえってきたのだ。デザイナーにとって、衣服とは何だったのか。

（磯崎新「衣服への根源的な問いかけ」☆3）

こう書いているのは、第一幕第二場でEXPO'70の会場からロボットならぬ車椅子にのって退場を余儀なくされた建築家・磯崎新。テクストは一九七八年に刊行された、漆黒の闇に黒人女性のモデルの顔と腰に巻かれた鮮紅の帯、そして「East Meets West」というタイトルの白抜きも鮮やかな写真集。磯崎のテクストが明らかにしているように七〇年からはじまった三宅一生のデザイン活動を集約した一冊ではあった。

に響きわたっている。

☆3 『ISSEY MIYAKE East Meets West——三宅一生の発想と展開』、平凡社、一九七八年、より。以下同じ。

East Meets West——すなわち、出会い、しかも異なった世界の出会いである。これこそ、この時代を貫くひとつの指示記号ではなかったか。だが、間違えてはならないのは、これが、East（たとえば日本）がWest（西欧）に憧れ、その文化を取り入れようとする動きを指しているのではないということ。それはむしろ、明治以来、日本の近代化を支配してきた一方的な西欧文化の移入・導入の運動が転換し、襞のように折り返され、そこではじめてMeet（遭遇）という出来事が起こるということを指し示している。

大判縦長の写真集を開けてみれば、すぐにわかる。最初に、女忍者のようにニットのマスクをかぶった口紅も鮮やかな女性の顔が登場するのだが、その最初の頁を繰ると、なんと白い砂浜に座った若い男が背中いっぱいに彫られた刺青を見せつけている。刺青は、波か、炎か、渦巻き模様のなかに、赤毛の顔が二つ。鬼か仏か、これは何者なのだ、と問うて、巻末のキャプションを読むとそこには、次のように書かれている。

《Tattoo》一九七〇年作
ジミ・ヘンドリックス、ジャニス・ジョプリンに捧げる刺青。日本の刺青には死者への憧憬の念をこめる意味が含まれている。三宅一生は翌年、マリリン・モンローを描き出す〝タツゥ〟もつくった。素材は綿ジャージィ。第1回ニューヨーク・コレクションで発表。

ジミ・ヘンドリックスが死んだのが七〇年九月十八日、ジャニス・ジョプリンが十月四日、そのふたつの謎めいた、衝撃的な「死」を日本的な「刺青」に荘厳して、当時、三二歳であった三宅一生が、翌年のニューヨーク・コレクションへのデビューを挑んだことになる。写真の撮影された場所はリオ・デ・ジャネイロということだが、水をはさんで向う岸にうっすらと超高層ビル群が立ち並ぶ風景を背景にして、（こう呼ばせてもらおう）一生自身が「刺青」の背で鮮やかに見栄をきっている（篠山紀信撮影の）このイメージこそ、デザイナー・イッセイ・ミヤケのマニフェストであると同時に、この時代を貫く「空間へ」という運動がどのように遭遇を引き起こすか、いや、引き起こさなければならないか、その複雑な文法を集約的に明示しているようにも思われる。

まず指摘しなければならないのは、ここではEastははじめから与えられているわけではないということ。つまり、Eastそのものが、Westを経験した「眼」によって、再発見されなければならなかった。同書の巻末に収められた白州正子との対談（「衣服について」）のなかで、パリのオートクチュールの世界をとびだして、ニューヨークへ行き、そこで「アメリカでああいうジーンズが街で着られているっていう、アメリカの非常に合理的な衣服というものにすごく感動し」、そして日本に帰って「最初にいちばん感激した格好というのは、車曳きの人たちが着ていたもの、鳶の人たちの格好ですね。ちょうどぼくのいたアパートの下に工事現場がありましてね。いつも窓から眺めていて、あの人たちはあんなに格好がいいのに、どうして街の人たちはあんなにぶざまなんだろう」と語っている。鳶職の服、そこから出発して、かれの「眼」

は、野良着、かつぎ屋のおばさんたちの服を発見し、そして「刺青をテレビでみて、ああ、これは面白いっていうんで、すぐ刺青彫りのところまで行ったりね」となる。パリの高級オートクチュールからニューヨークのジーンズへ、そしてその眼差しを通して、「モード」や「ファッション」の対極にあるような、日本の伝統的かつ民衆的な衣服の「美」を発見する。しかも、そこから、既成の価値基準を完全に無視した、まったく斬新なデザインを作り出し、それを、みずからの転換のきっかけとなったニューヨークの文化へと再び出会わせる。つまり、出会い自体がデザインの核にあるのだ。

さらに、この出会いは、まっすぐに「時代」へと捧げられてもいる。それは、ジミ・ヘンドリックス、ジャニス・ジョプリンという「時代」のアイコンをピック・アップすることを通じて、アンディー・ウォーホルを先導者とするニューヨーク・ポップアートの流れを引き寄せるものであると同時に、かれらふたりの「死」という「時代」の切れ目・転換へのレクイエム的情感も織り込まれている。すなわち、三宅一生は、ハイ・カルチャーとは対極にある日本の無名の人々の文字通りポップな文化に、ロックにも通じる時代性を読み取り、それをデザインとして「歌う」ことを宣言したとも言えるかもしれない。

しかも、それが、刺青という皮膚に直接に彫り込まれる「装」をベースにしたものであることによって、そこには、一挙に、「衣服とは何か?」、さらには「身体とは何か?」という問いがラディカルな位相のもとに立ち上がってくる。実際、「刺青」を背負って見栄を切る一生の写真の次は、たぶん同じ(皆川魔鬼子プリント・デザインによる)「刺青」柄の女性用ボディウェアを着た女性を、全身（本物の）刺青を背負った褌姿の三人の屈強な男たちが取り囲んでいる写真が続いているのだ。

とすれば、問いが浮かび上がってこないだろうか。もし刺青とは、皮膚そのものが衣服となることであるとしたら、また逆に、衣服も皮膚そのものとなることもできるかもしれない。こうした問いが起動させるデザインのラインは、三宅一生のクリエーションにおいて、その後、一貫して追求されていくのだが、とりわけ顕在化するのが、一九八〇年代前半の「ボディ」のシリーズ。胸当てのように女性の身体の前面を鋳抜いたような《プラスティック・ボディ》（一九八〇年）からはじまって、素材を変えながら、籐と竹を用いた《ラタン・ボディ》（八一年）、衣服の上に纏う金属のワイヤーからできた《ワイヤー・ボディ》（八三年）、さらに《シリコン・ボディ》（八五年）へと続いていく。

いま、これを書きながら、この「ボディ」のシリーズのことを思うと脳裏に鮮やかに浮かび上がるのは、昨年（二〇一六年）新国立美術館で開催されていたMIYAKE ISSEY展の展覧会場Bの光景。比較的狭いスペースではあったが、吉岡徳仁のデザインによるグリッド・ボディと呼ばれる——ある意味ではボディそのものがまるごとグリッドの「刺青」と化したとも言うべき——マネキン群が、プラスティックからシリコンまで、それぞれのマテリアルの「皮膚」をまとって、アポカリプス的な激光を浴びて佇立していた。そこには、「人間の最後の形」がある。わたしは不意をつかれて、マネキンと同じように、そこに佇立した。鮮烈な血の赤に輝く《プラスティック・ボディ》の隣で、わたしもまたただ「一枚の皮膚」として立ちすくんでいたの

である。☆4

だが、この展覧会の会場構成にかこつけて言うなら、Bの前には長い通路状の展覧会場Aが設定されていた。その展示では、まさしく原点である《タトゥ》からはじまる一〇点の作品が一直線に並べられていたのだが、それを貫くラインこそ、「一枚の布」であった。

「一枚の布」――これは、あまりにも有名になった三宅一生のマキシムだが、それは、「衣服も皮膚そのものとなることもできるかもしれない」という根源的な問いへのもうひとつの応答でもあった。すなわち、「もう一枚の皮膚」としての「一枚の布」。あるいは、「皮膚」と「布」のあいだに「ズレ」を演出すること。衣服とは、着る者の身体を包み込む「もう一枚の皮膚」なのだが、今度は、それは「皮膚」に密着し、「皮膚」そのものとなるのではなく、かといって、精緻な立体裁断に行き着くパリのオートクチュールのように「皮膚」を覆いつくしてそれを消し去るのではなく、むしろ「皮膚」と「布」のあいだに「ズレ」や「遊び」を導入することによって、「皮膚」そのものを、その感覚、その触覚を与え返す。

では、そこで展示されていた《タトゥ》以外の衣服はどのようなものであったか。MIYAKE ISSEY展のカタログのキャプションからいくつか拾いあげるなら、次のようになる。

《刺し子》（一九七二／一九七二冬秋）

デニムに引けをとらない丈夫な素材である刺し子は、日本の柔道着や野良着に使われてきた。風通織という表裏異なる色を織ることのできる二重織りに、太番手糸を織り

☆4 「ボディ・ワーク」シリーズに関しては、『三宅一生／ボディワークス』、小学館、一九八三年、を参照のこと。

込んで表現している。デザインは野球ユニフォームから発想。

《水着とキャップストール》（一九七五／一九七六春夏）
中国広東省の伝統的なシルク素材は、涼しくシワになりにくい。ソメモノイモを染料として用い、何度も染めと乾燥を繰り返し、光沢ある黒に仕上げている。

《丹前》（一九七六／一九七六秋冬）
家庭や旅館で着用されてきた日本の防寒着「丹前」を表現した直線裁ちのコート。黄八丈の格子柄を表に、緋色の裏は緯糸に毛糸を用いて織られた緯二重織りの暖かなウール素材。

《パラダイス・ロスト（失楽園）》（一九七六／一九七七春夏）
「一枚の布」を代表する、腕を通すスリットを入れた四角形のシルクのコートとドレス。プリント・デザインは横尾忠則。布の地色を抜き別の色をのせる着抜プリントで色鮮やかに仕上げている。プリントはイタリアのコモにあるレインボー社が手掛けた。

さらに多くのアイテムを加えることもできるが、われわれとしては、一生が「衣服とは何か?」という問いを、なによりも裸の「皮膚」とそれをまとう「一枚の布」のあいだ、その「ズレ」の根源的ディフェランスにおいて問い続け、それがとりもなおさず、「世界」の発見へと導いていることが確認できればよい。

『EAST MEETS WEST』第一部「人間と衣服」に戻ってみるなら、それはまず素材の発見からはじまる。麻、ウール、シルク、皮革、ビューロン、刺し子、正花木綿、草木染、しじら織り、鬼揚柳から、壁素材の布地、レーヨン、ポリエステルまで、なんでもある。あるいは、足袋裏、かっぽう着、丹前、各種の仕事着、学生服、ハンカチーフ、折り紙、馬の手綱、さらには背負子といった民衆の日常に潜むさまざまな品々が原型的ピースとして再発見される。しかも、それらは、そのまま借用されるのではなく、それぞれの「技術」の根本が学ばれ、応用され、変形され、組み合わされ、「衣服」へとデザインされる。すると、民衆の「日常」のなかに潜んでいたアイテムが、「時代」の先へ、《未来》へと突き抜ける。民衆の無名の「伝統」が、別の世界の人々へと受け渡される。だからこそ、『EAST MEETS WEST』では、そうして生まれた一生の衣服を着るのは、山口小夜子をはじめとするプロのモデルたちだけではない、参議院議員・市川房枝、白州正子、磯崎新、横尾忠則、高橋睦郎、石岡瑛子等々、それどころか、イヴ・サンローラン・ニューヨーク副社長、メトロポリタン美術館衣装研究所特別顧問、その他多くの外国人ジャーナリスト、デザイナーたち、さらには三宅デザイン事務所のスタッフたちもはいっている。それは、一生が出会った人々だ。それは、名前のある人が動員されているというよりは、「衣服」が人を発見させ、人と出会わせることの実践。そのような希望のマニフェストであったのだ。

だからこそ、――それは、展覧会場としてはA、Bに続く広大なCにおいてはなやかに咲き乱れる、一九八八年から開始された「プリーツ プリーズ」シリーズに寄せた文章ではあったが――わたしは、MIYAKE ISSEY展のカタログに寄稿させていただいたテクストのなかで、「そう、《プリーツ プリーズ》をまとうあなたは、遠い《未来》をまとっているのでもある」という言葉に続けて、次のように書かないわけにはいかなかった――「ここで《未来》とは何か。驚くべきことに、――はっきり言っておかなければならないが――それは、《人々》peopleであり、かつ《地球》という惑星、つまりこの惑星に住むすべての人々（いや、それ以上にすべての《生命》と言うことすらできるかもしれない）である。すべての《人々》のための服なのだ。これがどのくらい革命的なことであるか。ファッションは、なによりも社会的な差別化のシンボルとして機能していたのだから。もちろん、《美》。だが、同時に、社会のなかの拘束の表現。この拘束を、ファッションのまっただなかで解除し、解放する――それこそ、三宅一生が、活動の最初から挑戦してきたこと。かれは、はじめから《革命家》であったのだ。いったいどんなファッション・デザイナーが、鳶職など市井で働く人々の作業衣に、さまざまな国の民族衣装に、さらには、皮膚を《衣装》に変える刺青までを含めて、――それを自分のクリエーションに「使う」ためではなく――心からの共感をこめて『美しい』という言葉を発しただろうか。かれにとっては、デザインとは、この惑星に住む《人々》common peopleという絶対的な「共有」の地平を開くことなのだ」、と。☆5

☆5 「プリーツ」、「MIYAKE ISSEY展：三宅一生の仕事」展カタログ、求龍堂、二〇一六年、二一八―二一九頁。

そしてその《人々》が、跳ね、踊り、舞い、戯れる。『EAST MEETS WEST』第二部「布の造形」——頁を開けば、そこには、多様な《People》が、カラフルな「一枚の布」をまとって、「空間へ」と羽撃いている。「一枚の布」は、「もうひとつの皮膚」。「一枚の布」が、人間にそのもっとも動的な「裸体」を返してくれるのであった。

第二場

たしか一九九五年の十月だったはずだ。パリ左岸マビヨンにあったポーランド系の小さな書店に入ったときに、その人がいた。わたしはその店で売っているポーランド産のブルー鮮やかな陶器が好きで、住まいが近かったこともあり、カップかボールを買いに入ったのだと思うが、その人は台の上に、およそ四〇冊余りか、本を積み上げてどうやらそれを全部買うらしい。びっくりした。フランス語や英語ならわたしもそうすることがないわけではないが、ポーランド語である。かならずしもすぐに読むわけでもないだろうに、これを全部買っていくのか、さすがに桁が違う、妙に納得した。

それ以前にも東京で何度かお目にかかったことがあった[☆6]が、親しくお話するという間柄ではなかった。ただこのときは、ちょうど日本の大相撲がパリ興行を行なったときで、どういうわけか、フランスのラジオ番組から相撲について語ってくれとわたしにも声がかかって、仕方なく放送局に出かけていって生放送に出演し、いい加減なことを喋ったのだったが、——もう記憶がはっきりしないので間違っているかもしれないが——わたしの前後か、同時にか、その人

☆6　一九八〇年代中頃だったと思うが、どういう経緯だったかも覚えていないが、東京外国語大学で行なわれていた山口昌男のセミナーに参加した記憶もある。その頃から一大ムーブメントとなるいわゆる「ニュー・アカデミズム」の旗手・浅田彰や中沢新一が参加していた会であった。またのちに、二〇〇八年だったか、札幌の文学館で吉増剛造の展覧会が行なわれたときに、会食の席でお目にかかったこともある。それがわたしにとっては最後の機会であった。

もまた呼ばれていて、そちらは、さすが豊富な知識でアナウンサーの問いかけに答えていたのだった、と思う。

その人とは、文化人類学者の山口昌男。いつものように「楽屋」を「舞台」に繰り込むように語ることをゆるしてもらうなら、この第二幕第二場に誰を呼び出すのか、いろいろ迷った挙句、この人しかないと落ち着いたときに、いくらかほかの思い出がないわけではないのに、脳裏に浮かび上がってきたのが、ほとんど無意味であるような、しかしわたしにとっては、その人にもっとも近い距離で遭遇したとも言えるこのパリ五区の書店の一光景であったのだ。それがパリのなかの「ポーランド」という場であったことに、わたしは勝手に密やかな「暗号」を読みとったりもする。

すでに述べたことではあるが、この戦後文化論の第二オペラは、第一オペラの場合の「肉体」のように、舞台上の登場人物を貫く人間の形象を指示することがとても難しく、それゆえ「空間へ」を舞台の指示記号として掲げて、たとえば「ここでは、『主役』は人間主体の側にあるのではなく、なによりも都市の側にある、『都市』こそがオペラの真の主役なのだ、と納得する」（第一幕第二場）と書きつけたりもしたのだが、『East Meets West』を主題とする第二幕では、この「出会い」にはっきりとした形象を与えておかなければならない、と同時に、第二オペラ全体を貫く思想的モチーフをそろそろ具体化させておかなければならない。そう問いつめたときに、わたしの精神のうちに忽然と浮かび上がった言葉が、「道化＝トリックスター」。そしてひとたび発見されてしまえば、これこそわが第二オペラの「主役」であることは動かない。そうではないか。すでにわれわれは、EXPO'70という時代の祝祭の場から、「まるでみずからロボットになったように、フォークリフトに乗せられて積みこまれる一個の肉体」（第一幕第二場）を、「肉体」の時代的変容として召喚していたではないか。あるいは、野良着や鳶職やかつぎ屋のおばさんの「格好」を取り入れることで、「肉体」への問いを先鋭化させたファッションを登場させたばかりではなかったか。そうした「肉体」にたいするアイロニー的な「ずれ」こそ、まさに「道化」という存在が内包するものであるにちがいない。

　だが、ここで注意しなければならないのは、「道化である」ことを思想的な行動規範として掲げることは難しいということ。ひとは道化になろうと思って道化になるのではなく、むしろ自分の意志に反して、「場」の力学のなかで道化的な役割を果たすことになる。真剣に自分であろうとすればするほど、それがよりいっそう笑いを引き起こすというのが、道化芝居の常道である。とすれば、――わたし自身、ここで振り返って愕然とするのだが――われわれの第一オペラの「主役」であったヒーロー的「肉体」は、すでにはじめから、必然的にまた道化的であったのではないか。実際、わたしは、単行本となったときに付け加えたコーダのなかで、すべての「主役」たちに激しい、止むことなき「馬鹿笑い」を笑い続けさせていた――「そこでは無数の肉体が笑っている。狂気のように、意味もなく、ただ馬鹿笑いを笑い続けている。伊沢も清太もその妹も、『白痴』の女も、『ボロとデキモノとウミとおそらくシラミとのかたまり』も、マヤも、『美しく発狂した母親』も、四人の僧侶も、インポテのセヴンティーンも、吃音の若き放火犯も、昆虫採集家・仁木順平も、『砂の女』も、飯詰の赤児も、ジョン・シルバーも、毛皮のマリーも、馬鹿王も、みんな笑っている。狂って笑い続けている。その『非合理の真理』の爆発のなかで、『幕』が下りる」。

「非合理の真理」は本来的に自己にたいして盲目である。そこにこそ「肉体」の切迫があるのだが、その「劇」が、「理性」あるいは「知」の視点からそのようなものとして認識されるとき、それは道化的な「ずれ」の効果を生み出さないわけにはいかない。別の言い方をするなら、文化のダイナミズムを、メタ・レベルから、「理性」と「非合理」の相反し対立する「場」のうちに見ることで、「知」は、「肉体」を必然的に、背反する二律のあいだを揺れ動く道化的な存在として見ることになる。つまり、道化において問題となっているのは、道化そのものというより、そのように見る「知」である。それはただ認識する「知」ではなく、「行為する知」、「出会う知」である。きわめて奇妙なことに、「肉体」のあの壮絶で悲劇的な「劇」が、この時代に「知」へと継承される。「肉体」の祝祭が「知」の祝祭へと、メタ的に置換されるのだ。

（こう書いて、この本文中に告白しておくが、戦後文化論を「オペラ」として書こうというわたし自身の企図もまさにこの文脈に根づいていることになる。それがわたしの限界でもあろうことは十分に意識されているが、あらためて、わたし自身の精神が形成されたのが、この時代であったことを思わずにはいられない。だが、これまでわたしは、道化という形象にあまり注意を払ったことがなかったのだが、事ここに至って、突然、わたし自身も知らなかったわたしの行為の密かな格律こそ、じつは「知において、道化として」ではなかったかと思い至り、再度、愕然と、しかしどこか納得するのだ）☆7。

> 一九六八年春四月、アフリカ帰りの数日を、ノルマンディの海岸町ディエップの近くのクイヴァーヴィルという村に友人と滞在して、メーテルリンクが晩年に隠栖した森のなかのヴィラや、五人組の作曲家の一人、ルーセルの眠る海辺の墓地を訪れたり、ドイツ軍の残したベトンの要塞を見物したりして過ごして私は、ピッコロ・テアトロ・ディ・ミラノ（「ミラノ小劇場」）が再びフランス巡業に戻って来ていて、パリのアントアヌ座でカルロ・ゴルドーニの『二人の主持ちのアルレッキーノ』を演じていることを新聞広告で知って、矢もたてもたまらず、海峡横断の船旅の予定を変更して再びパリに舞い戻って来た。かねてから、能狂言に関心を持っていた私は、コンメーディア・デラルテを一度見たくてしようがなかったのである。（……）パリに戻ってみると終りにまだ三日あった。第一日目は張り込んで平土間の前のほうの席を手に入れた。さすが俺らが国さの芝居だけあって、廻りにはイタリア人の観客が多い。
>
> （山口昌男『道化の民俗学』より）

初出は雑誌『文学』（岩波書店）の一九六九年一月号だったが、その後、単行本としてまとめられて刊行されたのが一九七五年（新潮社）。同じ年に『道化的世界』（筑摩書房）も刊行されているので、山口昌男がイヨネスコの言葉を借りて言っている「世界はいたるところで棍棒の一撃を必

☆7　若干の補足をつけ加えておくことにするなら、この時代の知の変動の焦点だったのは、ごく簡単にまとめるなら、「構造」という概念であって、それがとりわけ（1）言語学－記号学（論）、（2）心理学－精神分析、（3）民俗学－文化人類学、（4）数学－哲学、といった四つのディシプリン群を通じて知の変革をリードしたように思われる。そのなかで、わたし自身は、哲学（現象学）から記号学への斜面をうろついていた。大学入学直後に学術調査探検部に入部してアフリカ大陸を縦断することを夢みていたのだから文化人類学的フィールドへの関心は強かったのだが、専門課程への進学にさいして、迷ったあげくに文化人類学ではなく、ただひたすらパリという「中心」への憧憬から「フランス科」を選んだ。そのことが、「道化」論との「出会い」をかくも

要としている」☆8として、日本の知の世界へ「道化」という「棍棒」を振り下ろしたのが一九七五年と断じてもよいだろう。だが、「棍棒」が振り上げられたのは、遡って六〇年代後半、しかも直接のきっかけとなったのは、『道化の民俗学』の冒頭に語られる六八年春のパリ、しかしあくまでもパリのなかの「イタリア」であったことに、われわれ観客はにやりと微笑んでもいいのかもしれない。

この時期、パリは「五月革命」の直前、騒然としていたはずである。その政治的出来事に最接近しながら、しかしアフリカのフィールド・ワーク帰りの三六歳の文化人類学者はノルマンディに優雅な滞在をしていたのに、コンメーディア・デラルテの新聞広告を見て、急遽イギリスに渡る予定を変更しパリに引き返し、どうやら3日間アントアヌ座に通い詰めたという次第のようだ。もちろん、これだけのパッションは、たんにおもしろい芝居を観たいという好奇心からだけではないだろう。世界の文化を横断的に把握するひとつの方法として「道化」という問題設定を仕上げるために、アルレッキーノは、欠かすことができない決定的なピース（断片）であったにちがいない。最後の一枚のピースをはめ込むと、それまで寄せ集めていたいくつものピースが、とたんにひとつの全体的な形を呈示しはじめる、ということは学問の世界ではよくあること。実際、山口昌男は、この『道化の民俗学』で、バロック的精神と深く結びついたコンメーディア・デラルテにおけるアルレッキーノからはじまって、ギリシア神話のヘルメス神、アフリカ文化におけるトリックスター、さらにインドの英雄神クリシュナへと考察を進め、最後には、アメリカ・インディアン文化における道化までを論じている。文字通り世界を

遅らせたのだった。

☆8 『道化の民俗学』第5章「五　道化の反社会性」より。この最終節では、著者は「私も時々、よせばいいのにおせっかい精神が災いして棍棒で同業者の頭をなでてみるのだ」と書いている。

一周しているのだが、その出発点として、どうしても文献ではなく、アルレッキーノの舞台を実際に観る必要があったのではないだろうか。この本のなかのアフリカ文化におけるトリックスターについての論究では、かれが「六四年、六七年―六八年にわたって調査した」ジュクン族における「野兎」のトリックスターも取りあげられているが、それは、動物説話であり、あくまでも物語である。だが、道化とは、なによりも「身体」として存在するもの。舞台という現場において生きた道化の「身体」を見ることによってはじめて、「道化」という「画」に晴が点ったのではないだろうか。

　実際、引用部の冒頭に続いて、『二人の主持ちのアルレッキーノ』という、二人の「主」、つまり二つの「秩序」の狭間を揺れ動くアルレッキーノの物語をかなり詳細に説明したあとで、山口昌男がすぐに強調するのは、まさにアルレッキーノの「身体のリズムの変化模様」である――「この劇中のアルレッキーノはまず身分を明かさず、突然闖入者のごとく黒い仮面をつけて飛び込んで来る。三角帽を被り、服は菱形の多彩色の模様を帯びている道化服として知られたものである。初めから、大袈裟な身振りで様式化された他の登場人物の間にあって、アルレッキーノだけは、自由な身のこなしで身体のリズムの変化模様を舞台いっぱいに繰り展げる。そのために彼はあらゆる可能性を演技を通じて究め尽す。彼にとっては言葉だけでは充分ではない。彼は（日本の神官の）幣のごときものを帯の間にはさむか、手に帯びるかして、この幣をヒザに打ちつけてパシンパシンという音を発する。彼の身体のリズムは時には小きざみであり、時にはマリオネット人形のごとく、関節の上に展開される。状況に応じて千変万化である。時には大地に立っているか、空中にただようか分明でないというような錯覚を起させる性質のものである。また彼は、三角帽をシチュエーションに応じて折りたたんだり、伸ばしたり、丸めたり、あたかも身体の部分であるかのごとく取り扱う。もちろん、跳躍、逆立ち、トンボ返りは自由に行なう。アクロバット性を徹底的に生かすのである」。

リズム的な、アクロバティックな身体。アルレッキーノは、ただ科白の意味作用によって演じるのではなく、むしろ「意味論的意味作用」を超えた「音そのもの」あるいは「身体そのもの」として舞台に出現する。そうすることで、かれは、「日常的情感に支えられた人間および世界の破壊」を遂行する。しかし、同時に、「日常世界での無意味な行為の真の意味を身体そのもので知っている道化」として、かれは、「日常性を越えた世界を指向し媒介する」のでもある、とS・メルヒンガーを援用しつつ山口昌男は論じるのだ。

すなわち、アルレッキーノは、観客を、日常的現実とそれを超えた別の世界との「中間地帯」に導く機能を果たすのだが、それこそ、山口昌男によれば、演劇の「基点」、つまりジャン・ヴィラールが「演劇は非現実・夢・魂の魔術・呪術である。そしてそれがたとえ現実であるとしても、この現実はわれわれの頭をがんと打ち、目をまわさせ、われわれを演劇の向うへ抛り出す」というような意味での「基点」だということになる。この引用に続けて、山口昌男は、この言葉を引用したいためにこそ、アルレッキーノの科白の音声的側面を強調する迂回路をとったと告白しつつ、ふたたびS・メルヒンガーの次のような言葉を引用している——「マイムというものが、それがなにごとかを意味するよりずっと以前に、精神によっても意志によっても把握あるいは操作できないところの根元的な、純粋に身体的な喜びとして、俳優の中にはじめからあったであろう……（そして）言語は、それが意味となり、精神となる以前に、すでにマイムである……」。そしてそれを受けて、山口昌男は、「アルレッキーノがその全体性において我々を導くのは、劇の始源的な地点すなわち人間がそこで真の『世界』とのかかわりを回復し、甦る地点へなのであるということになる」と結論するのだ。

「純粋に身体的な喜び」、しかし「非現実・夢・魂の魔術・呪術」として「日常性を超えた世界」を指向し媒介する「身体」――おそらく、これこそが、「アルレッキーノ」、「トリックスター」、「道化」などそれぞれ異なった名前のもとに目指されていた特異な「身体」性である。それは、究極的に「死の衝動」に衝き動かされているように思われた、他者への欲望から発する「肉体」の運動とは異なって、あくまでも日常の現実の「仮象」を超えたもうひとつの「世界」とのかかわりを媒介する、ある意味では、たとえばリズムに象徴されるような特殊な技法（魔術・呪術）を備えた「身体」である。言語的に構成されたわれわれの現実的な世界の手前に、より始源的であるかもしれない異次元の世界があり、そこに接近するためには、われわれはもっとも根源的な、もっとも広い意味での「演劇」性を通過していかなければならない。世界の文化のなかにすでに無数のそれぞれ異なった、しかし共通する「花」を開いているこの「身体性」の次元を、いまこそ回復し、それを再認識しなければならない、それこそが「知」の新しい使命だということになるだろうか。

こうして「道化」とは、一見すると、二人の主人に仕えるという典型が示すような相反する秩序の二重性のなかで揺れ動くだけではなく、その揺れ動きを通して、「理性」―「非理性」という二項対立を垂直に転倒させて、現実の秩序とは直交するようなもうひとつの世界、「現実」にとってはファンタジー的でしかありえない世界を指示する高度な「仕掛け」ということになる。「肉体」の時代が「身体」の、「道化的身体」の時代へとずれ、シフトする。六八年四月のパリ・アントアヌ座は、まさにもっとも近接しておきながら、しかしけっして一致することのないわずかな、しかし直交的な「ずれ」のトポスであったのかもしれない。

一九七三年初出の論文「道化的世界」では、山口昌男は、ここでも冒頭、七二年に行なった西アフリカのフィールド・ワークで採集したパチャマ族の昔話を語ることから出発して、ユダヤの道化的世界、道化キリスト、ダダイズム、エイゼンシュタイン、ジャリなど二十世紀の芸術家の世界までを「道化」という視点から論じているのだが、その最後で、「知識人の原型がアーカイックな文化における神話的トリックスターに対応するものである」と説きつつ、現代における「知のモデルの変革」を主張している。

「安定した世界」を疑ったという意味で、六八年の学生の運動は、一見道化作用を含んでいるかのような幻想を抱かしめた。しかし、多くのエネルギーは無駄に費消されてしまったかのようである。これらの批判的知性の多くは、真のオールタナティブを創り出すよりも、いくらかの見すぼらしい「犠牲の山羊（スケープゴート）」を生み出すことに浪費され、自らを司祭の位置にすえたいという政治空間の生み出す毒気から免れることを得なかった。従って、六八年に学生によって、鋭く、彼らが充分に意識することのないうちに提起されたかのように見えた知識人と道化の問題は、殆ど解決されることなく放置されることになった。道化は、精神的に他人を殺す術に長けているが、肉体的に他人を殺す権力とは一切無関係の知の位相の謂いに他ならない。一人の人間が、様々な正当化される理由で人を殺すことはあり得ても、それは、如何なる場合においても道化作用とは両立しない、そういった意味で、道化は永劫未来に亘って呪われた存在である。しかし、そのことによって、知識人としての道化は、世界を対象化し、自らを対象化し、世界に深い意味での統一をもたらすことができるのである限り、知識人はこの立場を抛棄することはできないであろう。

(山口昌男「道化的世界」より)☆9

「道化」は人を殺さない。「道化」は、「日常」を解体しつつ、しかし「世界」により深い統一をもたらす。そしてそれこそ、現代における「知識人」の使命である、と山口昌男は言うのだ。

＊

こうしてわれわれは、七〇年代に大きく浮上してくる山口昌男の「道化」論のうちに、前の時代（一九四五―一九七〇年）の文化をメタ・レベルから展望する「知」の枠組みの中核的ア

☆9 『道化の民俗学』も『道化的世界』、単行本、文庫本、著作集版などいくつもの版がある。ここでは、前者は、岩波現代文庫版、後者は単行本で参照している。

イデアを透かし視るに至った。前の時代の文化のエコノミーの中心が、「肉体」に裏打ちされた（きわめて日本的な表現で外国語に翻訳不可能な言葉なのだが）「思想」であったとしたら、その政治的戦闘性から転回して、この時代、中心が文化の相対性・多様性・多元性へと開かれた新しい「知」へとシフトしていくわけで、この転回のマニフェスト的なエンブレームをこそ、文化人類学者・山口昌男の「道化」論のなかに読もうとしていることになる。だが、そうなれば、このエンブレームがどのように時代のなかで機能したのか、多少は述べておかなければならない。

ここで、わたしの脳裏にまたしても忽然と浮かび上がるのは、一冊の雑誌。自分が寄稿しているわけでもない雑誌。しかも奇妙なことに、それを、わたし自身が当時、ある種の時代のエンブレームとして保存しておこう、と意識したことすら思い出されてくる。とすれば、実家の押入れのどこかに残されているはず。と、探してみるとあっさりと見つかる。雑誌『世界』（岩波書店）一九七七年七月号、「文化の現在――その活性化を求めて」特集号である。

断っておくが、わたしは『世界』のよい読者だったわけでもなく、この号にも掲載されているが、ときおりT・K生の「韓国からの通信」を読んでいたくらい。この時代に、「新しい知」の高揚を伝えるべく刊行されたいくつもの新しい雑誌（すぐさま『現代思想』、『パイデイア』、『遊』、さらに時代が下って八〇年代に入ると『GS』、『海』、『マリークレール』、さらに『批評空間』などが思い出されるのだが）のなかでは、わたし自身は、中野幹隆が編集長だった、まさしく「新しい知」の代表とも言うべきミシェル・フーコーの『言葉と物』から名を借りた

『エピステーメ』の周辺にいて、まだ大学院生なのに、翻訳をしたり、エッセイを書いたり、編集を手伝ったりしていた。☆10 これらの新しい雑誌群にたいして、『世界』はひとつ前の政治思想優位の時代を継承したままであるようにも思われていたのだが、それが、この号ではっきりと「文化」という旗印を掲げて方向転換をはかってきた。「丸山眞男」から「山口昌男」へ――そこに、もはや後戻りできない時代の変化の徴候を見ることができる、と当時すでに、わたしは直観したということになる。

だからある意味で遅れてきたのでもあった『世界』のこの特集号がわたしに強い印象を残したのは、それが、当時の「新しい知」の源流であったフランス「現代思想」（と言っておこう）を導入するという『エピステーメ』的方向ではなく、強い概念的テーマを掲げるわけでもなくて、ただ「文化の現在」というタイトルのもと、「新しい知」のリーダーであるような知識人、あるいは文化人を（言葉は悪いが）囲いこむようなものであったことである。その人たちは、世代的にはだいたい同じで、一九三〇年代生まれ、つまり四〇歳代。当時二七歳のわたしにとっては身近な「先生」にあたる人たちであった。生年とともに名前を掲げてみれば、掲載順に――大江健三郎（一九三五年）、山口昌男（一九三一年）、高橋康也（一九三二年）、大岡信（一九三一年）、武満徹（一九三〇年）、一柳慧（一九三三年）、渡辺守章（一九三三年）、鈴木忠志（一九三九年）、原広司（一九三六年）、井上ひさし（一九三四年）、吉田喜重（一九三三年）、東野芳明（一九三〇年）となるのだが、そのあとに「文化の活性化を求めて」という討論会の記録があって、そこには、原広司をのぞいた一二名全員が参加しており、原の不在を補うかのように磯崎新（一九三一年）が加わっている。☆11 討論会の

☆10 どういう経緯でそうなったのか、もうすっかり忘れてしまっているが、中野幹隆が『現代思想』の編集長だったころに、特集のグラビアのために、ヒエロニムス・ボスの絵画作品をアレンジして短文をつけるという仕事をまかされたのが最初であった。その後、かれが一九七五年に朝日出版社に移籍して『エピステーメ』を創刊したとき、紹介するべきフランスの論文テクストなどを探し出すなど編集の手伝いをさせてもらった。かれが、二〇〇七年に亡くなったときは、生前のかれの指名ということで弔辞を読んだ。ここでは、これ以上、踏み込めないが、もしこの時代が「新しい知」の時代であったとしたら、その「時代」を「織った」のは、なによりもそれぞれ個性が際立った多様な雑誌であり、それを作った編集者たちであったと思う。本テクストでは

冒頭で編集部の「挨拶」として、一年前から「文化・芸術の諸領域で活躍中の皆さんの会合」に同席させてもらったとあるので、この特集号以前に自発的な会があったようでもあるのだが、いずれにしても、この会合の中心が山口昌男であったことは確かだろう。

実際、「言語活動が、無意識的思考レヴェルに多く属していると、言語学や人類学の専門領域から学ぶ。そして経験的にもそれに納得する。いったんその了解の経過をへたあとで、あらためて文学をつくりだすことを、言語活動の特別なひとつのあらわれとして考える」とはじまる、大江健三郎による巻頭テクスト「知的な協同作業と文学」でも、武満徹、鈴木忠志の活動への共感を経由したあとで語られるのは、山口昌男の理論がかれ自身の文学創造にいかに大きな影響を与えたかである――「山口昌男の著作活動にみちびかれて、トリックスター、アルレッキーノの系譜の道化による、宇宙論的な世界秩序の組みかえ、ありとあらゆる文化のレヴェルでの『異化』の理論を僕は学んだ。それはとくに文学の言葉の、言語としての母胎に激しく永つづきのする活性化をもたらした」と。そしてそのような方法論の全面的展開として、かれはこの時期に執筆中であった『同時代ゲーム』（一九七九年）の構想に言及し、「自分が幼年時代をすごした地方での一揆の語りつたえ」を元にし、山口昌男の「道化」理論を「媒介者」として、「トリックスター的な人間像」が惹き起こす「一時代全体の規模での秩序の組みかえ」という「物語」について語っているのだ。

このテクストに続くのが、山口昌男の「文化における中心と周縁」という論考。「どうやら『文化』研究は今日一つの曲り角に来ているようです」という一文からはじまるこの談話スタ

扱うことができないが、いつか誰かが、この時代の雑誌の創造性の歴史を書くべきではないだろうか。ある種の「花園」ではあった。

☆ニ　磯崎新を加えて一四名のこのリストのうち、渡辺守章と高橋康也は、わたしにとっては「先生」であり、またのちに東京大学「表象文化論」学科の先輩同僚ともなる人たちであった。その他の人々についても、井上ひさしをのぞいて、わたしの人生において、なんらかの接点や共通の場、あるいは親交などがあった。その意味では、まさにこのリストが一部をなす一九三〇年代生れの人々がつくる文化的「星座」の「周縁」領域に、一九五〇年生れのわたし自身が位置していたのだと言ってよい。言うまでもなく、わたしがここで行なっているのも、あくまでもその位置からの、遅れてきた「内部観測」にほかならない。

イルの論考は、制度化された中心的、表層的な部分を対象に行なわれてきた文化研究が「際限のないアトミズム」に陥ってしまったのにたいして、文化を「その深層（或いは負性）」との関係においてとらえ直すことが必要であることを、ボリス・ウスペンスキーらのタルトゥ学派の記号学などを援用しながら説いている。

> （……）外部の視点からすれば、文化と非文化（文化の非在）は、互いに相手を必要とする相互規定的な境域であると言えます。こうしてウスペンスキーらは、文化のメカニズムとは外的な境域を内的な境域に変換させるシステムであるという言い方をします。つまり文化のメカニズムは、非組織を組織に、無智を有智に、罪人を聖者に、エントロピーを情報に変換させるための仕掛けであるということになります。仕掛けであるからトリックをいたる所に含んでいます。例えば『文化』を『自然』に逆流させる形で変換させるカーニヴァルのような祝祭、粗けずりの存在、神とも動物ともつかぬ子供を『人間』に変換させる成年式のような儀礼、表層の人間（文化内存在）を深層の人間（非文化）に変換させる刑罰、「外」という空間を「内」に変換させる家屋などに始まって殆どすべての文化装置を数え挙げることができる筈です。『笑い』もそうした変換のための仕掛けの一つと見ることができる。つまり文化はいたるところに「外」と「内」との接点を仕掛けて、その文化空間の内・外に棲む人間の規定、アイデンティティを微妙に変化させて行きます。

こうして、——すでに指摘していることではあるが——われわれが前作の第一オペラの中心に据えた「肉体」の劇(ドラマ)が、「知」によって、そのまま「中心」と「周縁」、あるいは「表層」と「深層」、「支配的権力」と「原初的狂暴性」などの二重性を「両義性」として媒介する「文化装置」として認識され、さらにその認識が新しい文化創造に方向性や方法論を与えるという展開となるわけで、このことを集中的に「装置」として仕掛けたのが、この特集号であったと言えるかもしれない。

＊

さて、大江健三郎、山口昌男に続く、『世界』のこの号の三番目の執筆者は、同じ一九七七年にまさに「道化」をタイトルにうたった『道化の文学』(中公新書)さらには『ノンセンス大全』(晶文社)を上梓して、両義性を軸とする文化研究の先端を走っていた英文学者の高橋康也であった。かれの論考は、「想像力が死ぬとき」というサミュエル・ベケットの言葉(「想像力は死んだ、想像せよ」)をアレンジしたタイトルであったが、みずからが大学で行なった「ノンセンス芸術論」というゼミナールにおける学生たちの反応を紹介しながら、『マザー・グース』からルイス・キャロルなどの系譜を辿りつつ、最後に、「学生たちと私が一致して、無化と創造を同時的にやってのけた最大の達人と見たのは、マルセル・デュシャンである」と書いて、デュシャンの『三本の停止原基』の秀逸さを解き明かしている。それに続けて、かれは、「(デュシャンは、)目に見えぬものを見、思考しえぬものを思考するもう一つの想像力を創り出す。彼がパリの自宅の二室の間につけた一枚のドアのように、彼の仕事において、閉めることは開けること、壊すことは創ることなのである。／この両義性こそが、おそらく現代における唯一の正当な創造行為である。『一方通行』の道路標識をフランスでは《sens unique》、イタリアでは《senso unico》というが、「意味」(センス)から「無意味」(ノンセンス)への一方通行は、単なる破壊にすぎない。また、その逆の一方通行、ひたすらな創造を信ずる想像力もまた、甘えた幻想ではないか。創造の幻想の方が破壊のそれよりも、われわれのまわりにもっと堪えがたく死なずにいるというべきかもしれない。われわれを真に魅するキャロルやデュシャンのノンセンスは両方通行(deux sens)なのである」と書いている。

そうか！　これを読みながら、わたしは頷く。時代の転回のエンブレームというなら、まさにデュシャンこそがそれであった！　と。振り返れば、すでに第一幕第二場において、二〇歳のわたしが、デュシャンの『階段を降りる裸体』だけを見にわざわざExpo'70に行った逸話を書きこんでいたではないか。そして、その後も七〇年代を通じて、わたしはデュシャンというこの奇妙な「一枚のドア」を開けたり閉めたりしていたではないか。しかも、この一九七七年春に開館したポンピドゥー・センターのオープニング展覧会「マルセル・デュシャン展」を観るという目的で、わたしははじめてパリに旅したのだったが、そのとき『世界』のこの号の執筆者のひとりであった美術評論の東野芳明から頼まれて、館長のポントス・フルテンに、東京で行なわれた小さなデュシャン展のポスターを届けたりもしていたはずだ。翌一九七八年には、わたし自身、デュシャンとピエール・カバンヌとの対話を翻訳（共訳）し、「エピステーメ叢書」の一冊として刊行している。[☆12]

なぜ、こうなったのか。それは、当時、わたしが大学院生であった東大駒場で、東大教授で建築家であった横山正のリーダーシップのもと、デュシャンのいわゆる「大ガラス」作品（『彼女の独身者たちによって裸にされた花嫁、さえも』）の、デュシャン自身によって公認された、世界で三番目のレプリカを制作するプロジェクトがスタートし、そのメンバーの一員であったからである。[☆13] 制作のためにデュシャンの未邦訳のメモを翻訳して読解したり、瀧口修造や東野芳明の家を訪ねて、デュシャンについての話をきいたり、少人数ではあるが、継続的に研究会を行なっていた。

そのメンバー数名と落合の瀧口修造の家を訪れたのは、かれが亡くなるちょうど一年前の一九七八年だったと思うのだが、たまたま七月七日星祭りの夕方であった。中庭のオリーブの樹から母屋とは逆の左に続く書斎に入れていただいて、四面天井まで届く本に囲まれて話をうかがった。そこでは、制作のためにアーティスト（中西夏之の名があがっていた）を入れて、その個性による新たな表現を行なう方向ではなく、「できる限りの調査・研究をして、あくまでも一九二三年の大ガラスを目指そう」という基本方針が話しあわれた。当時のメモを見ると、そのあとに、「Apparition」（出現）という言葉が原語で書きつけられている。これは、「幽霊」とか「超自然的幻視」という意味もあるフランス語で、デュシャン自身も「グリーン・ボック

☆12　M・デュシャン＋P・カバンヌ『デュシャンの世界』（岩佐鉄男＋小林康夫訳）、朝日出版社、一九七八年。同書はその後、『デュシャンとの対話』と改題されて、ちくま学芸文庫に収められている。なお、共訳者であった岩佐鉄男は、二〇一七年七月に逝去した。また、前出の『エピステーメ』誌の一九七七年十一月号は「マルセル・デュシャン」の特集で、そこには、デュシャンの「一九一四年のボックス」が横山正とわたしとの共訳で掲載されているほか、岩佐鉄男によるジャン゠フランソワ・リオタールのデュシャン論「蝶番」の翻訳、荒川修作や瀧口修造のオマージュ原稿、東野芳明の「《ホワイト・ボックス》私注」などもある。

☆13　制作の主体は、東大教養学部内につくられた「デュシャン大ガラス制作実行委員会」で、大阪万博

ス」などの断片メモに書きつけてもいた言葉だが、この日、大ガラス理解の「鍵」として瀧口修造の口からあらためて持ち出されたものだった。

この言葉に、おそらくわたし自身が感動し、衝撃を受けたのではなかったか。その晩に、わたしは「Apparition」という題でソネ形式の詩を書いた。そして——これこそ「道化」的行為そのものと言ってもいいのだが——、翌日の正午頃だったか、家が遠くはなかったこともあり、あつかましくもジョギングの途中にお宅に立ち寄って、前日の話への応答として——白い大きな花をつけたアマリリス数本とともに——手書きのその詩を差し出した。瀧口修造は体調不良で臥せっていたか、会うことはできなかったが、出てらした奥様にそれを手渡した。

ここでこのように自分のことを語ることになるとは、計画も予想もしていなかったのだが、若き日の反故・断片の山を探ってみると、前述のメモとともに、（初稿、第二稿とともに）この詩のコピーが見つかる。そうであれば、恥ずかしさの感覚がないわけでもないが、四〇年前のわが「道化」の証拠物件、ここに披露してしまおうか。

Apparition

彼女は出現である

——実験室における太陽氏への公開状——

協会からの補助金を得て実行された。瀧口修造と東野芳明が制作監修であった。実際の制作は、当時、多摩美術大学の大学院生であった塩崎裕と前出の岩佐鉄男などが担当した。

テーブルを囲むと　忘れかかっていた花嫁の伝説が
遠い星の光を浮かべて　たぐり出される透明な細糸
絡み合い　結ばれて　開けられた衣装は遥かな喫水線
天体の言葉はしなやかに円環を舞って　立ち昇る

観念の Voie lactée（天の川）よ　初夏の夕闇は水のにおいと
立ち籠めて　オリーブの樹のもとにうずくまる　その彼方へ
気化していく欲望を届かせ　想い出を裸足で踏みしめて
「渡し守」はたつ　見えない道に　影のように明るく

繋留された麦茶色の船室　暴走する都市のオートバイも
ここでは　墜ちていく鳥の微かなささめき　祈りも静かに傾け
現われたる白銀のスロープを　さあ　星の婚礼に向けて

船出する！　この浅い硝子の川をどこまでも渡り
溢れるばかりの光を汲み　無数の日々の破片を掬い
約束された再会へ　ひそやかな歌の開花へ　その出現へと

だが、わたし自身は、結局、「大ガラス」レプリカの制作にはタッチすることはなかった。七八年九月から三年間、パリへと「船出」し、留学したからである。つまり、わたしは「道化」というには、あまりにも「中心」志向が強かったのかもしれない。「チベット」ではなく、「メキシコ」ではなく、あくまでも「パリ」に行く、それがわたしの生を貫く衝動であった。「道化」は「中心」を目指したのであり、それは、きっとわたしの限界線でもあるが、また避け難い運命線でもあったのだ。☆14

＊

となれば、最後に、――わたしの詩にもそれが色濃く反映していることは一目瞭然だ――この一九七七年とはまた、われわれの「オペラ」がタイトルを借りている、武満徹の作品『鳥は星形の庭に降りる』が作曲された年であることを言っておかないわけにはいかない（日本初演は翌七八年）。この作品は、すでに述べたようにわたし自身が観に行ったポンピドゥー・センターの「マルセル・デュシャン展」に出品された、マン・レイが撮ったデュシャンの一枚の写真――星形に刈り上げられた後頭部だけの写真――に触発されて、武満徹がみた「夢」が契機となって構想されたものである。武満徹はその出来事をのちに次のように語っている。

なぜ、『鳥は星形の庭に降りる』というような変わったタイトルがつけられたのか、と言うと、それは、ある時私が見たひとつの奇妙な夢に由来しています。今日の私の

☆14　パリでは、わたしは、デュシャン未亡人のティニー夫人との連絡係という役割だった。フォンテヌブローの森のはずれにある彼女の瀟洒な邸宅に呼ばれて一泊したこともある。そのとき、駅まで迎えに来てくれたティニーさんの車に、全員は入れないからというので、ナム・ジュン・パイクとともに、後ろのトランクに二人で身を屈めて箱詰めされたことも思い出す。そして通された広々としたわたしの寝室の中央に巨大なカバのバスタブがあって唖然とさせられたことも。まさに日本という「周縁」からやって来た「道化」を演じていたのかもしれない。

> 話のテーマは、「夢と数」ですが、その「夢」は、私のなかに予告なしに顕われてくるある不定形なもの――つまり、自分の内面に衝きあげてくるある種のもやもやですね――そうした夢の縁《へり》を、音楽的に、またそれはきわめて単純なものですが、数の操作を使って、はっきりさせようという気持ちがあるのです。／『鳥は星形の庭に降りる』は、サンフランシスコ交響楽団の委嘱で作曲されました。（……）作曲の委嘱を受けた年の春に、パリのポンピドゥー・センターで、マルセル・デュシャンの大きな回顧展がありました。そこで見たデュシャンのポートレートに、おそらく、その夢は起因しているのではないかと思います。皆さんすでにご存知だと思いますが、マン・レイがデュシャンの頭部を撮った写真です。彼の後頭部は星形に剃ってあるんですね。その写真を見た夜に、星形の庭の夢を見たのです。／無数の白い鳥が、その星形の庭に向って舞い降りていくんです。ところが、その中に一羽黒い鳥がいて、それが、群れをリードしていました。私はあまり夢を見ないほうですが、それだけに、その印象は強烈だったのでしょうね。目醒めた時、その風景がとても音楽的なものに思われて、これを音楽にしてみたいと思ったんです。
>
> （武満徹「夢と数」）☆15

武満徹は、こうして作曲のために「夢」を反芻しつつノートを書いていくのだが、そこに単純明快に「夢の印象」を描いた一枚のスケッチを残している。十数羽の「鳥の群れ」a Flock

☆15 武満徹「夢と数」（一九八四年に行なわれた講演の記録である）、『武満徹著作集5』、新潮社、二〇〇〇年、所収。

――たしかにまんなかの一羽だけは黒い鳥でそこには「F♯（fis-fix）」と書き込まれている――が、五芒星の「庭」へ舞い降りていくもの。武満徹は、この「F♯」を「音楽の中心（核音《ヌクレア》）」とし、「五音音階《ペンタトニック》」という「東洋やアフリカの旋法《モード》を「五角形の星の庭」のイメージに重ねながら、ハーモニーの「ピッチ」と「フィールド」をつくっていくと言う。「中心」が「周縁」へと降りていくのか、それとも「周縁」が「中心」へと浸透していくのか、いずれにせよ、「宇宙論的《コスモロジカル》なもの」への志向がそこには強く現われてきているように思われる。

本「オペラ」の開始にあたって、タイトルをどうするか迷っていたときに、なぜか、はっきりとした根拠もなく浮かび上がってきたのが、武満徹のこのスケッチだった。わたしの無意識は、それを、鳥たちが「時代」という明るい「庭」に、次々と舞い降りてくるイメージと翻訳したのだったろうか。いずれにしても、ここに至って、わたし自身は、このタイトルでよかったのだ、とはじめて納得する。この「星形」が、わたしの精神にもまた、刻まれていたということだから。つまり、あるいは着地には失敗したのかもしれないが、わたしもまた、「a Flock」の終りのほうの未熟な一羽として、このとき羽撃こうとしていたのだから。

第三場

一発の銃弾が発射されるのか、それともされないのか。

あの平和な場面に似つかわしくない拳銃が何故わたしたちの前に持ちだされたのか、

その記憶はさだかではない。タマリンドの木陰のテーブルには食前酒のグラスとともに一挺の拳銃が置かれていた。ポポカテペトルの農園《アシエンダ》を改造してあの夢の撮影所〈千の高原《ミル・プラトー》〉をつくりつつあった頃だったから、おそらく建築現場を監督する弟のフェデリコが携帯していた拳銃であったのだろう。もちろんそれは護身用のものではなく、アシェンダに棲みつくモグラを撃つためのものであった。（……）フェデリコ・ジュニアの提案で誰がもっとも射撃の名手であるかを競いあうことになった。銃弾は偶然にもわたしたち四人に一発ずつ配分されるように、四発が無造作にテーブルの上に転がっていた。標的には庭の彼方のオレンジの樹になる果実が選ばれた。大人たちの遊戯に恐れをなしたナイエとマリアンナは祖母のいるテラスへと逃げ去っていった。まずはじめに父親のフェデリコ氏が銃弾を装填して構えた。学生の頃には弓術《アーチェリ》の選手であり、射撃もうまかったという。ヴィセンテたちが少年時代にはよく狩猟に連れてゆかれたという。拳銃は予想以上にすさまじい炸裂音を発したが、オレンジの果実にみごと命中していた。フェデリコ氏にかわってこんどはヴィセンテが撃ち、そして弟のフェデリコが撃った。ふたりとも標的のオレンジを射止め、果実はジュースの飛沫を上げて砕け散った。

はじめに四発の銃弾がテーブルの上にあった。だから、もう一発が残されている。残されたその銃弾へとキャメラが寄っていく、と想像してみてもいい。四人目の人物の手が伸びてきて、それを拾いあげ拳銃にこめて撃つのかどうか。そのときオフで女性の声が入ってくる。それにすぐわれたかのように、男たちはテーブルから立ち上がる。そして亜熱帯植物が咲き乱れるなかをゆっくりと館へと歩いていく。あとには発射されなかった銃弾が一発、木陰のもとでいまだに鈍い光を放ち続けている。

> タマリンドの葉影がゆれるテーブルの上には最後の一発の銃弾が残されていた。ヴィセンテたちはこんどはわたしが撃つものとばかり思ったようだったが、これまで拳銃を手にした経験もなければ、わたし自身それを撃つ気持もなかった。そのときテラスから食事を告げるエドナ夫人の声が聞えた。わたしたちは館の方に歩み始めた。
>
> (吉田喜重『メヒコ　歓ばしき隠喩』より)☆16

場所はメキシコ。メキシコ市に隣接するモレロス州のクェルナバカの別荘の庭。時はおそらく七〇年代の終り、七八年か七九年あたりだろうか。だが、リアルな時間が問題なのではない。このほとんど無意味でもあろう一場面が、著者自身の言葉を借りれば、「その五年という長すぎたメキシコ滞在」を語り、書く「隠喩としての旅」、「書物としての旅」の最後に思い出され、よみがえってきたことこそが興味深いのだ。

それは三〇〇頁余りの書物の最後の段落の冒頭ということになるのだが、右に引用した部分にそのまま続けて、吉田喜重は次のように書き継いでいる――「いまこうしてエクリチュール

☆16　吉田喜重『メヒコ　歓ばしき隠喩』、岩波書店、一九八四年。以下、本文中、さまざまな形で引用するが、いちいち引用箇所は明示しない。

をつづけながらも鮮やかに記憶によみがえる、拳銃の発射音と砕け散るオレンジの果実。あれはなんの隠喩であったのだろうか。いかなるメタファーをそこに読みとるべきだったのだろうか」と。この自問に答えて、テクストは「隠喩に充ちたメヒコ、二重拘束の屈折した言説でしか語れないメヒコ、意味内容《シニフィエ》と記号《シーニュ》のおびただしい差異、その〈ずれ〉あうさまをすこしも隠そうとしなかったメキシコがいまわたしの前から遠ざかり、その豊饒な迷宮的なメタ空間をかき消しつつある」と。

だが、そうなのか。ここで「なんの隠喩であったか」と問うべきは、オレンジに命中した三発の銃弾のほうだったのか。そうではなく、発射されなかった最後の銃弾のほうではなかったのか。もしそうなら、それは、なんの隠喩であったのか？「隠喩」としては明らかすぎるほどだが、もちろん「映画」でしかありえない。

吉田喜重が（毎年半年ぐらいだったようだが）五年にわたってメキシコに滞在していたのは、映画製作のためであった。十七世紀初頭、仙台藩主伊達政宗の命により支倉常長と一四〇名の侍の一行がヌエバ・エスパーニャ（メキシコ）を経由してヨーロッパに渡り、ローマに赴いた、その遣欧使節団一行のメキシコ横断の旅を主題とする日本——メキシコ合作映画。シナリオも完成し、メキシコの国立映画銀行からの融資も決まり、何度かにわたるロケーション・ハンティングも終わって、「八〇年春から撮影が始められるまでに準備がととのったとき」、メキシコ政府が国立撮影所と映画銀行にたいして軍隊を導入して封鎖、撮影所は三ヶ月のあいだ閉鎖され、国立映画銀行は廃止された。この中断から立ち直って、「八二年の春、再度映画製作の準備がととのえられたとき」、またもやメキシコの政治‐経済的な「非常事態」に巻き込まれて、ペソの暴落で財政的な見通しが不明瞭となり、ついには吉田自身「やはりこの国で映画をつくることは夢を追いかけるに等しかった」と完全に断念せざるをえないところに追いつめられたのだった。

われわれはすでに第一幕第三場で、かれの『エロス+虐殺』（六九年）をとりあげた。その後、かれは、『煉獄エロイカ』（七〇年）、『戒厳令』（七三年）と、のちに『エロス+虐殺』とあわせて「近代批判三部作」と呼ばれる映画を撮ったあと、映画という次元においては、一九八六年の『人間の約束』まで長い空白期に突入している。文学や美術など個人で行なう創造とは異なって、多額の資金を必要とし、多くの人を動員しなければならない映画は、――まさにこのメキシコでの中止がそのケースだが――個人の意思に直接由来するわけではない外的な状況に振り回されざるをえない。外的な条件が整わなければ、つくりたいと思ってもつくることはできない。にもかかわらず、われわれのシネマトグラフィにおいては、――というより「シネマトグラフィ」とは本質的にそのようなものであるはずだが――外的な状況と内的な意思とは非連続的な仕方で、しかし奇妙なほどに深く連結しているという立場に立つ。

そしてそうであれば、七三年から八六年までの吉田喜重の「長い空白」は、本人の意思そして外的な状況を超えて、ひとつの歴史的な意味をもってこないだろうか。

すなわち、「肉体＝エロス」を通して「歴史」を問うという、明らかに戦後文化の第一季節（われわれが「肉体の暗き運命 1945-1970」と呼んだ季節）を貫いていた実践的方法論が、「近代批判三部作」の最後の『戒厳令』において、ある種の限界ないし臨界に達したということ。いや、もっと正確を期せば、ここでは詳述する余裕はないが、この三部作こそ、「映画」という装置を通じて、「時間・空間」の複数性や意味の多元性や意味の「漂白」を導入しつつ、その方法論を支えていた実存論的視座が内的に崩壊していくことを実験的に表現していたのだが、そのような内的な解体の試みすらもが、目に見えない限界に達しはじめたのが七〇年代であったのだ。吉田自身は、『戒厳令』の発表後の「空白」についてのちに、「(三部作の)三作品で、日本の近代史を私なりに完成させたつもりです。また映像的にも、これ以上は前に進めない。(……)映像ではこれ以上無理だと思うと同時に、私の気持ちがなえてゆくのを覚えています」[☆17]と語っている。

実際、かれは、その後七四年から七七年にかけてテレビ番組のために、ヨーロッパを中心にして世界の美術を追うドキュメント映像、しかも——すでにいくぶんか道化的であるのだが——かれ自身がナレーターをつとめるというオペレーションによって誘導される映像『美の美』シリーズを制作するようになる。それは、世界的水準の傑作として歴史的に登録されている「美」にたいして、メタの言説を重ねていく「美の美」の試行であったと言ったらいいだろうか。しかし、前出のインタビューによれば、「撮影、演出、そしてナレーションを、すべて一人がする」このドキュメント制作は、かえってかれを追い詰めていったのかもしれない。「ある日、髭を剃っていたら、剃刀が凶器に見えた」とかれは言い、それを契機にしてその仕事をやめるということになる。そこにメキシコからの声が届くというわけである。

☆17　吉田喜重「パッションとしての映画」(聞き手・構成・筒井武文)、雑誌『ユリイカ』総特集＝吉田喜重、二〇〇三年四月臨時増刊号、青土社。

われわれは、城山三郎の中篇小説が原作だという実現しなかった「メキシコを横断する一四〇名の日本の侍」の映画がどのようなものとなるはずだったのかについてはまったく知らないのだが、いずれにしても、「美の美」の実験を経たかれが、あらためて映画へと回帰する第一作となるべきものであったことはたしかだろう。

そして――われわれは勝手に想定するのだが――そのためには、かれにとっては、日本ではなく、ヨーロッパでもなく、なによりもメキシコという「周縁」の場が必要であった。「周縁」から出発してこそ、日本という場の時代によって課せられた限界を突破して、あるいはそれを巧妙にかわして、「映画」がもう一度可能になる――それこそが、そこで賭けられていた吉田喜重の「夢」であり、そこにこそ、いま、われわれの興味が向けられているのだ。

中心と周縁――すでに前場で見たように、これこそ、「道化」と並んで、この時代、山口昌男が立ち上げた「知のマキシム」ではあった。七〇年代、それこそ、まさにヨーロッパ発の文化人類学の「効果」でもあったのだが、積極的に「周縁」を求める「知」の運動が起こったと一般化してしまおうか。その効果が集中的して特権的トポスとなったのが、まずはバリ島の芸能文化だったが、それに続くのがメキシコであった。それにはさまざまな理由があるだろうが、決定的なのは、山口昌男自身が七八年前後にメキシコの大学院大学コレヒオ・デ・メヒコに一年間滞在していたことである。『メヒコ　歓ばしき隠喩』の記述によれば、山口から吉田へ一通の手紙が送られ、その手紙には「メキシコの辺境に住むインディオ、コーラ族のカーニヴァルを一緒に見に行かないかと書かれていた」。

われわれのキャメラは、この手紙をアップでとらえるだろう。われわれの「メタ・シネマ」がとらえたいのは、あくまでも「メキシコにおける吉田喜重」だからだ。この手紙がすべての出発点。これに応えて、吉田はメキシコに出かけ、数日にわたって昼夜続くコーラ族の祝祭カーニヴァルに立ち会う。そしてただ「祝祭」と呼ぶには激越な混沌の衝撃を受ける。

だが、キャメラは、メキシコ・シティからまる一昼夜をかけて行く文字通り辺境の部落ヘス・マリアで行なわれた、コーラ族の原始的な通過儀礼とキリスト教的受難劇が融合した祝祭のディテールは追いかけず、ただそこで「出口のない迷路」のなかに取り残されたように茫然と佇立する吉田喜重の「苦痛」だけをとらえようとする——「いや、事実、あのヘス・マリアでの生活は迷路に行きあぐねた日々の、苦痛の五日間であった。飲み水といえば村落を貫流する川にしか依存できない辺境。食事はトウモロコシからつくられる主食のパン、トルティーヤにトマト、アボカド等の野菜が添えられるだけの貧しさ。そして連日連夜、夜明けとともに始まり深夜に至るまで止まぬ祭りの興奮。就寝するにしても、祭りの合い間を縫ってようやく仮眠する状態であった。私はそのことを苦痛と言っているのではない。コーラ族の聖なる時間に加入するには、これぐらいのイニシエーションが義務づけられるのは当然だろう。それよりも私自身を迷わせ、苦痛に追いやったものは、祭りの全体を見とおすための視点がみつからずに不安、焦燥していったことであった。☆18」

「全体を見とおすための視点」の不在。全体を意味づけることの不可能。そこでは、もはや「些細なこと」と「重要なこと」の区別がない。かれは言う——「つぎつぎ祭りが仕掛けてく

☆18　吉田喜重「周縁がはらむ想像力」、初出は『叢書　文化の現在4　中心と周縁』、岩波書店、一九八一年（ここでは、吉田喜重著、蓮實重彦編『吉田喜重　変貌の倫理』、青土社、二〇〇六年、による）。このテクストのなかで、イエス・マリアの祝祭に触れる前書きで、吉田は、「数年前、正確に言えば一九七八年三月末、これまで私自身が努めて試みるようにしてきた周縁を捜しもとめる旅の、そのもっとも充実した稔りのある経験をした。しかも周縁における文化退潮のエントロピーをみごとに転換させることにかけては、すぐれた発想をもつ山口昌男氏と同行しえたのだから、それは幸運な旅であった」と書いている。

る暗号、記号にたいして私なりの論理性で立ち向かい、それを繋ぎあわせて首尾一貫した方向づけをしようとする自分を感じないわけにはいかなかった。そうしなければ私自身苦痛であり、その部落に居たたまれなかったのである。些細なことでも気にかかり、そして私はつまずいた」、と。

この「苦痛」、この「つまずき」こそが、真に「周縁」と遭遇していることの明白な証しである。「周縁」と言うのは容易い。だが、「周縁」とは、なによりも自己という中心性によって組織された意味の体系が失効する地帯であるはずで、あらゆる「些細なこと」につまずいて「居たたまれない」状態になることなしにはほんとうに「周縁」を経験したことにはならない。その意味で、メキシコは最初の出会いから一挙に、吉田喜重を、かれ自身が「失語症」と呼ぶ「荒野」へと誘引したと言えるだろう。それは、ただたんにそこに自分が解読できない神話的・宇宙論的な意味体系があるというだけではなかった。つまり、かれが言っているように、かれが文化人類学的な眼差しの訓練を受けていないというだけではなかったはずだ。そこでは、通時的な歴史が一挙に共時的な現実の構造の上にカオス的に重ね描きされていた。ヨーロッパによる征服以前の「歴史なき世界」と征服以後の暴力的な「歴史」(キリスト教はそのひとつの指標である)との整理のつかない混淆が「祝祭」として演じられていた。

そうならば、いかなる検証作業も行なわずにこう言うことにためらいがないわけではないのだが、あえて乱暴な断言を暴発させてしまえば、じつはそのような複数の共時的空間による通時的「歴史」の解体こそ、まさに吉田喜重が「三部作」を通して試みようとしていたことにきわめて近かったのではないか。つまり、メキシコの辺境のヘス・マリアで、かれは、突然に、自分がその「限界」にまで達したと自覚していた「映画」、しかし部落全体が五昼夜にわたって繰り広げる四次元の「映画」という「祝祭」のただなかに放り込まれたのではないか。しかし、その「意味」がまったくわからないかれ、その「歴史」を生きていないかれには、「映画」を享楽することができなかった。「歓び」がなかった。「歓び」のかわりに「苦痛」。「苦痛」という「祝祭」。

この「苦痛」がかれをメキシコの地に引きとどめる。もちろん、現実には、吉田喜重は、山口昌男から同じ大学のヒンズー哲学の女性教授へ、また彼女を通じて独立プロダクションの製作者ヴィセンテ・シルバ氏へと紹介され、そこで映画の共同製作の話が動きはじめるのだが、われわれのキャメラが執拗に追おうとするのは、そうした現実の経緯ではなく、その果てに、たまたまその女性教授がインド大使に任命されて主が不在となった邸宅を借りて住みついている吉田の姿である。もちろん、その広い庭を訪れる「魔術的な色あいの肢翼」をもつハチドリを追ってもいいのだが☆19、それよりは、その邸宅の「一階のスペースの大半を占める広い書斎」のなかで、――テクストには「ハイデッガーの『形而上学とは何か』のガリマール版仏訳本からはじまり、サルトル、メルロ＝ポンティ、そして構造主義に至る著作が揃っている」と書かれている――ひとり読書を続ける姿を追うべきだろう。

かれは読む、アルトー、バシュラール、バルト、バフチン、ボードリヤール、ベンヤミン、ボルヘス、コルテス、ドゥルーズ、デリダ、デュシャン、フーコー、エリアーデ、ヤーコブソ

☆19　本文中では説明できなかったが、これは『メヒコ　歓ばしき隠喩』のなかの一章「ハチドリの表象と〈re〉の記号」による。ハチドリは、「時間が決められたように陽差しがひときわ輝く正午近くに現れ」、それが著者の目を奪う。「わたしは微妙な羽音を立てて空中に停止するハチドリを、この手で捕まえてみたい衝動にかられた」とある。すなわち、ハチドリは、メキシコの地で吉田喜重の衝動が「捕まえたい」と欲望するものの「隠喩」なのである。

☆20　本来的には、ここで、メキシコがコーラ族の祝祭的カーニヴァルだけではなく、まさに現在にも直接的な影響を及ぼしている二十世紀のメキシコ革命のカオスを、吉田喜重に押しつけ、それに対して、吉田がどのように対応しようとするかを詳細に追っていかなければならないところで

ン、ラカン、レヴィ＝ストロース、パス、スタイナー……『メヒコ　歓ばしき隠喩』の巻末につけられた引用文献リストに挙げられた六〇冊のなかからアト・ランダムに拾いあげただけだが、それが現実であれ、そうでないのであれ、広大な庭をもつ二階建てのコロニアルふうの邸宅の広々とした書斎で、メキシコが「つぎつぎと仕掛けてくる暗号、記号にたいして」、「首尾一貫した方向づけ」をするために、――まさに「中心」と言うべきだろうか――当時の最先端、なによりも「記号」という問題系を徹底して掘り下げたとも言うべき「フランス現代思想」を中心とした理論書を読みつづける吉田喜重の姿を追い続けたいのだ。すなわち、われわれは、まさしく日常の現実のなかに「歴史」が意味不明のカオスとなって立ち現われてくるメキシコという「周縁」にとどまり続けながら、そのカオスにたいして、「中心―周縁」という両義性すらを取り込もうとするもっとも現代的な「中心」の「知」をもって対応しようとするひとりの映画監督の静かな、孤独な「苦痛」あるいは「闘い」を見届けたいのだ。☆20

　つまりそこでは、「映画」という魔法によって、この「苦痛」そのものを「歓び」に変えることが密かに願われていたのではないか、というのがわれわれの仮説なのである。とすれば、われわれがなすべきことは、「闘い」の詳細は『メヒコ　歓ばしき隠喩』にまかせて、結局、メキシコの現実にのみこまれて「映画」そのものがクランクインできなかった、苦痛に満ちたこの「映画の挫折のメタ・シネマ」のエンディングへと急行しなければならないだろう。☆21

陽の翳り始めた中庭に取り残されているのはわたしひとりであった。食卓を片づけに

はある。なかでもパンチョ・ビリャとエミリアノ・サパタの二人の革命派の首領、とりわけモレロス州を拠点とした後者への不思議な共感的感覚を丹念に追っておきたいのだが、紙面の関係もあってそれはかなわない。ただ、「銃弾」の文字通りのショット（！）からはじまったわれわれのエクリチュールにとっては、このサパタが、アシェンダのなかで無数の「銃弾」を浴びて虐殺されたことだけは触れておかないわけにはいかないだろう――「正午の太陽がモレロスの湿った土壌に熱い陽炎をゆらめかす。午後二時アシェンダの外で待つサパタは喉の渇きに耐えきれなかったのだろうか、グアハルド大佐の招待をついに受け入れて建物のなかに足を踏み入れる。虐殺は一瞬のうちに行なわれた。中庭にサパタ歓迎の栄誉のラッパが鳴りわたり、整列をして捧げ銃をし

きた顔見知りの老給仕に、新しくエスプレッソ珈琲を注文する。蝶ネクタイに白の上着姿の老給仕は食堂の方へ去ってゆく。そのとき中庭に残されている客がわたしだけでないことに気づいた。ココナッツ椰子が心地よげに葉影をゆらすあたりに、その持てあまし気味の巨体を椅子に投げ出すようにして眠っている老映画監督インディオ・フェルナンデス。先刻までバーで飲みながら泥酔した声を張り上げていた彼も、いまはひとり残されて午睡《シエスタ》を楽しんでいた。その老監督を遠くから眺めながら、わたし自身しばらく空白の時間を過ごしたようだ。老給仕が珈琲を置いて立ち去ったのも気づかないほどであった。やがて時間が流れるなかに彼方の木陰で眠っている老監督、殺人の前歴をもち酒乱で人びとから敬遠されているこの人物に、わたしは思わぬ親近感を抱き始め、しかもそれが抜きさしならぬ感情になりつつあることをはっきり意識したのである。テンガロン・ハットをまぶかにかぶり、その表情はわたしのいる位置からさだかではなかったが、いま人影のない中庭にこの老監督とふたり偶然取り残されていることに、わたし自身言いようのない〈歓ばしさ〉を感じ始めていたのである。

もちろん映画監督同志としての共感がそこに働いていたことは否定できなかったろう。浮浪者同然の身なりをした老人で有りながら撮影所内の食堂で悠ゆうと午睡《シエスタ》を楽しむ、その気儘な生き方に羨望せざるをえなかったのも事実である。しかしそのときわたし自身を襲った抜きさしならぬ〈歓ばしき〉感情とは、いままさに探しもとめていた真実の〈インディオ〉がまのあたりにいるという息苦しいまでの実在感にほか

ていたグアハルド大佐の護衛隊がその至近距離から一斉に銃弾を浴びせたのである。」「歓迎」と「虐殺」とがここでは表裏一体であったのだ。

☆21　ここでもまた、われわれのエクリチュールは急ぎすぎている。本来ならば、このインディオ・フェルナンデス監督へと至る前に、二人の映画監督を思い出しておかなければならなかったのだ。ひとりは、一九三〇年にメキシコに着いて映画『メキシコ万歳！』をつくろうとして果たせなかったエイゼンシュテイン。そしてもうひとりは、フランコ独裁下のスペインからメキシコに亡命してきたルイス・ブニュエル監督。かれは、この地で『忘れられた人びと』そして『皆殺しの天使』をつくっている。この二人の監督の挫折や苦難を通じて、「この国で映画をつくることは夢を追いかけること」であ

ならなかった。長い生涯をみずから〈インディオ〉と称して生きてきた老監督、その偽りの命名が現実のインディオたちよりもはるかに真実の〈インディオ〉を指し示し、〈インディオ〉とは命名された言葉にすぎないことを老監督はいまわたしに告げている。それはなんと自明な、そして眩惑に充ちた啓示であったことだろう。

るという「歴史」が回顧されている。

十二月。すでに決定的にメキシコを去る日も決めて、最後の挨拶にチェルブスコ撮影所を訪れた場面。老監督とはすでに八〇歳近いエミリオ・フェルナンデス。十年ほど前に、ロケーション・ハンティング中に立ち寄った町の酒場で客と口論となり「その場で相手を射殺した」人物。現実に銃弾を発射して殺人を犯した映画監督、ほんとうに人を殺した「道化」というわけである。そのかれがすでに釈放されて、撮影所の中庭で午睡を楽しんでいる。その傍らに、まったく無関係に、みずからの「映画」が不発に終わることを最終的に確認したばかりのひとりの日本人映画監督。

その「空白」の時間、「空白」の中庭。なにも起こらない。だが、その「なにも起らない」時間を通して、メキシコではじめて〈歓ばしき〉感情が湧き上がる。あの「苦痛」が、そのままで、いかなる「意味」もない〈歓び〉へと不意に転換する。もはや「真実の〈インディオ〉」も「偽の〈インディオ〉」もない。「周縁」も「中心」もない。発射された銃弾も発射されなかった銃弾もない。そこにはもはや隠喩すらもなかったのではあるまいか。

幻想の午睡《シイエスタ》は終わった。陽はいっそう傾き、あたりの熱帯植物群は黒ぐろとした影と化して深いしじまの密林を思わせた。彼方の老監督はその長い眠りから目覚める気配はなかった。もはやわたしは立ち去らねばならない。しかしその前に老監督の方に歩み寄り、何故か別離の抱擁《アブラソ》を送りたい気持にかられた。わずかに残っていた苦い珈琲を飲み干すと、わたしはゆっくりと近づいていった。老監督の顔は薄汚れたテンガロン・ハットの蔭に隠れたままであった。かつて農奴《パオン》たちが愛用した白い農耕着を思わせる粗末なシャツ、首には布地に刺繍のあるインディオの雑嚢《モール》をかけ、投げ出された両足には底の擦りへった長靴。依然として老監督は眠ったままであった。しかしついに声をかけることもなく、わたしは背を向けるとその場を去ってゆく。すでに黄昏どきでありながら、それでも真昼のごとき〈歓ばしさ〉につつまれているわたし自身を感じながら、中庭を横切っていく。

映画はできなかった。そのかわりに『メヒコ　歓ばしき隠喩』というエクリチュールが残された。その「映画の映画」、その「メタ・シネマ」を、われわれはいま、読むことができる。それを、われわれは「メキシコの明るい庭」と名づけてもいい。

間狂言「NIPPON CHA CHA CHA!」[☆1]

たとえば第二幕までが終わり、休憩時間。客席から立ち上がって、ホールへと出ていくとそこにも舞台があって、なにやらパフォーマンスがはじまる、と想像してもいいかもしれない。あるいは、能舞台のように、前場が終わってシテが揚幕のなかに消えていくと、かわりにアイが登場してアイ狂言が演じられるとでも。いずれにしても、限りなくシネマトグラフィックになりつつある、われわれの戦後文化論第二オペラ、第二幕まで終わって、第三幕がはじまろうというところなのだが、この幕間に真正の「舞台」がひとつ、割り込み、挿入される。

言い訳がましいが、このオペラ、はじめから台本が決まっているわけではなく、連歌連俳のように、そのたびごとに前幕前場を受けて立ち上がる「記憶」を検証的に展開してつないでいるだけなのだが、これまでもそうだったが、ときおりそこに、——近接する「過去」である以上は当然——これを書いているわたし自身の「過去」そして「現在」が紛れこんでくることがあって、そうした不意打ちを回避しないのが、このエクリチュールの姿勢、ここでもまた、突然、侵入してくる「現在」の強迫に、いっそ身をまかせてしまおう。

舞台、と言っても平土間だが、その上にあるのは、肘掛け椅子と姿見、そして小さなテーブ

☆1 今回から本第二オペラが対象とする年代を(1970-1989)から(1970-1995)へと変更する。二つの区切り方のあいだではじめから迷っていたのだが、ここまで回が進んでくると、やはり区切りは「昭和」という年号ではなく、「一九九五年」という「災厄」こそがふさわしいと確信するようになったからである。

ルのみ。暗い空間。すると上手の奥から、ひとりの女性が現われる。高いハイヒール、襞のついた紫がかった濃いブルーのドレス、カールした髪、すべてが遠い古い時代のクリシェ。その女性が舞台の隅で立ち止まり、中央の無人の肘掛け椅子の方に向き直り、突然、力の限り叫びはじめる。あ〜〜〜〜〜〜、とどこまでも、全空間を震わせながら、いかなる文脈も意味もなく、ただ、存在の奥底から、あ〜〜〜、と。

そうだ、この叫びを（また）聞くために、ここまで来なければならなかったのだ、とわたしは呟く。この二月、フランスのメス。日本の建築家・伴茂が建てたポンピドゥーセンター・メス一階のスタジオ。前から二列目の隅に座っていたので、叫びが迸るのはわずか二メートルほど前、叫びの渦のなかに巻き込まれながら、わたしは動揺する。この叫びを、遠い昔に聞いたはずなのに、それが記憶のなかから欠落していたのでは、と。

じつは、この直前に、舞台後半のスクリーン上には、ほんの一瞬だが、わたしの姿が映っていた。わたしではあるが、ほぼ二四年前のわたし。まだ髪も黒々として口のまわりには顎髭もはやしている。そのわたしが、東京大学駒場キャンパスの900番教室の通路にひとり立っていた。まわりの長机には学生たちが数十名、授業を聞く態勢で座っている。そのなかを——まったくの「場違い」！——純白のドレスをまとった「マリリン・モンロー」が、ハイヒールの靴音も高らかに、しゃなりしゃなりと横切っていったのだ。

それは、一九九四年四月、アーティストの森村泰昌が「マリリン・モンロー」となって駒場の教室に「降誕」したパフォーマンスの映像だった。わたしは、その出来事がメスで喚起されるだろうことは、あらかじめわかっていた。というのも、数ヶ月前に、舞台となった講堂教室へのアプローチをあらためて撮影したいという森村の申し出を大学側に取り次いでいたから。だが、そこで、たとえ一瞬にしても、わたしがわたし自身と出会うことになるとは予想してはいなかった。だが、驚くことではない。「マリリン・モンローの降誕」は、もちろん森村から依頼されてのことだが、駒場ではわたしが仕掛けたものであったからだ。驚いたのは、むしろその後。「マリリン・モンロー」が通路を前に歩いていき、演壇の前に用意されていた円形の台の上にすっくと立つ。すると、——映画『七年目の浮気』の有名な一シーンだが——台から一陣の風が吹き上がり、それが白い襞スカートを派手に捲りあげる。そこでスカートを両手でおさえながら、彼女が、あ〜〜〜〜〜っと絶叫するのだが、この絶叫が、不思議と、わたしの記憶からは抜け落ちていたのだ。☆2

スクリーンの中の「マリリン・モンロー」が叫び、それに続いて現われた「マリリン・モンロー」が今度は現実の空間の中で叫ぶ。四半世紀前に聞いていながら聞いていなかったその叫びを（また）聞く。フランスのメスで。ポンピドゥーセンターで。

なんという必然であったろう。なにしろそこで開かれていたのは、「七〇年代以降の日本の現代アート」をテーマにした展覧会「JAPANORAMA」であったのだから。それは、わたしのこのささやかな戦後文化論（II）が定めたフィールドと、正確に重なっている。しかも、キュレーションを行なった長谷川祐子から頼まれて、わたし自身、この展覧会のカタログのため

☆2　このパフォーマンスについては、わたしはすでに『大学は緑の眼をもつ』、未來社、一九九七年、収録のテクスト「Mの降誕」を書いている。しかも、この本の表紙は、まさに駒場の900番教室に降誕した「マリリン」の白いドレス姿の写真をアレンジしたものだった。無人の教室が背景なので、リハーサルのときに撮影した写真だと思われるが。

に、七〇年代以降の日本文化の全体的な傾向を語るテクストを寄せている。[☆3] さらに、その場で、森村泰昌が登場して駒場に関連するパフォーマンスを行なうとならば、行かないわけにはいかないではないか。たまたまこの時期に、わたしも駒場の院生たちを率いて、ロンドンとパリの「都市のかたち」を学ぶ研修旅行を組織していた。スケジュールの一日をメスに振り当てるのはむずかしくはない。二月二十四日、十数名の学生たちといっしょにTGVでパリからメスに移動し、市内のカテドラルを観たあと、ふんわりとテーブルに置かれた大きな帽子のような形のこの美術館に赴いたのだった。

　森村泰昌のパフォーマンスは「NIPPON CHA CHA CHA!」[☆4] と題されていて、およそ一時間あまり。すでに述べたように、舞台の前面には、肘掛け椅子と姿見、テーブルなどが置いてあるのだが、はじまってすぐに森村が座るわけではなく、まずは森村自身の声でフランス語の挨拶がスピーカーから流れると、あとは写真やヴィデオの映像、そこに舞台全体とスポットとの二つの音源から森村自身のフランス語の「語り」が流れるという仕掛け。わたしの知る限り森村がフランス語を学んだということはないので、この「語り」のあまりの流麗さにわたしは驚き、いや、「真似る」とはここまで行くのか、と感動すらしていた。

　わたしの危うい「記憶」に依拠するなら、構成は五部に分かれていて、最初は、これはフランスへの「挨拶」でもあるのだろう、ロラン・バルトの日本文化論『記号の帝国』を引いて、みずからの存在の中心の空虚を語るのだが、これは同時に、みずからを「空虚さ」において「日本」に重ねあわせるという仕掛け。それを踏まえて、明治天皇が幼年時代に「女子」とし

☆3　Yasuo Kobayashi, *La culture contemporaine japonaise depuis 1970?: Panorama ?pistolaire cinématographique*, in Japanorama, Centre Pompidou-Metz, Japan Foundation, 2017. いまになって思うのだが、わたしのテクストのタイトルが展覧会のタイトルを誘導したのだろうか、逆ではないことは確かだ。

☆4　このパフォーマンスは、この二月二十四日のメスが初演だが、まさにわたしがこの原稿を書きつつある、三月二、三、四日と東京港区のリーブラホールで日本語ヴァージョン「芸術家Mの『日本、チャチャチャ！』」が発表されている。わたしは観に行くことができなかったが、基本的な構成に変化はないと思われる。

て育てられていたという伝説的な挿話が挟まれてジェンダーの差異と転換が示唆されたあとに、いよいよ戦後文化論！　かれがすでに作品として取り組んでいる「マッカーサー元帥と昭和天皇」が並んで立つ写真を受けた森村作品が提示され、前者の男性性と後者の女性性が強調されたあとで、いわばそれを反転させるようにして、合衆国のマリリン・モンローと日本の三島由紀夫という七〇年代以降の文化がはじまる「鬩」以前に、いわば「時代」によって「殺された」とも言うべき二人の人物（フィギュアー）が招入されるという基礎構造。その反転のいわば蝶番として「わたしはオランピア」と題された第三部、マネの「オランピア」に扮した森村作品とともに、日本が「アジア」という「女」を支配する「男」としてふるまった先の戦争が言及される。このあとの第四部が「東京マリリン」で駒場の「マリリン・モンローの降誕」の映像が投影されたあとに、舞台奥からとうとう森村自身が「マリリン」として登場。絶叫のあとは、そのまま肘掛け椅子に座って、鬘を取り、ドレスを脱ぎ、化粧を落として、赤い褌ひとつになり、今度は床に置いてあった小さな鞄からズボンを取り出し、制服を着込み、鉢巻きを締めると、そのまま自衛隊市ヶ谷駐屯地に突入した「三島由紀夫」である。この変身のプロセスそのものを見せることが、パフォーマンスの眼目であったことはまちがいない。

三島由紀夫―マリリン・モンロー。MとM。そうか、とここではじめて腑に落ちることがある。九四年に、「マリリン降誕」のパフォーマンスのために、森村が駒場にやって来て、構内を案内しながらいっしょに「降誕」の場所をロケハンしていたとき、かれは、どうしても900番教室でやりたいと言い出してきかなかった。この教室は一般的には法学系の授業のためのもので、わたしは使わない教室で、それをわたしの「表象文化論講義」のために使うのは学内の手続きがとても面倒だったのだが、かれははじめから、六九年五月に三島由紀夫が来て講演したこの空間に狙いを定めていたのだ。実際、このメスでの「語り」のなかで、かれは、この教室の机の上を歩いているときに、自分の頭上にたしかに三島由紀夫の存在を感じたと告白していたのだが、その当時、わたしはそんなことは少しも知らなかった。

　となれば、わたしは、森村についてのわたしの公式をあらためて解釈し直し、変更しなければならないかもしれない。というのは、わたしは九六年、横浜美術館で行なわれた大規模な「森村泰昌展」のカタログ「美に至る病」にテクストを寄せていて、そこで「人間の見ることの歴史のただなかにあって、そうした歴史化された眼差しのなかに寄生しながら、しかし同時に、Ｍは単なる引用でもなく、単なる模倣でもない、およそ一切の見る欲望の手前にあるような魂の夜のような盲目をわれわれに引き渡すのである」と書いて、さらに次のように敷衍していた。

　そのことをもう少し具体的に見てみる。たとえばＭＭ（マリリン・モンロー）へと降誕したＭについて。われわれはそれをとりあえず、次のような定式で要約しておく。

$$M \rightarrow MM:M = MM(m)$$

小文字のｍは、ＭＭというフィギュールのなかに代入された森村泰昌個人と考えてくれればいい。

こうしてMという装置は、まずなによりも代入の装置である。

（……）

とても奇妙なことだが、そのMM(x)という構造のなかに、MM自身、たとえばその本名であるノーマ・ジーンという平凡な個人を代入してみることもできるのだ。ノーマ・ジーンがマリリン・モンローになったということはそういうことだ。強い光を浴び、激しい欲望の眼差しが注がれるその場所、その形態への代入。MM＝MM(n)＝MM(m)＝……おそらく、MMとは、ということは一般的に、われわれの眼差しの記憶のなかでひときわ強い光を発して残り続けているさまざまな発光体は、そのような構造をもっているのだ。逆に言えば、もしそのような代入を可能にし、誘発する構造──ある種のギ（欺、擬、偽、技、義、儀、犠、戯……）の構造──を備えていないのならば、それはけっしてわれわれの眼差しの記憶のなかで特権的な位置を占めることはなかったに違いない。☆5

この文章を書いたときには、わたしは三島由紀夫のことはまったく考えていなかった。人類史的な意味での「一切の見る欲望の手前にあるような魂の夜のような盲目」だけが焦点であって、「日本」という視座は完全に抜け落ちていた。わたしが森村の三島由紀夫への「代入」のパフォーマンスの映像を観たのは、ずいぶんとあとのことなのだ。だが、この日、メスのポン

☆5　小林康夫「ギ・装置Mの降誕祭（フォリーナイト）──森村泰昌のために」、『森村泰昌　美に至る病──女優になった私』展、横浜美術館、一九九六年。この展覧会のために森村は、16㎜フィルムの映画をつくるのだが、そのタイトルは「ギ・装置M」となっている。また、これは確かではないが、これ以降、たとえばセルフ・ポートレイト集『女優Mの物語』（朝日新聞社、二〇〇一年）のように、かれはみずからのインデックスとして「M」を使うようになる。

ピドゥーセンターでわたしが知ったのは、いわばあの「マリリン・モンロー」が「三島由紀夫」と裏・表で両者がまるで「回転扉」のような構造としてあったということ。

　となれば、わたしの公式のMMは、「マリリン・モンロー」ではなく、MM＝（三島×マリリン）として考えるべきではないのか。

　すなわち、M（森村）→MM＝（三島×マリリン）

　さらにそこに、M（マネ）を付け加えてもいいのかもしれないが。

　しかし、もっと重要なことは、この「ギ・装置」全体が、こうなると、まさに、ここでわたしが試みているのと同様の、森村流「日本戦後文化論」となっているということだろう。すなわち、あえてわたし自身の「オペラ戦後文化論」に引きつけて言うのなら、わたしは「マリリン・モンロー」はもちろん扱わなかったが、そのかわりに寺山修司の「毛皮のマリー」を差し出すことができるし、『オペラ戦後文化論Ｉ』は、わたしがいかに一九七〇年十一月二十五日の「三島由紀夫」のごく近くを通りすぎながら、それを「なにか自分がキャッチできない出来事」として受けとめざるをえなかったと書きつけることによってしか、終わることはできなかった。[☆6] ところが、それとは逆に、森村は、まさしくその日、自衛隊市ヶ谷駐屯地に突入してベランダで演説をする「三島由紀夫」そのものへとみずからを「代入」してしまうのだ。

　この差異《ずれ》は大きい。わたしはかつて、美術家である森村に問いを提出するという企画のトップバッターとなって「美にとって政治とは何か?」という問いを出したことがあるのだが、そのとき書いたテクストのなかで、森村と自分とを「双子」と規定して次のように書いた――

☆6『オペラ戦後文化論Ｉ　肉体の暗き運命 1945-1970』、未來社、二〇一六年、二〇八ページ。

「二〇一一年七月、京都大学で行なわれた表象文化論学会のおり、白いチェスボードをあいだに挟んだ公開対談の席で『森村さんとわたしは双子なのだ』と乱暴なことを申し上げましたが、一九五〇年／一九五一年生れのわれわれは、血のつながりも地のつながりも、はたまた知のつながりもない『白の他人』でありながら、同時に日本の戦後という歴史が生んだ無数の双子のひとつの対ではないかと思います。いや、そのようにまったく自分に似ていない、けっして自分に似ることのなかった自分の肖像を鏡で見るように、わたしは森村さんの作品を見てきたのではなかったか、そう思ったりもします」、と。☆7

この挑発に、森村は「小林少年がコトバを獲得して教授というオトナになったのとは対照的に、モリムラ少年はコトバを喪失したコドモのまま芸術家となりました。オトナになった小林少年はコドモノカラダを喪失し、コドモにとどまったモリムラ少年はオトナノコトバを剝奪されたままです」と応答してくれたが、その通り、わたしはカラダを決定的に喪失したのにたいして、モリムラ少年は、コドモノカラダを、さまざまな「オトナ」のフィギュアーへと「代入」することで、みずからをひとつの政治的でもある「ギ・装置」としてつくりあげたのかもしれない。

だが、そうであれば、この森村泰昌という「ギ・装置」こそ、まさしく「道化」の装置以外のなにものでもなかった、とわたしはいま、しみじみ思う。そしてまた、この「ギ（欺、擬、偽、技、義、儀、犠、戯……）・装置」という公式は、わたしなりの仕方での「道化」の定義でもあったのではないか、と。つまり、わたしは「道化であること」を、「双子」の片割れで

☆7　森村泰昌『美術、応答せよ』、筑摩書房、二〇一四年、一三ページ。

ある、森村泰昌のアートを通じて学んだのではなかっただろうか。

そうなると、わたしとしては、この「双子」の分岐点がどこにあったのかを正確に時間軸の上で指摘できることを言っておかなければならない。森村が「代入」作品をつくりはじめるのは、一九八五年の《肖像（ファン・ゴッホ）》からだが、世界的に知られるようになるのは、八八年のヴェネチア・ビエンナーレのアペルト展とサンフランシスコ近代美術館などを巡回した「アゲインスト・ネイチャー」展からだと言っていいだろう。

ところが、この後者こそ、またしても、わたしが、なにかのごく近くを通りすぎながら、結局、それを取り逃がしてしまったモーメントとして、わたしの記憶のなかに刻まれているのだ。というのも、この展覧会のために、わたしは原稿を依頼されて書いたのだが、英訳までが揃った段階で、それがボツになったからだ。あとにも先にも、書いたものが最終段階でボツと判断されたのは、ほかに記憶がない。だが、それはショックであったよりは、自分がどれほど時代に遅れているかを、わたしに気づかせる契機となった。なにしろ、わたしはそのとき、「ネイチャー」という言葉に引きずられて、メルロ＝ポンティの現象学的思考などを引用していたのだから、ボツは当然のことなのでもあった。つまり、わたしは、「アゲインスト・ネイチャー」の意味がまったくわかっておらず、いつまでたっても（あるいはいまですら）「フォー・ネイチャー」（あるいはせいぜい「シュール・ネイチャー」）のスタンスであったのだ。だが、その展覧会を通してこそ、森村の活動は、一挙に、世界の地平に踊り出て、花開くことになったのだ。

「双子」の「弟」は、真正の「道化＝アーティスト」となって世界に踊り出、「兄」は、コトバだけを頼りに、それ以降、ひたすら「弟」のカラダの後ろ姿を、遅れて、追いかけることになる。わたしに九四年の「東京マリリン」を駒場で引き受け、それに加担しようと決めさせた理由のなかには、わたしが取り逃がした「アゲインスト・ネイチャー」をあらためて身近に感覚したいという欲望があったにちがいない。

いずれにせよ、MMの二つのカラダをMが演じることで、森村は、「七〇年代以降の日本文化」のエッセンスが、七〇年にM（三島）とともに終わる戦後の「暗い肉体」を、——それ自体がすでにして「道化」であったことを暴きつつなのだが——「道化」として引き受けることにあったと鮮やかに表現したのではないだろうか。「七〇年代以降の日本文化」——それは、メスの舞台で変身のオペレーションをそのまま見せるMのカラダであったということになる。

だが、それでは終わらない。市ヶ谷での三島由紀夫の演説を、顔の筋肉の使い方から抑揚までていねいになぞりつつ演じていくのだが、途中から、その叫びは、もはや自衛隊員に宛てたものではなく、芸術家たちにあてたものとなる。まさに「道化」の面目躍如なのだが、いつのまにか演説は、芸術家たちの「蹶起」への悲愴な呼びかけとなるのだ。その転換は、わたしはすでに何年も前に映像を見て知っていた。演説の最後は、万歳三唱である。「万歳、万歳」ときて、しかし最後にMが叫んだのが「漫才！」。とともに、スクリーン一面に、

「NIPPON CHA CHA CHA!」

の文字「O」が日の丸の「赤」も鮮やかに浮かぶと、場内は、陽気なお囃子の「ニッポン　チ

ャ　チャ　チャ」音頭が流れる。そのなかを、鉢巻きを外し、「盾の会」の制服を脱いで、普段着に着替えた森村泰昌が、衣装を詰めたキャリーバックを引き摺りながら、力なくとぼとぼと舞台上手へと消えて行くのだ。そこにはもはや「道化」はいない。「ギ・装置」は機能していない。だが、ほんとうにそうなのか。それとも「いまの時代」がすでに「七〇年代以降の日本文化」とはちがった「文化」へと突入していることへの暗示であったのか。すでにすべては「チャ　チャ　チャ」へと雪崩こもうとしているのか。そこに、わたしは、この「現在」にいたるまで、戦後という「同じ時代」を生きてきたよなあ、と「双子」の兄弟への深い共感を勝手に感じていた。

だが、話はまたもや、そこでは終わらなかった。その日の夜、パリに帰って学生たちとテーブルをともにしながら、わたしは、わずか一時間あまりの公演のために、あそこまで流暢な、ほとんどナチュラルなフランス語の音声を身につけた森村の「道化」たる努力への賞賛の言葉を惜しまなかったのだが、その一週間後、帰国して東京の公演も観に行った学生のひとり亀有碧から衝撃の報告が入る。そのメールは告げていた、「レクチャー部分の音声は、森村さんの声ではなく、俳優さんの読み上げ音声に、切り刻んだ森村さんの声を合成して森村ふうにする、という高度な音声変換技術によるものだそうです。自分が行方不明になるでしょうと笑っておられました。完全に彼のアゲインスト・ネイチャー的想像力に一本とられました」、と。わたしは唖然。またもや、かれの「アゲインスト・ネイチャー」に完膚なきまでに打ちのめされる。「弟」は「アゲインスト・ネイチャー」、「兄」は「フォー・ネイチャー」、いつまでたっても、わたしは「弟」に遅れ、「時代」に遅れる。

「コトバ」はけっして「カラダ」に追いつけないのかもしれない。☆8

☆8　森村泰昌さんに、書き終わったこの原稿をメールでお送りして、読んでいただいた。そのとき、われわれは、Yasuo-YasumasaとYY（日本、ワイワイ）だとはしゃいでみせたのだが、森村さんは、それを受けとめて「YASU兄／様」ではじまる返信で、あの「音声変換は、ヤマハさんの技術提供によって為されたのですが、きわめて厄介な作業で、延々たる時間と労力を費やして、やっと出来ました。でも出来上がったものは、なんの変哲もない『声』」と教えてくれた。まさに「アゲインスト・ネイチャー」！　また、「にっぽん、チャチャチャ音頭」は森村作ではなく、既成の曲だということもわかった。

第三幕「内庭幻想」

ほんとうは「内廷」と書くべきなのかもしれない。だが、本「オペラ」のタイトルに誘導されて、「内庭」という語を宛てておこう。それが何を指示しているのか、わたしにもまだよくわからない。だが、なぜか知らず、ひとつの閉域を呼び出すという要請に応えようとしたら、この言葉が、水の面に、浮かび上がった。

第一場

この第三幕、わたしとしては、一九七〇年代から一九八〇年代へと転換的に突入したい。しかし、すでに言及したように、この時期、わたしは日本を離れ、三年間パリに留学していた。だから、わたし自身の文化的な触覚は、この転換のモーメントをよく感知してはいない。だが、海外にいたからこそ、強烈に刻まれている記憶もあって、それは、この間に円とフランの為替率が劇的に変化したこと、それとともに日本経済が世界的に——一九七九年に出版されたアメリカの社会学者エズラ・ヴォーゲルの著書のタイトル——「*Japan as Number One*」として評価され、同時に（とくにフランスでは）激しく批判されはじめたこと。この経済成長の延長で、八〇年代後半、日本経済はいわゆる「バブル景気」へと突入するのだが、この時期が、日本の歴史のうえでも類例のない「ユフォリー（euphorie）」の時代、多幸症的「黄金時代」であったことはまちがいない。

そのことをもっとも象徴的に告知していたのは、糸井重里が、西武百貨店の広告のために、八〇年、八一年、八二年と連続してつくった三つのキャッチコピー「じぶん、新発見」、「不思議、大好き」、「おいしい生活」ではなかったろうか。「じぶん・不思議・生活」——この三つ組みが、新しい「時代」のファンファーレとして鳴り響いた。戦争の記憶は遠くなり、薄くなり、「現在の自分」の消費的享楽が文化の前景をしめるようになる。

そしてまた、この時代こそ、わたし自身も含めて、戦後に生まれた、いわゆる「団塊の世代」とそれに続く世代、つまり「戦争を知らない」世代が、社会のなかで活動をはじめる時期でもあった。すなわち、多かれ少なかれ、「戦争」の直接的な記憶によって規定された世代による「成熟」した文化にたいして、「戦後」に、つまりなにかの「あとに」、「post-」に生まれた、強いて言えば「post-」という「（自分のものではないものの）喪失」によってこそ規定された世代の文化が——ある種の断絶なしにではなく——続きはじめるのだ。

わたしとしては、この第三幕で、この連続的「断絶」、この「post-」の「-」をこそ、見通してみたいと思うのだが、はたしてそれはどのように可能なのか。わたし自身が、まさになにものかのあとに、つねに遅れて来る「-」としてしか生きてこなかったとすれば、そのわたしに、いったいどのようにして、この「-」の痕跡を、ここに（遅れをともなって）「再現」することができるのだろうか。

君が僕に街を教えてくれた。

　一八の歳の夏の夕暮れ、僕たちは草の甘い香りをかぎながら、川を上流へと上っていた。あてがあったわけではない。ただ上流へと歩いていただけだ。流砂止めの滝を何度も上り、澄んだたまりの魚たちを眺めた。それはプールの帰りだったのだろう、僕たちは二人とも裸足だった。澄んだ冷ややかな水が二人のくるぶしを洗い、川底の細かい砂地はまるで新しい猫のように柔かく足に触れた。

　君はビニールのショルダー・バックにヒールのついた黄色いサンダルをつっこみ、砂州から砂州へと僕の何歩か前を歩き続けていた。君の濡れた脚には草の細かな穂が光の粉のように貼りつき、午後の最後の日差しがその影を川面に揺らせていた。

　君は歩き疲れて、夏草の中に腰を下し、空を見上げる。沈黙の中で、淡い闇が二人の体を包み始める。

　なんだか不思議な気持だ。まるで数千本の目に見えぬ糸が、君の体と僕の心をしっかりと結び合わせているようだった。君のまぶたの動きや唇の微かな動きさえもが、僕の心をたまらなく震わせた。

　僕たちに名前はない。一八歳の夏、川縁の草の上の想い、それだけだ。君にも僕にも名前はない。川にも名前はない。それがルールだ。僕たちの頭上には微かに星がまたたき始める。星にも名前はない。僕たちはそんな名前のない世界の草の上に寝転んでいた。
「街は高い壁に囲まれているの」と君は言った。「広い街じゃないけれど、息が詰まるほど狭くもない」
このようにして街は壁を持った。

（村上春樹「街と、その不確かな壁」☆1）

すぐに出典を挙げておくべきだろう。『文學界』一九八〇年九月号。村上春樹の作品としては前年の『風の歌を聴け』、同年の『一九七三年のピンボール』に続く第三作となる中篇。ただし、芥川賞候補となった『1973年のピンボール』が賞をとった場合の受賞第一作として書かれたようで、作家自身がのちに「失敗作」と断じており、実際、その後の個人全集などにも再録されてはいない。小説世界としては、明らかに一九八五年刊行の大作『世界の終りとハードボイルド・ワンダーランド』の習作と見なしうるものであり、完全に隔絶していながら、想像的に反転的に連携している異なった二つの世界をひとつの物語、ひとりの「じぶん」の物語として展開するという矛盾を内包した複雑な構造をもつこの作品がどこか破綻し、「失敗」していることはどんな読者でも感じ取ることができるのだと思うが、われわれの「オペラ」にとっては、そのことは問題にならない。むしろ逆に、一九八〇年という「区切り」の年を、わたしより一歳年上の村上春樹が、ささやかな「失敗」をもってマークしていることのほうに魅

☆1　村上春樹「街と、不確かな壁」、『文學界』一九八〇年九月号、文藝春秋、四六―九九ページ。以下、同様。

了されると言ったらいいだろうか。われわれがここに見届けたいのは、ただ、ナイーヴな、それゆえ純粋な仕方でマークされた「-」の効果だけなのかもしれないのだ。

ある世界が終わった。だが、それに替わる新しい世界がはじまったわけではない。いや、むしろひとつの世界が終わって次の世界がはじまるというような直線的な「歴史」、あるいはより端的に「時間」のスキームそのものが「崩れた」、あるいは実効性を失った、あるいは、信じられなくなってきたと言うべきだろう。すなわち、「ひとつの世界が終わった」のではあるが、その「終わり」の世界が「世界」として、どのようにしてか、存続しているという事態。あるいは、この世界に、すでに終わった「世界」が、ある種の「部分世界」として、残されているという事態。しかも、すでに「終わって」しまっているのだからもうけっして「終わる」ことのないその「世界」が、たんなる廃墟や遺跡なのではなく、十全たる一個の「世界」として、奇妙なことに、生き続けている。「終わり」が「終わり」として残り続け、みずからを反復し続けている。その「反復」にたいする「差異」としてこそ、「現在（いま）」があるという感覚。

たしかに奇妙ではある。だが、この奇妙さはそのままわれわれの心の奇妙さ。たとえば夢。われわれの心の世界には、終わってしまった「世界」が無数の夢のようにたまって、埋め込まれていないか。ひとつひとつの夢は、すでに終わってしまっているのだが、万一その内部へ侵入することができたなら、静かに微光を発してみずからを反復するのではあるまいか。

あるいは、インファンス（幼年時代）。失われた、言葉なき楽園。あるいは、言葉を与えることのできない暴力的な「原初の光景」。精神分析が言う「for intérieur」――内的閉域、「壁」に囲まれ、閉ざされ、隔離された「法廷」、「裁き」の場所。それを、われわれは「内庭」と名指しておくことにしたのだ。

と、すでに結論でもあるような前提を踏まえて、われわれは、ここまで遅らせてきたテクストをそれでも少しは読もうと試みてみなければならないだろう。

引用したテクストは、二七＋コーダからなるこの作品の「2」の冒頭。「1」は、「ことば」についての断章で、そこでは「ことばは死んでいく」というテーゼが掲げられている。ゴチックで書かれた、誰の発話ともわからない、まったく状況が与えられていない「**お客さん、列車が来ましたよ！**」、それに続けて「そしてことばは死ぬ」とテクストは言う。つまり、生まれた瞬間に「死ぬ」ことばの世界が喚起されているのだが、もちろん、この「ことば」そのものはすでに書かれ、「死んで」しまっている。あまりにも愚直な解釈ではあるが、――フランス語のパロール（話し言葉）、エクリチュール（書き言葉）という区別を導入するなら――あえてパロールであることを強調するために、作者はこの発話をゴチックにして差別化したのだが、ここでの問題は、生まれるとすぐに「死んで」しまう「死臭ただよう」この「ことば」の世界のなかで、そうではない「ことば」がどのようにやってくるか、ということ。だが、それは、――あまりにも単純すぎるが――すでに「死んで」しまっている以上もはやけっして「死ぬ」ことがないような「ことば」、つまりエクリチュールがどのようにやってくるのか、ということでもある。だから、「僕」は待つ。テクストが正直に言うように「僕は駅の待合室で、ストーヴにあたりながら列車を待ちつづける」ことしかできないのだ。すると、どこからか、(誰が発話するのか?)「お客さん、列車が来ましたよ!」という声が聞こえたかと思うと、ほら、「列車」はすでにホームに到着している。それは二六両編成の「列車」で、その「一両目」の冒頭が引用箇所というわけなのだ。

というわけで、引用したテクストを、ようやく読んでみようか。「甘い香り」、「澄んだたまり」、「澄んだ冷ややかな水」、「細かい砂」、「新しい綿」、「黄色いサンダル」、「濡れた脚」、「細かな穂」、「最後の日差し」、「淡い闇」……多少意地悪にあえて「形容詞+名詞」のパターンを括り出してみたが、ここでの「ことば」がどのようなものか、正確に物語っているのではあるまいか。そう、これらこそ、「お客さん、列車が来ましたよ!」とは異なって「死なないことば」、まるで真新しい雑誌のグラビア頁のように、けっして「死臭」を発することのない「ことば」だ。だが、それらの「ことば」はひとつの「世界」を表象している。そしてその「世界」のなかでは、「僕」は、(「僕」だけは!)「まるで数千本の目に見えぬ糸が、君の体と僕の心をしっかりと結び合わせているよう」な「不思議な気持ち」がしてくるのだ。テクストははっきり言っている、「君の体」と「僕の心」と。すなわち、これは「僕の心」の「世界」、すなわち、「一八歳の夏の夕暮」という見出しがつけられた「僕の心」の「世界」である。そしてそこに、「君の体」があり、「君」が――「上流」に向かって、つねに「僕」の「何歩か前」を――誘導しながら上っていくのだ。

だが、これだけだったら、書かれた「ことば」と死んでいく「ことば」のあいだで、ひとつのエクリチュールがどうはじまるのか、という「物語」にすぎない。それでは、村上春樹は村上春樹にはならない。村上春樹が村上春樹になるのは、その「僕の心の世界」のなかに、「死臭」を発する、ということは、逆説的だが、生きている「僕」には、そのままでは接近が拒まれる、それゆえ「僕」のけっして自由にはならないもうひとつの「世界」、すべてが終わってしまっている「世界」があるということが起こることである。

ここでは、その「世界」が「街」と呼ばれている。それは、「君」が「僕」に語った「街」、「君」の「想像の街」である。「僕」が「僕の心」のなかに「君」を想像するように、「僕の心」のなかの「君」は、その「街」のなかに「君」自身の「本当の私」を想像している、という入れ子構造――「本当の私が生きているのは、その壁に囲まれた街の中、と君は言う」。

そしてもし、あなたが本当に私を望むのなら。それが君のことばだ。僕は君の肩を抱く。しかし、その夏の夕暮に僕が抱いたものは、ただ君の影にすぎなかった。

本当の君は壁に囲まれた街の中にいた。そこには美しい川が流れ、りんごの木が繁り、獣たちがいた。人々は貧しく、古い共同住宅に住み、黒いパンとりんごを食べて暮らしていた。獣たちは木の葉と木の実を食べ、長い冬にはその半数ばかりが飢えのために死んだ。

どれほど僕はその街に入りたいと望んだことだろう。

「本当」——それが指示記号。「死臭」漂うカオス的現実がもはや侵すことのできない「本当の世界」が、「完全な壁」によって囲まれ護られ、現実から隔離され、「僕の心」の内なのに「僕」がけっして辿り着けない場所として存在している。

だが、どのようにして、このような「心」の多重構造・入れ子構造が生み出されるのか。村上春樹の初期の小説群に透けて見えるのは、——それを「愛」と呼んでいいかどうか、慎重に検討すべきだが——愛する他者が、その他者にとっての「本当の世界」へとみずからの「死」を賭けて渡ったという感覚。それゆえ、「僕」はその「死」を、それが目指した「本当の世界」において理解しなければならないというある種の負債ないし義務、あえて言うなら精神分析的に明確な「外傷」を形成するのではないが、しかし忘れることができない、免れえない「謎」の感覚。そこに、強い責任とは異なった、無関心すれすれの、奇妙に明るい、淡いモラルがあって、それこそが村上春樹の文学の魅力のひとつであることはまちがいない。

たとえば、この同じ一九八〇年に刊行されたかれの第二作にあたる『1973年のピンボール』でも、冒頭で一九六九年には生きていたが、一九七三年にはもうこの世界にはいない直子という名の「少女」（ということにしよう）が語る「おそろしく退屈な街」に、その四年後、彼女の「死」のあとに出かけていく「僕」の挿話が提示され、しかし同時に、それとは一見するとまったく無関係であるように思われる小説本体の展開のなかで、「僕」が、七八台のピンボールが集められた「墓場」のような「ひどく寒い」「死」の「世界」に行く物語が展開されている。あるいは、長篇第三作目にあたる『羊をめぐる冒険』（一九八二年）も、初期長篇三作を貫く登場人物、すなわち「僕」の「分身《ドゥーブル》」でもある「鼠」と呼ばれる男の「死」の場所に、「僕」が引きよせられるように旅することが「冒険」の骨格をなしている。

だが、「街と、その不確かな壁」においては、現実から隔絶した「死」の「世界」へと迷走的に向かっていく冒険的運動よりは、むしろその「世界」から脱出して現実の世界へと戻る運動が作品の主軸である。すなわち、「僕」が「街」に辿り着くためには、「僕」が本当に「君」を望むだけでよい。ただ、「壁」で護られた「街」の中に入るためには、自分の「影」と分離されることが求められる。「街」は「影」のない「世界」なのだ。

そして「影」とは、なによりも「弱くて暗い心」なのだということが、「門番」によって明らかにされる――「いろんな蠅がその弱くて暗い心に群がるんだ。憎しみ、悩み、弱さ、虚栄心、自己憐憫、怒り……」。その言葉に、「僕」は「哀しみ」とつけ加える。時間のなかで、あるいは他者とのかかわりにおいて、つねに傷ついてやまない不安定な弱い心。それは、その弱さ、その暗さにおいて、究極的には「死」を希めないではいない心である。それは、「ことば」によって武装し、「ことば」によってみずからを意味づけ、行為する強い主体とは対極にあるようなほとんど「ことば」をもたない弱い主体、しかしただ弱いというのではなく、根源的に弱い主体。

のちの『羊をめぐる冒険』では、――ほとんど最終の場面だが――「人はみんな弱い」と一般論を言う「僕」にたいして、「鼠」は、「一般論をいくら並べても人はどこにも行けない」と言いつつ、「弱さというのは体の中で腐っていくものなんだ。まるで壊疽みたいにさ」と言う。そして「もちろん人間はみんな弱さを持っている。しかし本当の弱さというものは本当の強さと同じくらい稀なものなんだ。たえまなく暗闇にひきずりこまれていく弱さというものを君は知らないんだ」と。

弱い主体としての他者は、すでに「暗闇」にひきずりこまれてしまっている。そして「僕」はこちらの世界にひとり取り残されてしまっている。この「終り」のあとの時間、ほとんど「休止」のような、もうけっして間に合わない「遅れ」の時間、この「post-」の時間において、「僕」は近くに存在していながら、取り返しがつかない仕方で、決定的に隔絶していた他者（の「世界」）にたいして、いま、いったいなにをすることができるのか——それが村上春樹の初期のエクリチュールに共通する根底的な問題設定のひとつであった。「思想」の一般論の「ことば」では言い表わすことができない特異な「弱さ」、しかも終わってしまっている「弱さ」にたいして、遅れてきた「いま」、「僕」はいかにかかわるのか。不可能な関係がどのように可能になるのか。

これにたいして「街と、その不確かな壁」のエクリチュールが示す応答は、乱暴な言い方にならざるをえないが、たとえファンタジーの世界においてであっても、この「弱い主体」をたえまなくひきずりこんでいった「暗闇」にみずから触れること。それをみずから感覚すること。あるいは、『羊をめぐる冒険』の場合は、その「エピローグ」が示すように、「最後に残された五十メートルの砂浜に腰を下し、二時間泣く」こと、つまり「最後に残された五十メートル」の「ー」で泣くことである。それは感傷ではない。それは、強い「思想」の視点からはけっして理解できないことなのだが、それでもある種のモラル、いかなる「義務」も「正義」も伴わないモラル、いっそ「不確かなモラル」と言ってみたい気もするが、「喪」のモラルなのである。

では、「街と、その不確かな壁」において、「暗闇」に触れることはどのように語られているか。ここでは、「僕」がどのような紆余曲折を経て、「暗闇」へと接近していくのかをつぶさに追っていく余裕はない。ただ、村上春樹のファンタジーに特有の、ほとんどマトリョーシュカ的な多重構造・入れ子構造がここでもセット・アップされていて、「僕」は、いくつもの閾を越えながら、その多重的空間を下りて行くのだ。「街」の中に「図書館」があり、「図書館」の中に「書庫」があり、その「書庫」の中にはたくさんの「古い夢」がある。そしてあるとき、「書庫」の「闇」の中で「僕」と「君」は、「同じ幻」を見る。数千の「古い夢」に先立たれて、「地表に穿たれた深い穴」へと下りていく。そして、「僕」は、「腐臭を放つどんよりとした水をたたえた溺れ谷に両脇をはさまれた細く切り立った道」を行くのだが、そこは、「首から上がない」兵隊たちの群れが行進している場所、その「僕の場所」ではなく、「彼らの国」である「世界」で、「僕」はいつしか「君」を見失い、ひとりぼっちになるのだが、「僕」は立ち止まることもできず、「僕の足は僕の意志とは無関係に、古い夢のあとを追いつづける。

── 道を進むにつれて時は移った。僕の目はくぼみ、髪は抜けおち、歯がこぼれた。体中 ──

の皮膚に深い皺が現れ、呼吸をひとつするためにも僕は体全体を震わさなければならなかった。

「やめてくれ」と僕は叫ぶ。「お願いだ、もうやめてくれ」

それでも古い夢は進みつづけた。そして道は突然に終った。気がついた時僕はがらんとした岩場の上に立っていた。まわりにはもう水はなく、兵隊たちの姿もなかった。まるで深い井戸の底に立ったようだった。天井は無限に高く、その奥の暗闇には、まるでピンで突いたほどの白い穴が開いていた。それは太陽の光だった。

世の中に太陽の光ほど素晴らしいものはない。そうは思わんか?

そのとおりです。大佐。そのとおりです。

僕の目から涙がこぼれた。涙は塩の結晶となって地に落ち、岩の上につもった。その時古い夢はひとつまたひとつと燃えつきるようにその光を失っていった。彼らは光を失うと、まるで羽根のようにそっと地面に落ちた。そして最後の光が吸いこまれるように宙に消えた時、あたりは漆黒の暗闇に覆われた。天井の白い光も既に消えていた。そして全てが終った。


こうしてエクリチュールは、村上春樹の特徴的トポスでもある「井戸」に辿りつく。きわめて危うい図式化をそれでもしてみるなら、「僕」は、「本当の君」の住む、すべてが終わった「街」に行き、そしてその「図書館」の奥に眠る「古い夢」に導かれて、「兵隊たち」が行進する「彼らの国」を通り過ぎ、そこではもはや「君」の姿も消えて、ついには、完全に「僕」だけしかいない「暗闇」、ほとんど絶対的な孤独の「闇」へと到達するということだろうか。この「幻」をどのように解釈するのかは、読者にまかされている。多くのことが言えるだろうが、われわれとしては、ただひとつ、名前もない、顔もない、いかなる固有性も失った「兵隊たち」が行進するこの「場所」にこそ、「僕」は辿り着かなければならなかったのだ、と言うことにしようか。

すでに終わってしまった「君」を求めてはじまったはずの冒険が、「君」を置き去りにして、いつのまにか、「兵隊たち」の国へと「僕」を連れ出してしまう。二人称から三人称への転換。「僕」とは無関係の「兵隊たち」。それでも、「僕」の「幻」のなかで、「彼ら」は歩き続けている。言うまでもなく、それは、「戦争」の記憶。とうに終わってしまっている「戦争」、ほとんど忘れられてしまっている「戦争」に、「僕」は、ほとんど襲われるのだ。

そのようにして、「僕」はとうとう「歴史」へと触れる。すでに終わっていながら、けっして終わらない「歴史」という「古い夢」の「井戸」の底。その「がらんとした岩場」は、「歴史なるもの」の剝き出しの基底なのかもしれない。

そしてひとたび「歴史なるもの」が、きわめて抽象的な形式のもとではあるが、その根源的な、剝き出しの暴力性において感知され、そして「僕」が、みずからの絶対的な孤独においてその基底の上に立つことを引き受ける以上、「僕」はもはやこの「街」にとどまることはできない。だから物語としては、あとは、「僕」が分離された「影」とともに一体となって、「街」

を脱出するだけである。われわれは、冒険に満ちたその行程を追うことはしないのだが、ただ、「僕」と「影」は、——「街」の門から出るのではなく（それは不可能だ）——「街」の中を流れる川の「たまり」へと飛びこむことによってなされるということは指摘しておこう——「僕たちはベルトをつなぎあわせたまま、しっかりと握手をした。そして大きく息を吸い込んでから、僕たちは同時に氷のように冷ややかなたまりの中に頭から飛びこんだ」。「たまり」からはじまった物語が「たまり」で終わる。川が生き流れる「時間」であるならば、「たまり」はその「時間」が滞留するところ。滞留しつつ、しかし同時に、静かな面とは裏腹に水は垂直に流れ、それは「地下の洞窟」に続いている。そしてそれを抜けると、おそらくは、メビウス的なループを経て、最初の上流の「たまり」へとつながっているのだ。

だが、われわれは、これまで作品のタイトルでもあり、このエクリチュールの最大の関心である「壁」については語ってこなかった。「街」は「壁」によって囲まれており、その「壁」は、「そもそものはじめから存在していた」もっとも「完全なるもの」であり、しかも美しい。「その美しさはあるポイント、つまり想像の世界と現実の世界とのあいだで人がやっと捉え得るあの危ない一点、を遥かに越えたもの」とテクストは言う。そしてなによりも「壁」は語る。それが語るのは、「お前たちの語っているものはただのことばだ」と、つまり「死臭」を発する「ただのことば」を捨てて、「いつまでも」続くこの想像的な「街」に入れ、というわけである。だが、言うまでもなく、それは、まさに「ことば」によってのみ可能なことであり、つまり「壁」は「ことば」そのものでもある。

実際、この「壁」の脅迫にたいして、「僕」が言い返すのは、「ことばは不確かだ。ことばは逃げる。ことばは裏切る。そして、ことばは死ぬ。でも結局のところ、それが僕自身なんだ」ということばである。「不確か」ということばは、「ことば」について言われている。単純化してしまえば、「壁」はまさに「ことば」なのであり、それはそれが主張するように「完全」ではなく、あくまでも「不確か」なものである。つまり、「ことば」をその「不確かさ」、不完全性において引き受けることが、ここでのエクリチュールの究極の関心でもあるのだ。

村上春樹は、まるでエッシャーの絵のように、物語を書きながら、それを「書く」ことばを物語のなかに投影し、かつその「ことば」を「裏切る」ことに、みずからの「書く」ことを重ね合わせるという自己矛盾を引き受けようとする。それは、「失敗」することを引き受けることでもある。「僕は語りつづけねばならない。それがルールだ」――ひとつのささやかな「ルール」、あえて言えば、ひとつの弱いモラルが、そこに書きとめられるのだ。

第二場

幕間でもないのに舞台が一瞬、真っ暗になる。

暗転ではない。劇場の外部から真っ黒な闇が降ってきて、舞台の床が割れ、その闇の中に、はっきりとは見えないのだが、だらんと吊り下げられた遺体が二列一三体、中空に浮いている。

二〇一八年七月六日　麻原彰晃（松本智津夫）ら七名の死刑執行
同七月二十九日　林泰男（現姓・小池）ら六名の死刑執行

舞台では劇が進行中なのだが、その劇の最後に予定されていた出来事のひとつが、劇場外の現実において、突然に、もはや劇というフィクションを通しては語ることなどできないようなリアルな結末を、——しかもほとんど四半世紀という長い時間が経ったあとで——、不意打ちのように突きつけてくる。実態は絞死刑だが、効果としては、突然に、「法」の名の下に、ギロチンの刃が落ちてくる。その「刃」が、「歴史」を語ろうとする「ことば」の意思を切断する。

だが、それも一瞬だ。「ことば」はうろたえ、とまどいつつも、みずからを立て直そうとする。そして、もう一度、その小さな舞台に、かすかな明りとはいえ、通電させようとする。すでに、書く時間と書かれる時間とが絡み合い、混在するこの奇妙なエクリチュールにたいして「誠実で」あろうとするなら、いまこの時点において、この「外部」の出来事を書きつけておかないわけにはいかない。なにしろ、本「オペラ」の終りが一九九五年に設定され直したときに、その「終り」をマークするものは、当然ながら、その年の一月十七日の阪神・淡路大震災と三月二十日の地下鉄サリン事件と想定されていたからである。あるいは「明るい夢」のように思われてもいたひとつの時代が、壮絶なカタストロフィーによって幕切れとなる。本

「オペラ」はそこに向かって進んで行こうとしていたのだ。そのように予定されていた「終り」が、いま、現実に、——「終り」の「終り」として——介入してくると言ったらいいだろうか。「内庭」に、暴力的に「外廷」が侵入してくる。言葉にならないその衝撃をここに書きとめておかないわけにはいかない。

■

またしても水。だが、ここではそれは「たまり」あるいは「井戸」として現われてくるのではなく、そこらの道端にありそうな、なんの変哲もないコンクリートの柱につけられた水道の蛇口。蛇口は壊れているらしく、細い水流が垂直に落ち、下にある水槽にあたって絶えず水音をたてている。音がやむのは、その水を飲もうと人が口をつけたり、手を差し出すときだけ。

能舞台に似て、向かって左横まで観客席が入りこんだ形の舞台にはそれだけしかない。いや、そうではない、よく見ると、舞台右手にはスロープがあり、その上の舞台裏にはなにやらゴミの山。どうやらたくさんの古靴、「そして下着、自転車、鳥籠など投棄物の堆積した黒い山」。それは、「ここを通りすぎていった無数の人々の捨てていった」ものであるらしい。

そしてまだ客入りが続いていて客席は明るいのに、橋懸かりの位置が能舞台とは逆なのだが、右側後方からすでに舞台に向かって、ゆっくりゆっくり、いや、通常の「ゆっくり」のペースをはるかに超えた「二メートルを五分で歩くほど」の極限的な速度で、ひとりの少女が歩いている。いったい舞台に辿り着くまでにどのくらいの時間がかかるのだろうか。少女の目の前にはスロープ、そして投棄物の山。少女はいつから歩きはじめているのか。すでに劇ははじまっているのか。それとも少女が舞台に辿り着いたときに劇が起こるのだろうか。

少女が
一人
薄い光の中
バスケットを手に
歩いてくる

小さな坂の途中
少女の足が　ふと止まる
歩いている　少女の背中
歩いている　少女の背中
ねじれる首
やってきた道へ

遠いひろがりへ　向く顔
遠いひろがりから　目が足元へ
そして、進行方向へ

歩く
少女の横顔

歩く　横顔の
唇に指先

止まる足　水場へ　向く顔

細く流れる水
細く鳴る水音
水場へおりる　少女の足

水のとなりに

腰をおろし　バスケットを膝へ
少女の目に風が通る
少女の手に　バスケットから赤いコップ
細い水の筋に　差し出される
赤いコップ
透明の線が
赤いコップに消える
見つめる　目の中
赤いコップに　満ちていく水
水の脇を　はねる赤いコップ
少女の口へ

水を飲む少女
体内を流れていく水
飲みほす　少女の目に空
バスケットへ　のばす手が止まる
少女の目　やってきた道の方へ

（太田省吾「水の駅」［記録としての台本］☆2）

少女の目が見るのは、古い背広を着た、背中に布団を背負った男と旅行鞄をもったふたりの男。二人の様子をうかがいながら、少女は水場を離れて、舞台奥の投棄物の山に身をひそめ、じっと男たちを覗きこむ。

一九八一年四月、赤坂の転形劇場工房で初演された太田省吾の『水の駅』の冒頭シーン。二時間にも及ぶ上演でありながら、まったく科白がない。「ことば」がない、いわゆる「沈黙劇」としてのちに世界的に知られるようになる劇の第一作目である。

赤いコップで水を飲む「少女」からはじまって、蛇口に口をつけて水を飲む「二人の男」、「日傘を持つ女」、「夫婦」、「老婆」、「列の人々（8人）」、「男と女」、「大きな荷物の男」とそれぞれがそれぞれの仕方で水を求め、そして水を得ることで、たとえば「夫婦」や「男と女」のように「二人の身体が混じりあう」エロスの所作が演じられるのだが、場面が異なる人物のあ

☆2　太田省吾『劇の希望』、筑摩書房、一九八八年。以下の引用もこれによる。これはいわゆる「台本」ではなく、稽古と上演を通じて事後的に「記録」された台本である。太田省吾の説明によれば、「稽古に入る前に提出した台本とはまったく様相のちがうもの」という。当初の台本には、「資料」として、それぞれの役者にたいしてさまざまな言葉が宛てられていたらしい。「沈黙」だが、その「沈黙」を「埋める」言葉――「内的言語」と呼ばれていた――は、最初の段階では、用意されていたというわけである。なお、この「水の駅」は、一九八六年に氷川台のT2スタジオで撮影されたNHK教育テレビ放映（一九八六年）の短縮ヴァージョンをDVD映像で観ることができる（京都造形芸術大学　舞台芸術センター製作『太田省吾の世界』）。このDVDに

いだには、ほとんどいかなる劇的な関係も生じない。「ほとんど」というのは、この舞台ではものを言わない眼差しの凝視が決定的に重要だからで、それぞれの登場人物は、ほかの人物が道をやってくるのを、あるいは水を飲み、水と戯れるのを、じっと見る。投棄物の山の上から少女は「二人の男」そして「日傘を持つ女」の動きを見つめるのだが、そのあとに少女が道を先に進んで舞台から消えてしまうと、山の中から男の手があらわれ、なんと歯ブラシをつかんで歯を磨きはじめるのだが、かれは、どうやらこの道を通りすぎて行った人々が脱ぎ捨てていった古靴などの山に住みついていて、その山の上から水場で人々が繰り広げる「水」をめぐる無言の劇を――ときには望遠鏡を目にあてたりして――「見物」し続けているのだ。

　水の駅、Water Station。劇場が「駅」となる。ここは、それぞれの人の「生」の途切れることのない連続的な時間が、一瞬、とまる駅。とまるといっても、写真のように時間が完全に停止してしまうのではなく、「生」の「時間」そのものが限りなくゆっくりとなるが、しかし「時間」であることは保持し続ける、いや、よりいっそう「生命」という「時間の流れ」が現われてくるステーション。

　だが、そのひとつひとつ限りなく孤独な「生命」の形を見届けるためには、まずは「ことば」という速度を括弧に入れる必要があった。そして（順序は逆だったのかもしれないが）次に、日常的な「からだ」の速度を限りなく遅延させる必要があった。この二つのオペレーションを徹底することで、意識を脱中心化し、時間にたいして開き、その周縁にまで、「生命」という「水＝時間」を十分に行き渡らせる。すると、そこに無言の「叫び」でもあるような「か

は、一九九七年に行なわれた扇田昭彦による太田省吾のTV用インタビューも収録されていて、そこで太田は「水の駅」について語っている。

らだ＝ことば」の形が立ち上がってくる。特別にナラティヴないかなる「意味」もない、ただ「水を飲む」欲望の迸りにすぎないそれぞれの特異に劇的な形が美しい。その（わたしの言葉だが）「演劇の零度」をこそ見届けるように、と太田省吾はわれわれを誘っているように思われる。

この舞台を観てみたかったと、いま、思う。もちろん、一九八一年わたし自身はパリで博士論文を書いていたので不可能だったし、この時代、わたしはかならずしも演劇に興味があったわけではなかった。いや、むしろ演劇は、わたしにとっては、封印され禁じられた領域でもあったのだ。

と、思わず書きつけてしまった延長で、ここに少し長めの括弧を挿入しておく誘惑に抗することができないのだが、それは最近、たまたま書棚を整理していてみつけた演劇にかかわる一冊の本のこと。すっかり忘れていたのだが、目次を見るとわたし自身の名がある。一九八三年刊行の『大脱走、どこへ』（朝日出版社）[☆3]、副題は「野田秀樹から目を離すな！」である。これは、当時、雑誌『エピステーメ』の編集長だった中野幹隆が、野田秀樹の登場に衝撃を受けて、雑誌的につくった、写真や図版も多いカラフルなお洒落な本で、執筆者は、野田秀樹は当然として、広告デザイナーの仲畑貴志、美術家の日比野克彦、詩人の白石かずこ、さらには元「キャンディーズ」の歌手で当時は女優として再デビューしていた伊藤蘭など。ただ、最後に、まったくカラーが入っていない無機的な頁がいくらかあって、そこには「クリティーク」という章

☆3　中野幹隆編／野田秀樹ほか『大脱走、どこへ』、朝日出版社、一九八三年。

題のもと劇作家の別役実とわたしのインタビューが掲載されている。別役実のインタビューは「哲学をはぐらかす決意」、わたしのものは「ゲームは終っていない」というタイトル。八一年の「走れメルス――少女の唇からはダイナマイト！」、「ゼンダ城の虜――苔むす僕らが嬰児の夜」、八二年の「野獣降臨（のけものきたりて）」、八三年の「大脱走――太田孝司さんいかがおすごしですか」などを通じて演劇界に颯爽と登場した野田秀樹に新しい時代の息吹きを感じた中野幹隆がオマージュを捧げる本をつくると同時に、――編集者のセンスで――それにたいする批判的視座も確保しておこうと、演劇界の大御所の別役実、そしてほぼ同世代――だが、もちろん、わずかなズレが決定的なのだが――わたしにクリティークを頼んだというわけだろう。

　冒頭、八三年のわたしは次のように言っている――「これがあと5ミリずれていれば非常におもしろいだろうと思います。ある種の〈表面〉効果がねらわれていると思うのだけれど、それにしては表面としての緊張が感じられない。表面というのは、やはりどこかで、力としてぶつかるところがないといけないわけだけど、この作品では表面が非常につまらない平面になっているんです」、と。なんと生意気な言い方と、いま読むといくらか赤面するのは、じつは、この発言、舞台をまったく観ていないのに、中野編集長から「野獣降臨」と「大脱走」の台本を渡され読まされて、無理やり感想を言わされたその記録であるからだ。

　Nとあるから中野幹隆自身と思われるが、編集後記があって、「大脱走」について、「メドゥーサの首が切り落とされて、ペガサスとクリューサーオールが生まれたことは、知らぬものとてないどころだが、見るものを石に変じたというこの首が、実は自ら石になって、それがロゼッタストーンだったとは、お釈迦様でも気がつくめえ。どころか、寝入った彼女にしのび寄って、盾に映ったその首に切りつけた、当のペルセウスだって、ご存知あるまい。しかもこのペルセウスこと誰あろう、ジンギスカンそのひとだったとは」と野田節が乗り移ったように書かれている。まさに「ことば」が疾走し、くるくると逆転反転し、思いがけない転換が続くTVのようにキレのいいその劇構成にたいして、わたし自身は、それを「歴史が終わってしまった無重力的世界」として受けとめ、――「一種の時代的共感を全然覚えない、というわけではない」と言いながらも――しかし最終的には、それが孕んでいる「夢の質」は、「すべてのルールが滅び、同時にすべてのルールが可能であるかのような一種の歪められたユートピアに似たアナーキー」、しかし本来のアナーキーがもっている暴力性をまったく欠いたアナーキー・ゲームということにならないか、と語っているのだ。

この当否をいま再論するつもりはない。わたしとしては、忘れていた一冊の本のなかにたまたま見つけた自分自身の発言を通して、太田省吾の演劇とまさに対極と言っていい野田秀樹の演劇を見出し、八〇年代のはじめに鮮やかに登場してくる新しい時代の演劇の対立軸を、ひとつの図式として提出しておきたいだけだ。そこでは、わたしは「演劇というものは本質的に重力と結びついている」というテーゼを掲げ、その「重力」というメタファーはたとえば「歴史という力」と置き直してもいいと語りつつ、「そういう重力のもとでしか、イメージというものも可能ではないので、それはイメージが常に他者だということです。イメージそのものが他者なのかどうかわからないですけど、ともかく、（……）イメージみたいなものがある種の強迫力、強制力を伴ってそこにあるとして、そこで起こる、つまりそれが表面として出てくるときの力の働き方というのはやはり本質的に他者の問題だと思うんです」と言っている。四半世紀も経ったいまこの時点で、このような言葉を読みながら、わたしが思うのは、これをそのまま太田省吾の『水の駅』へと送り返すことができたのではないか、ということ。なにしろ、壊れた蛇口から落ち続ける「水」はまさに「重力」そのものであり、その「水」を受けとめる、極度にゆるやかな身体が繰り広げる「舞台」は「生（命）」という究極の「表面」、そしてそれが生み出す「形」こそ、自分自身にとってすら「他者」であるような（このときのわたしの言葉では）「イメージ」というものではないだろうか。「他者」であるその無名の「イメージ」をこそ、登場人物たちはおたがいに、そして観客もまた、凝視するように求められていたのではないだろうか。

「（大）脱走vs駅（ステーション）」――もしこの時代、『水の駅』を観ることができていたら、わたしはいったい何と言ったのだろうか……と夢みつつ括弧を閉じる。

ステーション――バスケットをもつ少女、布団を背負った男、旅行鞄をもつ男、日傘を持つ女、乳母車をひいた夫婦、籠を背負った老婆、洗濯物をつるしたロープをもつ女たち、大きな荷物の男など、さまざまな人たちが、多くは大きな荷物を背負って、みずからの「生」の道を歩いてくる。そこはステーション。ただ一筋落下する「水」。まるで（ヘルダーリンの）「中間休止」のように、人々は、暫時、そこにとどまり、「水」を飲む。そして「やってきた方角へ」、「先の道へ」」、あるいは「遠くへ」」、「遠いひろがりへ」と目を向ける。男と女のあいだに束の間のエロスが湧き上がり、ずぶ濡れになって「二人の身体が混じる」こともあるし、「水」をめぐって争いが起こることもあるが、基本的には、何事も起こらず、せいぜいそこで古い靴を脱ぎ捨てて新しい靴に履き替えるくらい。誰もがまたふたたび大きな荷物を背負って歩き出す。ここには「目的=終り」がない。ルールもない。したがってゲームもない。「ゲームの終り」ではなく、あらゆるゲーム以前の出来事のセリー、そのような持続。ステーションはそれを凝視することを可能にしてくれる場なのだ。

だが、それでも舞台としては、この「持続」にひとつの「終り」がもたらされなければならない。この「終りなき流れ」に、とりあえずのこととしても、どう「終り」がやってくるのか。言うまでもない、「終りなきもの」の「終り」は「はじまり」。そのように、冒頭の少女がまた戻ってくる。「大きな荷物の男」が立ち去り、「見物する男」が古靴の山へと姿をまた埋没させたあとの「薄い光の中」にいつのまにか、立ち去ったはずの赤いコップの少女がひとり立っている。そしてエンディング。

小さな坂の途中
少女の足が　ふと止まる
ねじれる音

やってきた道へ
遠いひろがりへ　向く顔

遠いひろがりから　目が足元へ
そして　進行方向へ

歩く
少女の横顔

歩く　横顔の
唇に指先

止まる足　水場へ　向く顔

細く流れる水
細く鳴る水音
水場へおりる　少女の足

登場人物のなかで少女だけは「道」を歩きはじめたばかりだった。バスケットは持っているが、大きな荷物を背負っているわけでもなく、エロスを知っているわけでもなく、彼女自身の「生」のほとんどはまだ彼女に開かれてはいなかった。「無垢な存在、未知に向かってゆく存在。未知ゆえの恐れ、おののき、不安を抱えながらも、薄い希望に向かって歩き続ける存在」☆4。少女は、人の「生」のさまざまな形を凝視し、それを学ぶ。「赤いコップ」に「水」を受けて――怖れなしにではなく――味わうことを覚えはじめる。少女は未来に向かって歩いていく。歩き続けていくのだ。

舞台が終わっても、少女は歩き続け、そしてなんと四半世紀の時間の経過ののちに、それまでいちども『水の駅』の舞台を観ることのなかったわたしの斜め前を歩き、横切っていく。人生のいくつものステーションにおいて、つねになにか大事なものを取り逃がし、決定的になにかに遅れるわたしが、今年二〇一八年一月、八一年初演の『水の駅』の「少女」が歩いていくその「背中」をじっと見つめることになった。

一五年春に東京大学を定年退職したのだが、その時期にはじまった新しい教育プログラム「Integrated Human Sciences」の特任研究員として、今年の春まで三年間、プロジェクトのひとつを組織運営していた。そして一七年度の一年間、身体系ワークショップの講師として安藤朋子さんに来ていただいたのだが、彼女こそ、八一年『水の駅』初演で「少女」役を演じた人だったのだ。安藤さんは、まさに『水の駅』の「少女」にふさわしく、学生たちになによりも「極度に遅いペースで歩く」エクササイズを課した。『水の駅』は、そこでは文字通り教育メソ

☆4　この言葉は安藤朋子さん自身の言葉である。本稿の執筆にあたって、安藤さんにメールを送って、いくつかの質問をさせてもらった。そのなかに、当時「あの『少女』をどのような存在としてとらえていらしたのでしょう？」という問いがあって、それへの答えの一部である。また投棄物に住んでいる男との関係についての問いには、「少女と靴山の男は、ものの見方という点で対比の関係にあります。靴山の男の視線は、定点観測でもあり死観達観しているのにたいして、少女の眼差しが捉えるのは、いつもはじめて出会うかのような、名付けられる前の、ものや人となります。コップを見るときに単に『コップ』という言葉だけで片付けないということです。なので、水を見つめる時、あるいは山の上からの人々の観察は、安定することなくいつも新鮮である

ッドになっていた。この「二メートルを5分」の歩行をベースに、われわれはたとえば九月には、『水の駅』をインドで演出したシャンカラ・ヴェンカテーシュワランがケララ州の山中に建てた劇場でパフォーマンスを行なったりもしたが、今年の一月、一年間の授業の仕上げとして、安藤さんの構成による一時間ほどのショーイング「Komaba Square」を上演した。学生たちに混じって、わたし自身も舞台にあがり、そのSquareを横切ったのだった。舞台の最後、ほかの人々が立ち去ったあと、いくつもの途方もないカタストロフィーがもたらした廃墟を茫然と見ながら、ひとり去っていくわたしがいたのだが、そのわたしが振り返ったその「目」の先を、ひとりの「少女」——安藤朋子さん自身ではなく、女子学生だったが——極度に遅いペースで、「未来」の「遠いひろがり」のほうへと静かに歩いていく。その「背中」をわたしは、愛惜と希望をこめて、凝視した。わたしもわたしの『水の駅』を、そのときようやく通りすぎたのかもしれなかった。

第三場

幾重にも続く瓦屋根、ブロック塀、道路、崖下の道路、真夏なのだろう日傘の女が通る、家と家のあいだの狭い露地、洗濯物、ポリバケツ、井戸だろうか、黒い石囲い、チョークの落書き、菓子屋の店先、トタンの囲い、自転車が通る、カーヴした道路に車がやって来る、家屋の解体現場、白シャツの日焼けした壮年の男、スクーターが通る、道路、角の塀、崖下の道、ブロック塀、金網に一群れの紫陽花、小さな子どもが通る、あとを追う母親、「クツ」修理の看

ようにと心がけました」とお答えいただいた。そしてまた「最初のうちは苦痛でしかなかった稽古が、次第に遅いテンポの身体を獲得できるようになって、自分にとって特別な時間となっていきました。現実の生活の中では得られない自由さを獲得でき、うまくいっている時はまるで自分を他人のように眺めることができました。今でもこの感覚は自分の中に根付いていて、舞台上で自分のことを世界が容認してくれているような気にさえなれます。ありのままの自分、生きているだけでいいんだと。」あの「少女」はいまもなお、あのように「生」という「劇」を歩き続けているのだ。

板、塀、杯、道、カーヴ、最後は朝の景色なのか、空は靄がかかって、二階建ての家屋が並ぶ細い路地、そこに赤い看板がひとつ、上に酒なのか「白雲」とあり、その下に「一寸亭」と店の名前が書いてある。居酒屋なのだろう、白木の扉が見える。その隣りの奥の家からおばさんがひとり出てきてすぐにまた横に消えたところで映像は終わっている。

これがあの「一寸亭」なのか、と軽い衝撃が走る。

（……）そのうち桑原は三好をいい所へ連れていってやると、新地の「一寸亭」の二階に連れて行った。一寸亭は一見したところ何の変哲もない居酒屋で、桑原は丸い椅子に坐るとそこが落ち着くところなのかハンチングを取ってから奥から声をききつけて出て来た亭主に、「蘭子おるか?」と訊き、亭主がうなずくと「この坊の筆おろししたって欲しんじゃが」と言い、三好が馬鹿にされたと思って女など何人も知っていると言うと、桑原は「まア、まア」となだめるようにさかずきに酒をついだ。

「坊、そこの壁見てみ?」

桑原が言うので三好は振り返り、安普請の為、板をうちつけた上に紙を貼っていると思って「どうしたんなよ?」と訊ねると、桑原は亭主にうなずいて合図を送り、立って壁をポンとたたく。壁は木戸になっていてそこから台所と勝手口に出れるようになっている。

「いつでも使えたらええわい。まだ誰も警察に追いかけられる者もおらんさかせっかく作っても宝のもちぐされじゃが、外へ出て行くんやったら勝手口からとび出したら山の方までつづいた竹薮がすぐにあるし、二階にひそんどこと思たら台所の脇にひとつ階段あるさかそれを使たらええ」

（中上健次「六道の辻」）

一九八二年に刊行された中上健次の、短篇集というよりは六つの独立した、しかし連続した語りからなる一個の小説と考えるべきだろうが、その二番目の語り「六道の辻」の一節。物語の展開からは、三好が居酒屋で、「(年が) 三好と幾つも違わないような子供のような顔つきの女」と情交し、その後に桑原から金持ちの家にいっしょに盗みに入ることをもちかけられるという場面。一階にカウンターと台所と勝手口（そしてたぶん風呂も）があり、二階にあがると、そこは娼窟で女がいるということだろう。

だが、その居酒屋の安普請の壁を「ポンとたたく」と、木戸になっているというのはどういうことか。そこから出た先が台所と勝手口というのでは、警察の急襲からの逃げ道としてはまるで役に立たないのではないか。結局は、「台所の脇」の階段を通って二階に行くか、あるいは勝手口から出て竹薮を抜けて山の方へと逃げるしかない。それならわざわざ壁を「木戸」にする必要はない。と、難癖をつけているわけではなくて、「一寸亭」の構造が現実的にどうなっているのかとは関係なく、この場所が語りの磁場のなかのひとつの特異点であって、表から見れば「安普請」だが、「壁」が回転するとそこに接線ヴェクトルのようにこちらの現実から限りなく逃げていく、想像的な余次元が畳み込まれているのではないか、と言ってみたいだけである。すなわち、「一寸亭」は逃走のための想像的回転装置である、と。

ところが、その「一寸亭」が現実に存在する、いや、存在した。最近、You Tubeに「中上健次の撮った『路地』」という映像がアップされて、いつどのように中上がそれを撮影したのかは知らないのだが、明らかに六〇年代の終り頃だろう、四歳年下にあたるわたし自身の東京豊島区の少年時代の街の光景ともつながる街頭の光景が次々とモンタージュされた一〇分弱の無声の映像を見ていたら、その最後の場面、片側に緑鮮やかに植物がしげり、遠く靄に包まれた山へとまっすぐつづく住宅街の細い道、そのうちの一軒に「一寸亭」という看板がかかっていることに気がついて、それがタイトルがない映像のタイトルであったかのように、わたしをピン止めしたのだった。まるで夢の世界と現実の世界とが「一寸」という特異点でつながってしまったかのように。☆5

ほぼ同時代ではあるが、わたしは中上健次本人にいちども会ったことがなかったし、紀州新宮にも行ったことがない。作品を読んでいなかったわけではないが、わたしにとっては手を触れることができない遠い世界であったような気がする。だが、もしここで八〇年代前半頃の日本文化を斜めに貫く断層のひとつを指示しようとして「内庭幻想」と名づけた「閉域」のトポスを追ってみようとしているならば、「路地」という閉域を囲い込むように語ることで、文字通りにそれを「内庭」に変換し、そこに「息苦しいまでの甘いにおい」を漂わせる夏芙蓉の大輪六本を花咲かせた『千年の愉楽』を避けては通れないのではないか。気後れなしにではない

☆5 You-Tube: https://www.youtube.com/watch?v=pes9xaPDKLk.

が、その思いが、わたしには禁じられているにちがいない「愉楽」の方へとわたしを差し向ける。
だが、どうしたらいいか。まずは、いかにも無粋だが、アプローチのエコノミーのためだけとしても、いくつかの基本的な目印を置いておくとすれば、以下のようになるだろうか。

路地——「路地はオリュウノオバが耳にしただけでも何百年もの昔から、今も昔も市内を大きく立ち割る形で臥している蛇とも龍とも見えるという山を背にして、そこがまるでこの狭い城下町に出来たもう一つの国のように、他所との境界は仕切られて来た。」（「六道の辻」）
すなわち、法が支配する「町」の外にその「法」によってつくられた被差別の閉域。だが、それだけではない。その空間的な閉域のなかに、さらに別の次元の閉域が出現していて、それが、血。

血——「それが、何によるのか分からないが、オリュウノオバの知る限りタツの血でつながった中本の血筋の男はことごとく若くして死ぬか、体のどこにも目立って悪いというところがないのに色白くただ内裏雛に山仕事の装束をさせたり板前の衣裳を着せたようで、それはそれで男振りがいいので似合いはするがいまひとつどんな事をしてでもこの世を生き抜き通すという気迫が足りない。」（「六道の辻」）
すなわち、今度は、水ではなくて、血。そしてその血は、どうしても外に流れ出なければならない、それが「中本の一統」の男たちの定め。だが、忘れてはならないのは、この「血」はまた「男の精」としても迸るということ――「初めて男の精があふれた時、半蔵は久市の女房の中に、自分の血が思わず流れ出してしまった気がしたのだった」（「半蔵の鳥」）。

結局、現実的な物語としては、「中本の一統」の男たちが、それぞれみずからの「血」の赴くままに「法」を侵犯し、倒錯的で淫蕩な情交に走り、そして――殺されるにしろ、自殺するにしろ――若さの絶頂で死に絶えるという六つの挿話。

・半蔵は二十五歳で「女に手を出してそれを怨んだ男に背後から刺され、炎のように血を吹き出しながら走って路地のとば口まで来て、血のほとんど出てしまったために体が半分ほど縮み」こと切れる。

・三好は二十歳で「体から炎を吹きあげ、燃え上がるようにして生きていけないのなら、首をくくって死んだほうがましだ」と「櫻の木に縄をかけて首をつって死んだ」。

・文彦は二十四歳で「路地の松に首をくくって死んだ」。

・オリエントの康も、二十四歳ということになるのだが、南米に渡り、どうやらブエノスアイレスの革命運動に巻き込まれて死んだらしいという手紙が届く。

・新一郎は、南米の「銀の河」ラプラタへ丸二年行き、戻ってきて三十二歳で「水銀のまだ飲み残ったコップを置いて、仏壇の前にひれふすようにして倒れ死んでいた」のが見つけられる。

・最後の達男の場合は、北海道の路地（コタン）でアイヌの若者たちと交わるなかで、そこでの叛乱の企ての内輪もめに巻き込まれて「腹が流れつづける血で染まって」病院にかつぎ込まれ死んだようなのだが、不思議なことに、アイヌの若い衆が達男に入れ替わって「達男」として「路地」に戻ってくるという結末。

位牌を並べるように、最低限、主人公の男たちの名前だけでも挙げておこう、とここに列挙はしたが、『千年の愉楽』という作品のエクリチュールは、これらの悲劇的とも言える男たちの生(＝性)をただ物語ろうとしているのではない。そうではなくて、エクリチュールは物語りつつ、しかし同時に、これら非常の生を、それそのものとして、(さあ、なんと言うべきだろう?)、「供養」、いや、「荘厳」しようとしている。すなわち、エクリチュールは、ただ小説的現実世界を記述しているのではなく、ひとつの激しい願いによって貫かれており、それは、これらの登場人物の生をそのままますくいとって、「荘厳」しようとすること。そしてそのことは、作品の冒頭の一節があまりにも鮮やかに、この特異なエクリチュール全体の主要動機を提示しているのであった。

明け方になって急に家の裏口から夏芙蓉の甘いにおいが入り込んで来たので息苦しく、まるで花のにおいに息をとめられるように思ってオリュウノオバは眼をさまし、仏壇の横にしつらえた台に乗せた夫の礼如さんの額に入った写真が微かに白く闇の中に浮きあがっているのをみて、尊い仏様のような人だった礼如さんと夫婦だった事が

> 有り得ない幻だったような気がした。体をよこたえたままその礼如さんの写真を見て手を組んでオリュウノオバは「おおきに、有難うございます」と声にならない声でつぶやき、あらためて家に入ってくる夏芙蓉のにおいをかぎ、自分にも夏芙蓉のような白粉のにおいを立てていた若い時分があったのだと思って一人微笑んだ。
> 　明けてくるとまるで瑠璃を張るような声で裏の雑木の茂みで鳥が鳴く。それが誰から耳にしたのか忘れたが昔から路地の山に夏時に咲く夏芙蓉の花の蜜を吸いに来る金色の体の小さな鳥の声だと教えられ、オリュウノオバは年を取ってなお路地の山の脇に住みつづけられる自分が誰よりも幸せ者だと思うのだった。夏芙蓉は暮れ時に花をひらきはじめて日が昇る頃一夜だけの命を終えてしぼむので金色の小鳥が蜜を吸いに来た鳴き声を耳にするたびに、幻のようにかき消えた夜をおしむのか、明るい日の昼を喜ぶのか問うてみたい気がした。
>
> （「半蔵の鳥」）

　夏芙蓉——それは、きわめて短いあいだ花開いて死んでいく「中本の一統」のこの世のものとは思えない男振りの若者たちの命の「隠喩」でもある。花は息苦しいほど甘い白粉のにおいを放つ。だが、それだけではない。現実は知らず、花は「蜜」を秘め——それこそが「愉楽」にちがいないのだが——それを吸いに、ついに作中で名前を与えられることのない「金色の小鳥」がやってきて、「瑠璃を張る」声で鳴く。そう、構うものか、一挙に結論めいたことを言ってしまうなら、われわれが読むこの『千年の愉楽』のひとつひとつのテクストこそが「瑠璃を張る」鳴き声にほかならない。「中本の一統」の男たちのはかなくもあでやかな悲劇的運命の命に密かに隠された「蜜」を、その「愉楽」を、たっぷり吸おうと山からやってくる「金色の小鳥」、それはだから、中上健次と言ってもいいし、抽象化して「語り手」と言ってもいいし、もちろんオリュウノオバと言ってもいいのだが、この襞に襞を重ねるようにうねりながら、しかし一本ぴーんと澄んだ「瑠璃を張る」文体を紡ぎ出す存在なのである。とすれば、オリュウノオバはわざと自問自答しているわけだが、言うまでもなく、「金色の小鳥」は「幻のようにかき消えた夜」を「おしむ」ためにこそ鳴くのだ。千年にわたって涙を流して「おしむ」ために鳴く。それこそが「供養」ないし「荘厳」ということなのだ。

『千年の愉楽』はオリュウノオバのエクリチュールである。テクストには「オリュウノオバは字というものを一字として読めなかった」（「カンナカムイの翼」）と書いてあるが、だからと言ってオリュウノオバにはエクリチュールが不可能だと考えなくともよい。逆にむしろ、奇妙に響くかもしれないが、字が書けないオリュウノオバの、「語り」ではなく、「（原）エクリチュール」を中上健次が書きとると考えるべきなのだ。

「（原）エクリチュール」は、「現在」を超え、「いま、ここ」を超え、「千年」そして「世界」へと超えていく。超えていくのは霊魂のオリュウノオバ。それが、現実世界の老いさらばえたオリュウノオバに声をかける。そのようなことがまったく何気なく起こること、それが「エクリチュール」というものなのである。

（……）それはバッタがぴょんととび乗ったせいだと分かって、霊魂になっても悪戯者のオリュウノオバはひょいと手をのばしてバッタの触覚をつかんでやる。風が吹いたわけでもないし他の危害を加える昆虫が来たわけでもないのに触角に触れるものがあるとバッタは思い、危かしい事は起りそうにはないがとりあえずひとまず逃げておこうとぴょんとひと飛びするのを追い、さらに先に行くのだった。そこから朝には茜、昼には翡翠、夕方には葡萄の汁をたらした晴衣の帯のような海まではひと飛びで、田伝いに行って小高い丘から防風に植えた松林までえもいわれぬ美しい木々の緑の中をオリュウノオバは山奥から海に塩をなめに来た一匹の小さな白い獣のように駈け抜けて浜に立ってみて潮風を受け、ひとときの霊魂になった老いさらばえ身動きのつかない体から抜け出る事がどんなに楽しいかと思い、霊魂のオリュウノオバは路地の山の中腹で床に臥ったままのオリュウノオバに、

「オリュウよ、よう齢取ったねえ」とつぶやきわらうのだった。「寝てばっかしで、体痛い事ないんこ？」

「痛い事ないよ」

（「天人五衰」）☆6

実際、『千年の愉楽』は、全体の構成としては、路地の中腹の家で寝たきりになっている老

☆6 『千年の愉楽』のテクストは、ここでは、河出文庫版を参照しているのだが、その巻末には、吉本隆明と江藤淳というこの時代の二人の評論家の巨匠が書いた、さすがにすぐれた『千年の愉楽』論が併設されている。なかでも江藤淳は、もう少し拡大したものだが、この箇所を引用して「これはほとんど、『千年の愉楽』の絶唱ともいうべき部分である」と言っている。まったく同意するのだが、その直後に江藤は、「ここには日本そのものがある、といってもよい」とつづけるのだ。すなわち、最終的に、江藤は、本居宣長を梃子にして、『千年の愉楽』を「路地」とともに消えていく「日本」なるものの挽歌として読もうとする。それは、「声」による口承文芸としての位置づけとリンクしているのだが、細かな議論を展開する余裕はここではないが、わたし

いたオリュウノオバが、みずからの死に近づいていく時間のなかで、毎回毎篇、誕生時に産婆として自分がとりあげ、かつ若すぎる無惨な死を、現実的にしろ想像的にしろ、見取った「中本の一統」の男たちひとりずつを思い出し、いや、ただ思い出すだけではなく、その男たちの「浄らかで淀んだ血」がもたらす「蜜」のような「愉楽」の瞬間を見届け、惜しみ、かつその男たちがただこの世の人間であるだけではなく、つねにこの世のものならざる異形の存在（幽霊、大蛇、龍、鴉天狗、天女など）との不思議な交流の接点をもっていたことを証することで、男たちを「神的な存在」、いや、正確には、「神的な存在」と「人間的な存在」との二重性を帯びた特異な存在として「荘厳」する物語ということになるだろう。

　奇妙なことではあるのだが、最後の物語「カンナカムイの翼」の冒頭では、「オリュウノオバの通夜の今日は、到るところに散った路地の出の者だけでなく、誰もが、どんな時代に生きた者も集まる。達者な時は小さなまるまげを結い、寝込んで体が衰えはじめてからは手入れもままならぬと髪をザックリと切ってしまったオリュウノオバの頭に、どんなものがつまっているのかと話をした。到るところの土地とあらゆる時間、それはまるで都会の摩天楼のように入り組んだ景色だと誰もが噂する」と書かれていて、オリュウノオバの現実的な身体は、――すでに死んでいるにせよ、まだそうでないにせよ――「路地」と「山」とのあいだに横たわっているのだが、霊魂のオリュウノオバのほうは、自由自在に「到るところの土地とあらゆる時間」の「景色」を――未来の出来事まで含まれる！――夢見るように「思い出す」。そして、この最後の物語においては、「思い出」がとうとう、オリュウノオバに、彼女自身の「愉楽」

自身は、この作品をあくまでもむしろ「エクリチュール」として読み、かつその世界を「世界」へと開きたいと考えているのだ。

を思い出させ、与え返すのだ。

確かに路地の女らが言うように、中本の一統が生まれながらの性のように女を喜ばす術を心得ていると確かめた。達男の下で足を思いっきり上げ絡みつき快楽の渦に身をまかせ、達男の一物に突き上げられ全身で愛撫されながら、オリュウノオバはすすり泣き、その自分の声から、子供を産みに産む愉悦を楽しむ事しか知らない女のかたまりがあらわれてくる気がする。

この「愉楽」の思い出が、——誰が知ろう——「息をひきとる間際のオリュウノオバの清澄な意識」を可能にする。そのようにして、エクリチュールはついには語り手でもあるオリュウノオバをも「荘厳」する。「荘厳」して見送るのだ。

だが、同時に、オリュウノオバの最期を見取るこの「カンナカムイの翼」においてこそ、この過激なエクリチュールのもうひとつの過激な願いがついに爆発するように言挙げされるということは忘れてはならないだろう。すなわち、そこではオリュウノオバは叫ぶのだ、「今こそ武器を取れ」と。「愉楽」の裏側にひそむこの「戦争」への「願い」を、夢の戯言として無視するのか、それとも聞き受けとめるのか、それこそ、『千年の愉楽』を読む者にとっての分岐点なのかもしれない。「蜜」はその「裏」に「毒」を包み隠しているのだ。

> オリュウノオバは考えつめ、自分が達男とそっくり入れ代わる事が出来たなら、北海道に点在する人間（アイヌ）の路地（コタン）と路地を結び、理由なく襲いかかってくる者ら、いつでもしたり顔で近寄ってくる者らをやっつけるために弓矢を用意し、鉄砲を用意し、爆裂弾を用意して、戦争をするだろうと考えた。（……）／オリュウノオバは自分が二人のボンヤウンベを育てた火の祖母のように思いながら、竹槍で猿を狩るように狩られ、腹をつき刺されて死んだ兄弟の仇を討ってやれと二人につぶやき、路地の者をも人間（アイヌ）の路地（コタン）の者をも、自分一人が産み落とした子供らのように想像し呼びかけた。／今こそ武器を取れ。オリュウノオバは言い、胸が昂ってこらえ切れずに涙を流し、路地も人間（アイヌ）の路地（コタン）も戦う事よりも和議を好み、舌先三寸でだまされ、みながみな腹の一部に穴をあけられたように空気が入らず、ただ目先の小さな快楽に甘んじてしまうのだと思い、その中で達男と若い衆のボンヤウンベ二人、オリュウノオバにそのかされたように孤立し、無惨に死ぬのだと思いつく。

だから「愉楽」とは、けっして「目先の小さな快楽」などではない。それは、人間のモラル、「法」の侵犯においてこそ味わえる、禁じられた「蜜」であり、社会が押しつける「法」を侵犯してその「裏側」に抜け出すことによってはじめて開かれる「生命」の原初的な暴力の享楽にほかならない。オリュウノオバには「人の物を盗んではいけない、人を殺めてもいけない、殺傷してもいけない、という道徳はあたうる限りない」（「六道の辻」）のであり、「何をやってもよい、そこにおまえが在るだけでよい」（同）といつも思っているのだ。

しかし、ここでオリュウノオバが呼びかけている「おまえ」は、人間一般などではない、それはあくまでも「路地」の男たち、まさに「法」によって「法の外」に隔離され閉じ込められた男たちに向かって言われている。「法」という「壁」によってつくられた閉域である「路地」、そこからその「法」の「壁」を侵犯し、ただ「愉楽」を希めそれを見届けるだけではなく、この地球上のあちこちにある「路地」との連帯を通じて「暴動」を起こし、「戦争」を組織すること。それこそが『千年の愉楽』のエクリチュールが最終的に向かっていった「夢」であったことをわれわれは忘れるわけにはいかないだろう。

「天人五衰」、「ラプラタ奇譚」、「カンナカムイの翼」の後半の三篇は、どれも男が「路地」を出て「世界」へと飛び立っていく物語。オリエントの康はブエノスアイレスに消えてしまい、新一郎は南米から戻ってきて水銀を飲んで死んでしまうが、最後の達男だけは、みずからは北海道の「路地（コタン）」で死んで、しかし「人間（アイヌ）」の若い衆と入れ代わって路地に戻ってくる。表は達男で裏は若い衆なのか、表は若い衆で裏が達男なのか、いずれにせよ、あたかも「壁」をポンと叩くと「木戸」が回転するかのように、若い衆の「裏」に達男の「霊魂」がはりついているのである。そのような想像的回転装置によってこそ、真に世界じゅうの路地と路地が連帯することが可能になるとこの小説は夢見ているのかもしれない。

連帯そして戦争。こうして『千年の愉楽』のエクリチュールの底に、われわれの読み（レクチュール）が最終的に見出すのは、「愉楽」の底に横たわる、支配的権力にたいする「戦争」ということになるか。異次元とつながり、自分のいる場をつねに炎として燃え上がらせようとする「中本の一統」の男たちは、われわれのこの「オペラ」のコンテクストから言うなれば、限りなく「道化」的な存在であるのだが、しかし、この「道化」は人を殺す。「戦争」をする「道化」である。

　そしてひとりひとりの「道化」にそれが意識されているかどうかは別にして、この「道化」ならぬ「道化」は「戦争」から生まれ、そしてまた「戦争」へと否応なく駆り立てられていく定めに貫かれているのかもしれない。「千年の愉楽」の底には「千年の戦争」が沈んでいる。実際、オリュウノオバの「思い出」は、闇市などの終戦直後の光景ばかりではなく、さらに「御一新」の時代にまで遡っていくだろう。いや、もっと遠く「一千年」の時間も遡っていくだろう。

　とするならば、最後に、われわれは、この甘く壮絶なエクリチュールを発動するオリュウノオバとは誰なのか？　と問うてみてもいいだろうか。

　もちろん、戯れの問いだ。路地より一段高い、石段をのぼった先、山と路地のあいだ、その境界線上に位置する家に住みつづけ、横たわり、夏芙蓉のにおいに息を詰まらせ、山からやってくる「金色の小鳥」の声に耳を傾ける産婆。路地の「生命」のすべてを取りあげ、毛坊主の礼如さんとともに路地の生死のすべてを見届けてきた「千年の産婆」であるオリュウノオバ。それは、その名が示しているように、「リュウ」であるほかはない。そしてそうであれば、オリュウノオバとはまさに「市内を大きく立ち割る形で臥している蛇とも龍とも見えるという山」そのものであるかもしれない。

その山について、テクストは言う、「臥した蛇とも龍とも見える山の腹の部分に路地が在るなら、頭の部分は川に突き出した形になっている城跡」で、そこには、かつて千年ほども前にもなるか、「丹鶴姫なる熊野別当の妻が住み、源平の戦の頃、水軍や僧兵をひきいて最初は平家方に、機を見て源氏方に加勢し、田辺に住む息子の湛三とともに屋島の合戦で平家をさんざんに打ちまかした」と。つまり、丹鶴姫とは、千年も昔に、「今こそ武器を取れ」と叫んだ姫なのだ。そして、その「丹鶴姫らの加勢で屋島の合戦に源氏に打ち負かされた者らの血」こそが「中本の一統」の「血の澱み」の遠い淵源であると言う者たちもいて、オリュウノオバも、丹鶴姫は「弱きをくじくだけの目はしの効いた女にすぎないと思」い、自分はつねに「その度に負けた方に同情すると思」う。すなわち、オリュウノオバは、丹鶴姫が仕掛けた「戦争」で打ち負かされた者たちに同情し、いま、この生において、それを償い、それを浄めようとする。オリュウノオバの「裏」に丹鶴姫がおり、「腹」と「頭」、その二つが一体となって「龍」となり「山」となる。その「龍」がいま、ミッションを終えて、天へと飛び立ち、帰ろうとしているのかもしれない。

幻である。だが、中上健次の背後に、オリュウノオバが、いや、さらには龍が、丹鶴姫がはりついて、その異形の存在たちが語るエクリチュールを、かれがほとんど夢現の状態で、書きとっている姿が見えてくる。エクリチュールのシャーマン、中上健次。

あたり一面、夏芙蓉の甘いにおいが漂う。「金色の鳥の声」はまだ聞こえてこないが、どうやら夜が明けていくようだ。

第四幕「アルバム・モラル／日常異常」

混乱がつづく。いや、舞台上の「劇」の混乱ではなく、あくまでも「演出」上の混乱。より正確に言うなら、「演出」することがますます困難になってくる。われわれはすでに、第二幕が終わったところで、この「オペラ」が引き受ける戦後の時代を、1970-1989から1970-1995へと変更し、そこに一九九四年の出来事へと目配せをするほとんどプライヴェートな「間狂言」を挿みこんでいた。つづく第三幕で「演出家」としては、八〇年代前半の文化の深層にある種の「閉域」for intérieur——内廷、内庭、あるいはステーション（駅）、——を読み出す試みを行なったつもりで、さあ、いよいよ第四幕、時代的には八〇年代後半に照準を合わせて、「昭和」から「平成」の時代転換にも呼応するかもしれない文化の（いくつもある）断層面のひとつなりとも描き出してみたいのだが、しかしなぜか、そのために文化の断層から「検体資料」を取り出そうとすると、取り出したとたんにスチールと化して動かなくなる。それは、「劇」の「一場」を構成するというより、むしろ一コマの「画」、あるいは「景」のように端正なフレームへと収斂して静止すると思われるのだ。

すでに幾度か言明しているように、この「戦後文化論」の第二オペラは、第一オペラに比べて「オペラ的」な、劇的な性格が薄れて、シネマトグラフィックな様相へと遷移しているのだが、ついにはそれが、一枚のスチールへと到達して、「映画」の最後に現われる「end」マークを映し出すという感覚。とすれば、「 -89」という区切りの意味はいまだに残りつづけているのかもしれない。

いずれにしても、この第四幕では「場」による構成ではなく、いくつかの「景」を「アルバム」のように並べてみるという「演出」なしの「演出」を実験してみるしかない。

第一景

「じゃ、ここだ。なんでも見てよ。」

彼は言った。

私は、彼がお茶を淹れているうしろへまわり込んで台所をよく見た。

板張りの床に敷かれた感じのいいマット、雄一のはいているスリッパの質の良さ——必要最小限のよく使い込まれた台所用品がきちんと並んでかかっている。シルバーストーンのフライパンと、ドイツ製皮むきはうちにもあった。横着な祖母が、楽してするする皮がむけると喜んだものだ。

小さな蛍光灯に照らされて、しんと出番を待つ食器棚、光るグラス、ちょっとみるとまったくバラバラでも、妙に品のいいものばかりだった。特別に作るもののための……たとえばどんぶりとか、グラタン皿とか、巨大な皿とか、ふたつきのビールジョッキとかがあるのも、なんだかよかった。小さな冷蔵庫も、雄一がいいと言うので開けてみたら、きちんと整っていて、入れっぱなしのものがなかった。
うんうんとうなずきながら、見てまわった。いい台所だった。私は、この台所をひと目でとても愛した。

（吉本ばなな『キッチン』より）

一九八七年文芸誌『海燕』に発表された吉本ばななのデビュー作。タイトルが告げるように、「この台所」がこの作品のすべてである。強いて言えば、「私」あるいは雄一という登場人物ではなく、「この台所」を表象するためにこそ、この小説は書かれたと言ってよい。その最初の記述である。

だが、奇妙ではないか。もちろん、おかしなところは少しもない。しかし、板張りの床、マット、スリッパ、フライパン、皮むき、食器棚、グラス、どんぶり、グラタン皿、巨大な皿、ビールジョッキ、小さな冷蔵庫……そうしたオブジェがいくらか列挙されると、それだけでそのまま唐突に「私は、この台所をひと目でとても愛した」と言明される。

異常な飛躍である。もちろん、エクリチュールはいくらかの形容操作を行なっていないわけではなく、各オブジェにたいしてきわめて平凡な主観的形容が組み合わされている――「感じのいい」、「質の良さ」、「よく使いこまれた」、「きちんと並んで」、「しんと出番を待つ」、「なんだかよかった」、「きちんと整っていて」、そして「いい台所だった」という判断がそれぞれのオブジェに下されると、そのまま「私は、この台所をひと目でとても愛した」へとジャンプするという展開である。

「シルバーストーン」とか「ドイツ製」とかほんの少しの「特別」が強調されて、それが（そこまでテクストを読んできた読者にはわかるのだが）「私」にとって、この瞬間において、まさに唯一の「（失われた）愛」の対象である「祖母」の思い出と何気なく関連づけられているのだが、ほかは、とくに特徴のない記述であり、それを通して読者が「とても愛した」へと論理的に運ばれていくことはない。そうであるように書かれている、と言っていい。

　つまり、ここで「キッチン」は、一見そのように見えても、じつは少しもそれとして、つまり客観的に描写あるいは表象されてはいない。そうではなくて、「キッチン」は「私」の「愛」の「対象」であるという言明がなされることが、このエクリチュールの仕事なのだ。実際、テクストの冒頭は、「私がこの世でいちばん好きな場所は台所だと思う」であった。少しあとで、それは「私と台所が残る。自分しかいないと思っているよりは、ほんの少しましな思想だと思う」とつづけられていた。この「ほんの少しましな思想」を言うために、このエクリチュールは発動した。そしてその表現はきわめて正確であった。つまり、「ほんの少し」だけ「まし」な「思想」が「思われ☆1」、考えられる。それが「キッチン」なのだ。

　だが、この「ほんの少しましな思想」が生まれるためには、それなりの前提が設定されなければならない。それはなにか？　当然、「自分しかいないと思っている」状況ということになる。だから、エクリチュールはそれを発明しなければならないのだが、これもまた驚くべき省略法、オーセンティックな絶望の状況にたいしてほとんど諧謔的ですらあるエコノミー操作に

☆1　雑誌『ユリイカ』（二〇一九年二月号）が「吉本ばなな」を特集していて、その冒頭のインタビューで、岩川ありさから、この「私がこの世でいちばん好きな場所は台所だと思う」における「思う」の機能について問われた吉本ばななは、「悩んでいる人が使う〝「僕の友達が」理論〟の感じを出したかったんです」と語っている。正確な説明だと思う。「思想」はそのようにして生まれる。

よる記述がそれを引き受ける——「私、桜井みかげの両親は、そろって若死にしている。そこで祖父母が私を育ててくれた。中学校へ上がる頃、祖父が死んだ。そして祖母と二人でずっとやってきたのだ。／先日、なんと祖母が死んでしまった。びっくりした。／家族という、確かにあったものが年月の中でひとりひとり減っていって、自分がひとりここにいるのだと、ふと思い出すと目の前にあるものがすべて、うそに見えてくる。生まれ育った部屋で、こんなにちゃんと時間が過ぎて、私だけがいるなんて、驚きだ。／まるでSFだ。宇宙の闇だ。」これで説明終り——きわめて経済的に、「自分がひとりここにいる」だけという突然に降ってきた「孤独」という「前提」が設定されたことになる。読者はここでも、「私」の絶望的であるしかない「孤独」に心理的に共感しつつ読んでいくのではなく、「私」という語り手が行なう一方的な説明的記述を受け容れるしかない。「私」は、小説世界をリアルに構築するというよりは、主観的に、説明的に物語世界を語ろうとする。そうすることで、ひとつのささやかな「思想」に一枚の『画』を与えようとするのである。

この「思想」とは、言うまでもなく、家族の最後のひとりを失い、完全に「孤児」となった「私」に、それでも「キッチン」を与え返すということ。そしてここでもまた、その展開は、現実性をほとんど欠いた異常な、しかしかといって日常的次元からけっして逸脱しない説話的飛躍によって実行される。すなわち、死んだ祖母の行きつけの花屋でアルバイトをしている、偶然に同じ大学に通う「ひとつ歳下のよい青年」である田辺雄一が、突然に訪ねてきて、かれが「母親」といっしょに暮らしているマンションにしばらく住むようにと誘いに来る。あまりに突然なのだが、「私」は「魔がさした」ようにその誘いにのって、かれのマンションに行き、そこで「ひと目でとても愛する」台所に出会うということになるわけだ。

すなわち、乱暴に言うなら、完全に家族を失った「私」に、いかなる理由も根拠もなく、まったく偶然であるかのように、「家族」、つまり擬似的な「家族」が暫時、——救急措置のように——与えられるという物語。「私」と雄一のあいだに、恋愛のような人間的なパッションの関係があることで疑似的「家族」関係が生起するのではなく、そうした個人的な関係が生まれる以前に、いかなる強制もない、優しく、淡い、共生の人間関係が「孤児」に差し出される——しかも、そのようなことが「あらねばならない」ではなく、「ある（かもしれない）」という「ほんの少しましな思想」、そうした「弱いモラル」をこそ、この物語は語ろうとするのだ。

実際、ここで差し出される「疑似家族」は、はじめから奇妙に疑似的である。すなわち、「祖母」と「私」で構成されていた「家族」に替わって、それとほとんど鏡像的関係にあるような、今度は、「母親」と息子の雄一による、「もうひとつの家族」へと「私」は招き入れられるのだが、じつはこの「母親」は完璧なまでに女装した「じつの父親」であると設定されている。雄一の「じつの母親」が、かれが小さいころ死んだことを契機に、父親だった雄司は、整形をして〃えり子さん〃となった、と物語は雄一に説明させている。そしてその「彼女」と出会った「私」は、次のように言う——「これが母？ という驚き以上に私は目が離せなかった。肩までのさらさらの髪、切れ長の瞳の深い輝き、形のよい唇、すっと高い鼻すじ——そして、その全体からかもしだされる生命力の揺れみたいな鮮やかな光——人間じゃないみたいだった。こんな人見たことない」と。

とすれば、われわれのこの「オペラ」のこれまでの文脈に、〝えり子さん〟を落としこむなら、「彼女」こそ「道化」ということにならないか。実際、われわれは、第二幕第二場で『道化』とは（……）相反する秩序の二重性のなかで揺れ動くだけではなく、その揺れ動きを通して、（……）現実の秩序とは直交するようなもうひとつの世界、『現実』にとってはファンタジー的でしかありえない世界を指示する高度な『仕掛け』ということになる」と定義していたはずである。とすれば、「父」であって同時に「母」であり、そしてきっとどちらでもない、もはや「人間じゃない」、強いて言えば天使的な「道化」としての〝えり子さん〟こそ、恩寵のように、「私」に「キッチン」を贈与する者として設定されていることになるだろう。「彼女」は、——原因はいっさい明かされないのだが——「そろって若死にし」た「私」の両親のいわば擬似的代理を一身に荷なう存在として要請されているように思われる。（本テクストの守備範囲を超えるが、しかし『キッチン』の続篇である『満月』の冒頭で、この〝えり子さん〟は「気の狂った男につけまわされて、殺されて☆2」「殺されて」あっけなく死ぬ。つまり、「彼女」は、「殺す道化」ではなく、「殺される道化」なのだ）。

こうして「私」に「キッチン」が、束の間とはいえ、与えられたとするならば、あと物語が見届けなければならないのは、それがほんとうに、きちんと「キッチン」として機能すること。すなわち、——それこそが本質なのだが——「私」が他者のために食事をつくること、そうして（家族であれ、そうでないのであれ）他者の生を、そのもっともフィジカルな次元にお

☆2 「秋の終り、えり子さんが死んだ」——それが、『満月』の冒頭のフレーズ。

いて、ほんの少しだけでも支えること、そうすることで、かれ／彼女の生を、同時に、自分自身の生を、「孤独な思考」からほんの少しだけ守ることである。

だから、物語が語るのは、まず最初は、――とても非現実的な日常性なのだが――最初の日に、そのまま「キッチン」のすぐ横の「巨大なソファー」で眠った「私」が朝、目がさめて、〝えり子さん〟に「玉子がゆときゅうりのサラダ」をつくって食べさせる場面。それは、「昨日の朝までは想像もありえなかった、見知らぬ人との遅い朝食の場面を私はとても不思議に感じた」と語られるのだが、その直後に、じつはそれが「テーブルがないもので、床に直接いろんなものを置いて食べていた」と書かれていて、奇妙な「異常の日常」の空間がここでも暗示されている。

となれば、もうひとつは、雄一のために食事をつくる場面がくることにならなければならないのは当然で、それがこの物語のとりあえずの結末になるのだが、そのとき作られるのはラーメン。しかも、それは、「私」が、祖母と住んだ家を最終的に引き払って、明け渡した日の夜、深夜二時、疲れて早く寝た「私」が長い、きわめて現実的な「夢」を見た直後、なぜか起き出してきた雄一のために、その「夢」のつづきそのままにつくるラーメンである。

闇に浮かぶこの小さな部屋の、ライトの下で冷蔵庫を開ける。野菜をきざむ。私の好きな、この台所で――ふと、ラーメンとは妙な偶然だわ、と思った私はふざけて雄一に、背を向けたまま、

「夢の中でもラーメンって言ってたね。」

と言った。

すると、反応が全くない。寝てんのかなと思った私が振り向くと、雄一はすごくびっくりした目できょとんと私を見つめていた。

「ま、まさか。」

私は言った。

雄一はつぶやくように、

「君の、前の家の台所の床って、きみどり色だったかい?」と言った。「あっ、これはなぞなぞじゃないよ。」

私はおかしくて、そして納得して、

「さっきは、みがいてくれてありがとうね。」

と言った。いつも女のほうが、こういうことを受け入れるのが早いからだろう。


一言で言えば、ふたりが同じ時間にまったく同じ「夢」を見ていたということである。当然、まったく同じ「夢」を見ることは原理的にありえない。だが、この場面の直前で、この「夢」が「私」によって語られるとき、それは、「夢」としてではなく、これまでの物語の語り方とまったく違わない仕方で語られる。たとえば、冒頭は、「今日、引き払ったあの部屋の台所の流しを私はみがいていた。／なにがなつかしいって、床のきみどり色が……住んでいる時は大嫌いだったその色が離れてみたらものすごく愛しかった」――ここには、「夢」としてのリアリティ（！）は少しもない。「私は、夢を見た」と書かれているが、そして最後には「目が覚めてしまった」と書かれているが、しかしこれは「夢」ではなく、物語のなかのもうひとつの物語。その日に引き払った、長年住んだ家の台所を雄一とふたりで菊池桃子の歌を歌いながら掃除をするという「夢」の「物語」である。

逆に言えば、「私」は、「夢」をつくるように、この「物語」を語っているということ。「私」は、「私」の「夢」が他者と共有されるという「夢」を物語として物語る。「キッチン」という作品そのものが、もはやそこで構築された「桜井みかげ」というアイデンティティなどには還元されない「私」（とはいえ、それを「吉本ばなな」だと速断するわけにはいかない、「吉本ばなな」もまた、そのように構築された入れ子的連鎖の「私」のひとつにすぎないのだから）の「夢」、「私」の「幻想」、強いて言うならば、「共同幻想」でも「対幻想」でも「個人幻想」でもない、いわば「対」と「個人」のあいだにある、「個＝孤」よりはほんの少しましな、フラクタル的「1・5幻想」なのかもしれない。「キッチン」とはそうした「夢」のフレームの場所なのである。

実際、「夢のキッチン」――この言葉に辿り着くために、この物語は書かれた。「夢のキッチン。／私はいくつもいくつもそれをもつだろう。心の中で、あるいは実際に、あるいは旅先で。ひとりで、大ぜいで、二人きりで、私の生きるすべての場所で、きっとたくさんもつだろう」――これが作品の最後の言葉。「私」は、玉子がゆやラーメンをつくるように、「キッチン」という場所で、「恋愛」や「家族」や、ましてや「社会」、「共同体」、「国家」などには還元されない、「私」の絶望的な「孤独」をやさしく包みこむ「夢」を、繊細な乱暴さを通して編みつづける、つくりつづける、と作品は宣言しているのだ。

とすれば、われわれの「アルバム」に取り込む一枚は、〝えり子〟さんの家の「台所」のフォトということになるだろう。しかし「板張りの床」とは書かれていたがその「色」は言及されていなかったので、このフォトでは、「色」を「きみどり色」にしてしまい、つまり「私」の祖母の家の「台所」を合成してしまえばいいのだ。そしてその画面全体に「私は、この台所をひと目でとても愛した」という「吹き出し」を貼りつけ、「遠くの灯台　まわる光が　二人の夜には　木もれ日みたい……」という菊池桃子の歌[☆3]を流しておくことにしよう。そして「保存」をクリック。

第二景

病室の中央には、十分に乾燥したシーツでたっぷりと包まれたベッドがあった。それは大きな白い動物がうずくまったように重そうだった。クリーム色の壁紙でおおわれた病室で、ベッドの白さがくっきりと浮かび上がっていた。いろいろなものが、その白く盛り上がったベッドを中心に配置されていた。普通の家の寝室やホテルのベッドと違って、それはもっと意味深いもののように思えた。ベッドの周りに病室があるような感じがした。

☆3　なお、この曲は、ネット上の情報によれば、一九八四年にリリースされた彼女の最初のアルバム「OCEAN SIDE（オーシャンサイド）」の五番目の「ふたりのナイト・ダイヴ」という曲だという。なお、わたしがこの「時代」にたいしてどういう位置にいるかを示唆するために告白しておくなら、わたしには、この原稿を書くまで、菊池桃子という存在の記憶はまったくなかった。それはわたしの知らなかった世界であった。

入口の左手はユニットバス、右手は小さなガスレンジと流し台になっていた。窓際にはシンプルな形の布張りのソファー、枕元には木製の丸テーブル、部屋の角には金庫のような冷蔵庫があった。どれもみんな無駄のないさっぱりしたデザインだったが、クールというほどでもなかった。それはきっとすべてが新品というわけでもなく、きちんと使い込まれてまた同じようにきちんと手入れされたあとが、残っていたからだろう。

（小川洋子『完璧な病室』より）

「弟」のための病室。かれが、最初の診療を受けているあいだに、「姉」である「わたし」はひとり病室に入る。この白いベッドを中心にしたクリーム色の清潔な、無機的な空間が、われわれの「アルバム」の二枚目のスチール写真。「弟が戻ってくるまで、長く時間がかかりそう」なので、「わたし」は靴を脱いでベッドに横たわる。

この病室の清潔さは、わたしを安らかな気分にした。ソファーと窓、冷蔵庫と壁、テーブルとベッド、全部が百八十度か直角、どちらかの角度を保って並んでいる。ガスレンジには肉の焦げや野菜の切れ端や胡椒の粒や、そんな、料理を連想させるようなものは一つも落ちていない。スポンジで磨いた跡が、つやつやとしたマーブル模様になって残っている。わたしは今まで、こんな安らかな清潔さを味わったことがなかった。

ひとつ前のスチールが映していたあの「いい台所（キッチン）」とは真逆と言っていいだろうか。ガスレンジも流し台も冷蔵庫もあるのだが、ここには料理に結びつくものはなにもない。当然でもあって、なにしろ、ここは、大学病院の病室なのだから。「瀬戸内の小さな町の大学」に通っていた二十一歳の「弟」が重篤な病に罹ってしまい、専門医のいる、そして「わたし」が「アルバイトの秘書」をしている大学病院に入院することになった、という設定。両親が離婚しており、育ててくれた母親もすでに死んでいない姉弟に、大部屋ではなく、二人部屋ですらなく、個室、しかもガスレンジまでを備えた大きな個室が手配されるのは、およそ非現実的なようであるのだが、タイトルが語っているように、エクリチュールは、この「病室」、すなわち、この「完璧な病室」を描き出すためにこそ、発動した。つまり、ある意味で、この作品そのものがまるごと「完璧な病室」にほかならない。

『完璧な病室』は、一九八九年に小川洋子が発表した小説。前年の『揚羽蝶が壊れる時』に続く第二作ということになるか。われわれが前景で取り上げた吉本ばななの処女作『キッチン』は一九八七年の発表だったから、それから二年後、――この間に時代は「昭和」から「平成」へと移っている！――同じように二〇代の女性作家が、文学的キャリアの出発点において、一見するとまるで〈キッチン〉の「思想」とは正反対であるような、「病室」の光景を小説に写し込んだ。われわれの関心は、まるでポジとネガの関係にあるような、これら二枚のスチールを「アルバム」として並べてみること、それに尽きる。

だが、ポジとネガの関係が成立するためには、それらがひとつの同じ形象《フィギュール》を写しているのでなければならない。とすれば、その形象は何か。それは、端的に言うなら、「孤児」であること。

すでに述べているように、『キッチン』の場合、「わたし」は、両親が若死にして、祖父母に育てられていたのが、祖父に続いて祖母も亡くなり、完全に「孤児」になったという状況が物語の出発点であった。

『完璧な病室』は、母親が精神を病み、それが原因で父親とは離婚したのだが、母親は二年前に「偶然に立ち寄った銀行で強盗事件に巻き込まれて、犯人に射殺され」て死んでしまったという設定。「わたし」は、結婚して夫もいるのだが、「弟」がこのまま不治の病で死んでしまうとすれば、「孤児」になるという状況である。

『キッチン』では、「わたし」は突然現われた疑似的「家族」の家で「いい台所」を再発見し、そのことで「孤児」という存在から再出発する物語が語られたのだったが、『完璧な病室』においては、すでに結婚しており、ある意味ですでに第二の「家族」のなかにいる「わたし」でありながら、「弟」が死に向かうのと同時に、否応なく自分は「孤児」へと向かっていかざるをえない。そしてそこからの再出発はない。つまり「完璧な病室」とは、決定的に「死」という終りへと運命づけられ、そこからなにか新しい物語がはじまることのない空間のことである。社会や生活という現実から隔離されて、「完璧」として審美化、さらには神秘化された

「わたし」の記憶のなかの光景＝場処。だから、あえて対比的にまとめるなら、『キッチン』が「自分しかいないと思っているよりは、ほんの少しましな思想」を語ろうとしていたのにたいして、『完璧な病室』で小川洋子が提起するのは、「完璧」の美学とも言うべきものかもしれない。いや、そうではない。きっと「美学」という言い方は適切ではない。「思想」のはるか手前、たんなる「美学」の彼方……だが、あるいはそこに、ぎりぎりのミニマルな、しかしそれゆえにこそ根源的でもありうる「原モラル」のようなものが芽生えてはいないだろうか。

実際、テクストの冒頭、まっさきに宣言されるのは、「いとおしさ」である——「だから、弟はわたしにとってあまりにもいとおしい存在なのだ。このいとおしい気持ちというのは、わたしが他のどんな人間に対しても持ったことのない種類の気持ちだ。父にも、母にも、夫にも、そして自分自身に対してもだ。」結論を先取りすれば、このエクリチュールは、死を定められた「弟」にたいする「いとおしさ」という本質的に明かし得ぬ「気持ち」を語ろうとしている。そして、この「気持ち」を閉じ込めるフレームとしてエクリチュールが用意するのが、「完璧な病室」であり、そこでの「完璧な土曜日」なのだ。小説の冒頭にわれわれが読むのは、そのフレームの中におさめられた「弟」のポートレートである。

晩秋のしなやかな風が、レースのカーテンをすりぬけて、弟のベッドをなでている。弟は腰の後ろに羽まくらをあてて上半身を起こし、わたしに横顔を見せている。わたしは、ベッドの脇のソファーにゆったりと腰掛けて、弟の横顔を見ている。点滴のしずくの音が聞こえそうなくらい静かな午後だ。そして病室は、すべてがきちんと清潔に保たれている。床やユニットバスのホーローは丁寧に磨き込んであるし、シーツには程よく糊がきいて染み一つない。わたしたちは、いろいろな問題について話をしている。（……）弟の声が、薄いベールになってわたしを包んでいる。しゃべり疲れると、二人は好きなだけ沈黙を抱えてそれを温めている。弟の横顔の輪郭は、軟体動物の体表面のように神秘的に透き通っている。わたしの心を乱すものはなにもない。完璧な土曜日だ。／弟はいつでも、この完璧な土曜日の記憶の中にいる。ガラス細工のように精巧な弟の輪郭を、今でもはっきりと思い出すことができる。

間違ってはならないが、この「いとおしい」という気持ちは、ただ「弟」だからではなく、かれがこの若さのままで「死」へと運命づけられているという事態から生起したものである。すなわち、限られた時間だからこそ、死へと運命づけられた、そのもっとも近い他者の傍にいること、その他者と同じ時空を共有すること。ほとんど「終り」、つまりもはやほとんどなにも起こらない「時」をともにすごすこと。つまり、「いとおしさ」と「完璧」とは、「終り」の裏表の両面なのである。

同時に忘れてはならないのは、この奇妙な「美学」が要請されるのは、この姉弟に、すでにこれとは正反対であるような「狂気」と「混乱」を裏表の両面としてもつ壮絶な「終り」が起こってしまっているからであるということ。すなわち、かれらの母。母の精神錯乱によって、かれらの生活はつねに混乱のなかにあった。「生活」は「混乱」の同義語であった。だから「わたし」にとって病室が完璧なのは、まさに、そこにまったく「生活」の痕跡がないからなのだ。実際、「わたし」は、最初に「弟」の病室のベッドに横になったあと、かれらの母親のことを思い出し、そして最後に、「そして自分がこの病室の行き届いた清潔さをこんなにも心地よく感じるのは、母親との薄汚れた雑然とした生活のせいだと気づいた」と言う。

だから、「完璧な病室」は「生活」の対極にある、ほとんど「生活のない生」の場である。そして言うまでもなく食こそが「生活」の中心にあるものであるとするなら、「母親との薄汚れた雑然とした生活」の記憶が呼び起こすのは、母親が花壇のなかに置き去りにしたショートケーキの上に蟻が列をなしてのぼってきているイメージであったりする。また、「わたし」の「夫」が、深夜、ビーフシチューを食べる姿を見ながら、「わたし」は、「食べる、ってことは、どうしてこんなに美しくないんだろう」と思い、さらに「人間が起こす行動の中で、一番生理的で無意識的で官能的だ。料理はいつも、汚れた流し台と背中合わせに並べられる」と言明する。

逆に、この「完璧な病室」で「わたし」が用意する食は、最終的には、ぶどうのコールマンという種に限られる。「弟の喉をスムーズに流れ落ちていける食べ物」がほとんどなくなり、なにを与えても「弟」はそれを吐き出してしまうからなのだが、はじめはそれでもステンレスの調理台の上で、りんごを「八分の一にした後」、「いちょう形のうすぎり」にしたりしていたのが、それすらも「弟」の身体は受けつけない。だから「キッチン」が備えられているにもかかわらず、この「病室」は料理を、つまり「生活」を徹底して排除するのだ。

だとすると、この『完璧な病室』という小説の構成が、まさにきわめて「アルバム」的であるのではないか、とも思われてくる。つまり、記憶のなかから選び出された精神を病んだ母親の混乱した生活の二、三枚のフォト。理解力のある「優しい」人ではあるのだが、ビーフシチューを食べるその姿が「わたし」にかつて見学した手術で見た「チョコレート嚢胞」を思い出さずにはいない、深夜の食事中の「夫」のフォト。そしてそれらと対比的に、あらゆる混乱が排除された、その意味で徹底して清潔である「完璧な病室」のフォト。

ついでに通りすがりに、これらのフォト、とりわけポートレートとしてのフォトに共通する「プンクトゥム」（ロラン・バルト）をひとつ挙げておこうか。それは「唇」ないしは「口」なのだが。

――「わたしは母親の唇を思い出していた。母親のことを考えるとき、最初に唇を思い浮かべる訳は、彼女の病気にあった。それはとても厄介な状況で、彼女の周りの人間がたくさん傷つけられた。彼女は、心の病気だった。」

「わたしは、喋り続ける彼女の唇だけを見ていた。口紅の剝げかけた唇、くすんだ肌色の唇、脂っぽい唇、唾液に濡れた唇。だから今でもその輪郭や縦皺の模様を、正確に思い出すことができる。臭うような、くすんだ不潔さの中で、蛆虫が二匹、横に並んでうごめいているようだった。」

――「わたしは彼の口元から目を離さずに言った。彼は微笑んだ唇の間にスプーンを差し込んだ。茶色の雫が一筋、唇の縦皺にそってこぼれそうになると、二枚貝が呼吸するように、柔らかい舌が伸びてきてそれを吸い込んだ。肉の脂と唾液で縦皺が湿った。」

「舌と歯と唾液が絡み合う湿っぽい音が、彼の内側から聞こえてきた。とても肉体的な音だ。」

――「弟がぶどうを食べる時のように美しい食べ方をする人は一人もいなかった。」

「弟はあの病室のあのベッドの上で、いつでも完璧に穏やかで、完璧に優しかった。弟の首筋は完璧に滑らかで、弟の吐く息は完璧に透明だった。」


こうして「完璧」がどのように「脂っぽい」、「不潔」、「湿っぽい」といった一群の形容詞の対極に設定されているかが理解できるが、しかし――われわれのこの文章がそうである論文的「アルバム」ならいざ知らず――小説のエクリチュールとしては、このまま終わってしまうわけにはいかない。「弟」は「完璧な病室」の中でゆっくりと死へと向かっている。エクリチュールがはじまる前にすでにその「死」は起こってしまっており、確定している。出来事は終わってしまっている。その部屋は、まさにもはやいかなる出来事も起こらないという意味でこそ「完璧」であったのだ。

とすれば、この「完璧」をけっして汚すことなく、むしろ補完するような、しかし出来事が起こるのでなければならない。つまりたしかに出来事なのだが、「完璧」な時間の流れを「変性・退化・腐敗」させないような、その意味では、ほとんど出来事ではないような出来事、――非・出来事とすら言ってしまいたくなる――が起こるのでなければならない。小説のモラル？ いずれにしても、それをこそエクリチュールは書くのでなければならない。

どんな出来事か？それは、ある意味では、論理的にほとんど唯一の解とも言うべきものなのだが、この「完璧な病室」が「わたし」にも与えられる、ということ。いや、「わたし」が病気になって入院するのではない。にもかかわらず、「わたし」もまた、束の間とはいえ、この「完璧」をみずから享受するような出来事が起こるということ。それがこの作品のほんとうの物語なのだ。

物語としては、またしても非現実的なまでに単純である。「弟」の主治医から「弟」の病状の説明を受ける最初の向かい合いのときから、「わたし」はそのS医師の「水泳選手を連想させるような」胸の筋肉に魅力を感じる。しかも、S医師の実家は孤児院を経営していたので、孤児を慰めることに長けているという設定。かれは「孤児」と同じように育てられた「ほとんど孤児」の人、「孤児」と深く連帯しうる人なのだ。「わたし」は、話をしながらも、背の高いかれの肉体を、腰、胸、くっきりと長い指、太腿、頬、口元とみつめないではいられない。かれは、ときどき吃るのだが、

――「彼が小さく息を呑んで、言葉を口の中に含んでしまうたびに、わたしは彼の頬を両手で撫でて、縮こまった舌をやわらげてあげたくなった」。

「わたし」とS医師は、こうして病院がある大学構内の図書館で、あるいは教職員専用のレス

トランで、ときたまふたりだけで会う時間をもつようになる。そして「弟」の死が近づいていることが感じられる冬のある土曜日、「わたし」はとうとうかれに「先生、わたしを、抱いてくれませんか」と頼む。S医師は「それは、何を意味するんでしょうか」と聞き返す。すると、「わたし」は、「なにも意味しません。ただ抱いてくれるだけでいいんです。抱きしめてくれるだけで」と答える。「なにも意味しない」抱擁、ただかれの「筋肉のベッド」に潜り込んで、「できるだけ長い時間」いること。

「セックス」を求めてではなかった。「弟」は、一度だけだが、「セックス」を知らないまま死ぬのだと泣いた。だから、それは「セックス」であってはならなかった。「わたし」がその日、何度も何度も、泣いている「弟」の髪を撫でたように、いかなる「変性・退化・腐敗」も引き起こすことなく、しかし孤独な二つの肉体がごく近くにあって、一方が他方を完全に「包みこむ」のでなければならない。それは、「触れ合い」という相互的な意味をもった関係ではなく、あえて言うなら、まるで母親の胎内にいるコドモのように、一方的に、完全に、他者の肉体に包まれてあるのでなければならなかった。

しかも、この出来事はどこで起こってもいいわけではない。それは、当然のことだが、「弟」の病室と同じく「完璧に清潔な病室のベッド」で起こらなければならない。じつは、それこそが、この出来事のほんとうの「意味」だからである。

その雪の土曜日の夜、消灯時間が過ぎた頃、かれらふたりは、「弟」の病棟の、最上階まで、雪の積もる非常用の螺旋階段を昇っていく。そして、「弟」のそれと同じ仕様の空いている病室に忍びこみ、S医師は服を脱ぐ。

> わたしたちは無言でベッドに横になった。頬の感触でシーツの十分な清潔さが分かった。その頬を彼の無防備な胸に押し当てると、たくましい腕がゆったりとわたしを覆った。街の音も病院の音も、全部雪に吸い込まれてしまって無言だった。この病室が時間からも場所からも切り取られて、宙に浮いているような気がした。／わたしはできるだけ自分を小さくして、彼の中にすっぽりと収まろうとした。唇のすぐそばに、水滴のよく似合う、滑らかでしなやかな筋肉の隆起があった。舌をのばせばそれを味わうこともできそうだった。けれどわたしにとって大切なのは、触れあうことではなく包まれることだった。／そして彼の筋肉に閉じ込められた時、肉感的な孤独がわたしを安らかにした。

雪の夜。夜のなかのもうひとつの「完璧な病室」。その白いベッドの中の「かれの筋肉」。そこに包まれ、閉じ込められた「わたし」。この「完璧」の多重構造を通して、はじめて「わたしの身体の奥にできた、腫瘍のような涙の塊」がはっきりと感じられる。それもまた「内庭＝内廷」for interieur であったろうか。身体の奥に出来た悲しみの塊。その異物が砕ける――「わたしは、彼の胸の中で溶けてしまいそうなくらい泣いた。泣きながら、空を漂う雪と凍り着いた空気が触れ合う、透明な音を聞いたような気がした」。

これは「弱いモラル」ですらない。ここにはいわゆる「モラル」はない。にもかかわらず、あらゆる「意味」の手前、あらゆる「モラル」の手前で、人間とは、そもそも他者の肉体のなかの「閉域」から生まれて、そしてまた本質的に「孤児」として、心という「閉域」を抱え込む存在であることが暗示されてはいないだろうか。あらゆる「モラル」の手前で、すなわちあらゆる「関係」の手前で、それが肉体によってであれ、言葉によってであれ、あるいはただ「病室」のような空間によってであれ、人間は、完璧に包み込まれることによってのみ、この逃れがたい直線的な「時間」を超えた「限りなきもの」を、たとえそれが現実にはどれほど束の間であったとしても、感じとることができる、そしてそれこそ、あるいは、あらゆる「モラル」に先立つものであるかもしれない、と示唆しているかのようなのだ。「完璧」とは、われわれの生にとって「完璧」は不可能であることをほんとうに知っている者だけが見ることができる「夢」であるのかもしれない。

*

しかし、もし今回も前回と同じように、われわれの「アルバム」に取り込み「保存」する一枚を選ぶのだとすると、われわれは、こうして十五階と十六階とダブル・イメージとなった「完璧な病室」のフォトではなく、別のフォト、すなわち、降りつもる雪の上に二人の足跡が残された夜の「非常階段」のフォトを選ぶかもしれない。

螺旋階段はとても滑りやすかったので、右手でてすりを握って左手で彼の腕をつかんでいないと怖かった。転ばないように身体のあちこちに力を入れていたので、すぐに息が切れた。四階くらい昇るごとに、休まなければいけなかった。(……) 一段昇るとそれだけ藍色が近づいてきた。豆の木に登るジャックのように、空の一点に吸い込まれそうな気がした。雪の落ちてくる一番奥の泉が見えてきそうだった。／弟がいる十五階を過ぎて十六階までくると、もうそこが最後だった。下を見ると、二人分の足跡ぼつぼつと螺旋状にのびていた。二人の弾んだ息が白く絡み合って溶けた。

当然、音楽はなく、ただはてしなく雪が降り続ける無音。そして「保存」をクリック、ということになるのだが、じつはこの選択は、二年後の一九九一年に小川洋子が発表した「妊娠カレンダー」に影響を受けている。

この小説では、「姉」の妊娠を——悪意なしにではなく——傍で経験している同居の「わたし」(ここでも親は不在である)が、作品の最後で、出産したばかりの「姉」を見舞うのだが、そこでも(こちらは三階建てだが)病院の非常階段を伝って「赤ん坊」のいるところへ行こうとする。病院はすでに、「生」と「死」の「アルバム」のような構造をしている。小川洋子のエクリチュールは、その一枚のフォトから次のフォトへと——まさに「カレンダー」のように——辿りながら、最後に、突然に、誰も通らない外の「非常階段」を通ってのぼっていく。☆4

そう、「日常異常」、それは「非常」にほかならない。「非常階段」をのぼること——それこ

☆4 「わたしは赤ん坊の泣き声を頼りに非常階段を上った。一歩一歩足をのせるたびに、木の階段はつぶやくようにみしみし軋んだ。身体は暑くぐったりしているのに、てすりをつかむ掌と赤ん坊の声が吸い込まれてゆく耳の中だけはひんやりとしていた。芝生がゆっくり足元から遠ざかり、その分光が濃く強くなっていった。」(『妊娠カレンダー』より)。

そが、もはや「モラル」ではない、「原モラル」であるのかもしれない。

第三景

またしても部屋。だが、今度は、病室でもなければ、キッチンでもない。「都心の2LDK」のマンションなのだが、そこは青の部屋――「濃紺のカーペットから壁、天井へと、輝くブルーのグラデーションになっている。家具はすべて白い」。しかも、「部屋の壁の、空いているスペースには等身大のパネルが張りめぐらされている。絵の複製だった」とある。つまり、まるで「アルバム」!のように、大きなパネルがいくつも壁にかかっているわけだが、それらは全部、同じ絵の細部。絵は、ヒエロニムス・ボッシュの《悦楽の園》。複製はトイレにまで掛かっていて、それは「小鳥の頭をもつ怪人が、人間を丸飲みにしている。小鳥の目は赤く、その肢体は青ざめている。彼の座っているのは一種のお丸椅子で、椅子の尻からぶら下がっている透明な球体が肛門らしい。透明肛門から、彼の飲み干した人間たちが数珠繋ぎで落ちてくる。そのまま椅子の下に穿たれた穴へと落ちていく。穴に向かって血を吐く男もいれば、突き出した尻から金貨を排泄している輩もいる」と書かれている。すなわち、この2LDKは、あくまで複製なのだが、「悦楽の園」ということになる。

では、完全に閉ざされたとも言うべきこの「悦楽の部屋」に住むのは、いったい誰か?

まずは「わたし」。冒頭に次のように書かれている。

週末だけこの部屋を彼から借りている。彼といっても恋人ではない。彼のほうは別の人と、別の場所で週末を過ごしているのかもしれない。わたしはただ、あこがれていた都心の2LDKでのんびりと二日間を過ごせればよい。

最初は、あまりにも条件のいい話なので戸惑った。部屋を汚さないこと。男を連れ込まないこと。日曜の深夜まで居残って、戻ってきた彼と顔を合わせることがないように。この三点さえ守れば、あとは何をしても構わないという。本は読み放題、食器は使い放題で、日曜の夕方に簡単に掃除を済ませると、あとは月に一度、決められた僅かな金額の入った封筒を彼の机の上に残しておくだけでいい。

（荻野アンナ『笑うボッシュ』より）☆5

とすれば、この部屋には、オーナーと言うべきか、もうひとり住む者がいて、それが「彼」。ほとんどいかなる記述も与えられていない「わたし」とは異なって、こちらにははっきりと社会的なアイデンティティがあって、独身の「〇×女子美術大学専任講師」、ボッシュの研究者、ボッシュについての本も執筆中。名前も「爵次郎」と振られている。

だが、これまた異常なまでに非現実的だが、貸し主‐借り手のこのふたりは、じつは一度も会ったことがなく、この物語の展開においてもついに会うことがない。そしてだからこそ逆に、「わたし」はいつのまに、ただひたすら「彼」をもとめるようになるので、それがこの物語の主要な動線である。

☆5　荻野アンナ『笑うボッシュ』、このテクストを、われわれは、角川書店刊行の「女性作家シリーズ」22（中沢けい／多和田葉子／荻野アンナ／小川洋子）、一九九八年、から引用する。この本には、われわれが前回扱った小川洋子の『完璧な病室』も、次の多和田葉子『かかとを失くして』も収録されている。

では、この「悦楽の部屋」にはたして「悦楽」はどのように花咲くのでしょうか！　ベベンベンベンと、弁士が扇子＝センスを振り下ろしながら挑発するということになるか。二人が対面しないのだから、どうしても両者を観察し語る「弁士」が必要となる。つまり、「わたし」と「かれ」のほかに、もう一者、この部屋に住む者が要るのだ。

それが、アタナシウス。なにやら、古代ギリシアの香りのする名だが、驚くなかれ！　これが、「純血のヤマトゴキブリ」となっている。つまり、ゴキブリが一匹この2LDKに住みついているのだ。

ボッシュとゴキブリ！　なかなかユニークな組合せ、ここで――もちろん、そうするように求められているのだから――われわれは大笑いをするのだが、笑いながらテクストを読み続けると、このゴキブリは本が好きで、「より正確に言うと本の革表紙や、背に付いている糊や、数世紀にわたって脂の染みた羊皮紙が大の好物なのだ」とある。さらに「人文の基礎は語学である。ということでフランス語の教則本を齧ってみた。舌に油をさしたような後味で、心なしかその後しばらくrrrと巻き舌になった。ラテン語も少し齧った。いまでもキケロなら数行は辞書なしでも嚥下できる。ギリシャ語は活用がいかにも苦いので捨てた。／聖書も齧った。信者ではないが、神学には興味がある。一度ゆっくりとトマス・アクィナスやアウグスチヌスを舐めかえそうと思っている。……」と書かれているのを読めば、どうしたってこれは、この小説の発表の五年前、一九八六年にパリ第四大学ソルボンヌに博士論文「ラブレーの『第三の書』、『第四の書』における逆説的賛美――ルネッサンス期のコミックとコスミック研究」を提出して博士号を取得した作者・荻野アンナ自身以外の何者でもないと腑に落ちる。つまり、ほんとうはアンナ・シウスなのかもしれないのだ。

いずれにせよ、——それがラブレーというルネッサンスの巨匠から直接に導かれたものかどうかは知らず——荻野アンナがここで演じようとしているのが、われわれの「オペラ」の鍵とも言うべき「道化」的世界であることはまちがいない。すでに第二幕第二場で山口昌男が説明しているように、アルレッキーノ（道化）はしばしば「二人の主持ち」として舞台に登場するとすれば、まさにこのボッシュの《悦楽の園》複製の空間は、「わたし」と「彼」との「二人の主」に仕える道化的空間で、その道化空間の代弁者がゴキブリ・アタナシウスということになるのかもしれない。

だが、われわれの興味を惹くディテールがほかにもあって、それが「食」。なにしろ——これはアタナシウスの観察によるのだが——「わたし」がはじめてこの部屋に来たときに衝撃を受けるのが、食器戸棚には「本物のマイセンと伊万里が詰まっている」にもかかわらず、「食」の痕跡がまったくないこと。冷蔵庫はからっぽ。そして「台所の棚という棚、引き出しという引き出しを狂ったように開け閉めしたが、ついに一粒の米も、一本の素麺も発見することは出来なかった。かつては油が跳ね、醤油が染み、砂糖が、インスタントコーヒーの粉末がこぼれ落ちた、という形跡が全く見受けられない。一度として料理を経験したことのない、いうなれば台所の処女だったのだ。」

これは「完璧」ではなく、「清潔」な「キッチン」と言われている。清潔なのにゴキブリが棲みついているところが、まさに「逆説的清潔」だろうか。この「清潔」、すなわち「清潔な食欲」という考えに、「わたし」はとりつかれる。「月曜から金曜まで普通のものを食べる」。しかし、週末、この「青い部屋」においては、「わたし」が食べるのは、ニガウリ（レイシ）、ライチー、ランプータン、食用菊。どれも表皮が異常にかたく、疣や刺のようなものが生えており、なにやら異常な形状をしているが、内部は、たとえばライチーならば「真珠母色の果肉がふるえている」と言われるようにやわらかい。続けて、テクストは、「口に含もうとして、微かなとまどいが生じる。唇にはねかえってくる弾力は、果物のそれというよりは、人間の唇の残す感触に近いのだ」とはっきりと性的な含みへとスライドし、さらに「吸うと微量の甘味を滲出し続ける唇。噛まずに舌の上をころがしてみる。押し潰しながら果肉をもてあそぶ。最後に残った繊維質を噛みしだき嚥下する瞬間、舌の先を逃れていく芳香がある。発酵した葡萄に、酸えた薔薇」とはっきりと「悦楽」が記述されている。つまり、この部屋で、「わたし」が食べるのは、ただボッシュ的なもの――「硬くて、脆いもの。植物でありながら、石であり肉でさえあるもの。わたしの食欲は、どうやら『悦楽の園』の雛形をテーブルの上に出現させることに執着しているらしかった」。「わたし」は、「欲と名のつくものに清潔も不潔もないようなものだが、清潔な性欲というのは想像できない」と言っているのだが、事態ははっきりしていて、この部屋で「わたし」がとりつかれているのは、「清潔な性欲」以外のなにものでもなく、それがボッシュのあの植物的な、あまりにも植物的な「悦楽の園」に重ね合わされているのだ。

しかし、「わたし」が正確に認識しているように「清潔な性欲」はほとんど不可能である。もはやいったい誰が言葉を発しているのかも定かではない「夢」のエクリチュールを通して、テクストは、ボッシュの絵のなかに出てくる「グリッロ（頭と足だけの人物）」を解説しながら、「欲望と名の付くものは全て、胴体から来る」というテーゼに到達し、そこから「清潔な人体＝考える頭＋移動する足」という究極の命題を提示するにいたる。つまり、「胃と性器の連合軍」である胴体をもつ以上、「清潔な性欲」は不可能であるが、ボッシュの絵はその不可能な「悦楽」をこそ、約束するのでもあるということになるだろうか。

実際、「わたし」は、部屋を借りる条件を破って、この部屋に男を連れ込もうとするだろう。「ワインレッドの口紅と紫のタイトスカートを用意し」、「マスカラもパープルにし」、紫に粧って五軒のバーを練り歩き、ついには一人の男をつかまえて、部屋に連れ込むのに成功するのだが、結局は、ニガウリを口移しで食べさせるという「悪意のキス」によって男は逃げ去ってしまう。

しかし、同時に、家主の「かれ」、爵次郎のほうも、かれを慕う女学生ということなのだろうが、はじめて若い女を連れて、夜、部屋に帰ってくるのだが、しかし結局は、その女の期待をはずして、電車がなくなるからと言って彼女を追い返してしまう。というのも、かれの欲望は、おそらく「清潔な欲望」！だったからである。すなわち、まるでボッシュの絵なのだが、

二　爵次郎にも欲望があった。彼は本の頁を繰るように自らの欲望を読み返している。岸　二

の服を脱がせる。イヴの姿になった彼女を、俯きに寝かせる。少年のような尻の丸みが日の前にある。これが爵次郎のための、純白の・疵ひとつない・柔らかい大理石の・肉の花瓶だ。キッチンには週末来る女が残していった花が置いてある。百合とダリア。百合には女の歯形が残っている。それを、この花瓶に生けるのだ。そして、ただ眺める。

爵次郎はやおら立ち上がると、ボッシュのパネルの、尻に花を刺した白い肉体を指差してみせた。

荻野アンナのこの『笑うボッシュ』は、一九九一年『背負い水』で芥川賞をとった直後に刊行された『ブリューゲル、飛んだ』所収の作品。直前に論じた小川洋子の『完璧な病室』は一九八九年だから、その二年後、小川洋子の『妊娠カレンダー』と同じ年である。

あらためて言うまでもないが、われわれはここで、それぞれの作品を批評しようとしているのではない。ましてや「研究」しているわけではない。ただ、この時代の文化の「断層」から、いくらかの「検体資料」を取り出して「アルバム」として並べてみたいだけである。だが、その作業をしながら、われわれが——ぼんやりとではあるのだが——感覚するのは、八九年と九一年のあいだに、すなわち『完璧な病室』と『笑うボッシュ』のあいだに、あるいは「完璧」(それに『キッチン』の「いい台所」の「いい」を付け加えてもいいのだが)と「清潔」のあいだに、ある種の文化の不連続線のようなものが走っていないか、ということ。別の言い方をすれば、まるで折れ線のように、そこで、なにかが折り返されたような感覚が降ってこないか、ということ。

だが、もしそうだとしたら、なにが折り返されたのか？

『キッチン』も『完璧な病室』も、主人公は、運命によって残酷な仕方で「孤独」へと追い詰められた若い女であった。その「孤独」は解消されたりはしない。にもかかわらず、それがどのように異なった経路を辿るにせよ、この世界において自分が一個の孤独な身体としてある、という事実から出発して、――たとえ「愛」などというもののはるか手前にあるような仄かで細やかなかかわりであろうとも――「他者」へと近づいていく、みずからを開いていく運動の萌芽は書きとめられていた。われわれはそこに、「ほんの少しましな思想」を、あるいはさらに「原モラル」を読み込もうとしたのだった。

ところが、正直に告白するのだが、そのような時代へのクリティカルな読みの切っ先は、『笑うボッシュ』のこの見事までに道化的な「哄笑」を前にして、むなしく空を切る。まさに「アルバム」のように、病院であれマンションであれ、同じような形式の部屋が並ぶ、都市のなかの「孤独」という「トポス」であることは変わりないのだが、『笑うボッシュ』には、「他者」がいない。「他者」へと向かう運動がない。

いや、そんなはずはない。すでに見たように、『笑うボッシュ』は、「週末だけこの部屋を借りている」「わたし」が、取り決めを破って、一度も会ったことのないその「彼」を求める物語であったはずだ。それは、「彼」を求める運動によって貫かれているのだ。

ところが、先の引用にあるように、自分の部屋に連れ込んだ女子学生・岸が部屋から追い出されると……

岸は去った。爵次郎は脱衣場のミラーの前に座っている。たっぷりとローションを含ませたコットンで、入念に洗いたての顔をパッティングしている。後には軽くモイスチャライザーを塗っておく。ファンデーションは液体のものを、まず頬にさっとなじませてから目の周囲、顎、それからTゾーンにかかる。手早くしないとムラになる。余ったファンデをティッシュで拭ってからパウダーをはたく。大きめのブラシで弧を描くようにして余分な粉を落とす。それからアイ・シャドーにするか、それともアイラインが先か、いつも迷うんだけど。本式はどっちなのかしら。とりあえずラインにしておこう。液体のはきれいに入るけど仕上がりが少し下品になるから、わたしはペンシルにしている（……）

となって、いつのまに、三人称は一人称に替わり、爵次郎は「わたし」になってしまう。つまり、一個の男の身体が、週末だけは、「わたし」という「女」となるという「オチ」。しかもエクリチュールは用意周到に、あのゴキブリ・アタナシウスも、「満月の前後三日間だけアタナシアに変化する」と書いて、さらに「アタナシアの記憶を、アタナシウスは持たない」と念をおしている。つまり、「わたし」と「彼」もまた、相手のときの「記憶」をもたないことが示唆されているわけだ。

他者はいない。「わたし」と「彼」はけっして対面することができないのだから、ある意味では、極限の「他者」とも言えないわけではないが、小説の最後が明示しているように、そこではすべての I LOVE YOU は I LOVE ME にかわってしまうのだ。ナルシシズム？ そう言ってもいいのだが、しかしそれは、自己愛の陶酔を禁じられたナルシシズム、自己を愛そうとして、それはけっして出会うことができない「他者」を愛することであるという道化的パラドックス。「自己」は一個のアポリア、ということになるか。いや、そうではなくて、これこそ究極のナルシシズムであって、そこでは、じつは他者を愛するという口実のもとにはてしなく「道化」と化して二重の「自己」を演じ続ける——これはテクストの最後の言葉、末尾に置かれたこのエクリチュールの「銘」なのだが——「愛という名の蒼ざめた叡知」であるのかもしれない。もちろん、そこでは「愛」はまさに「名」だけであるのだが。

いずれにしても、すべては演技、演出、すなわち「表象」representation である。

であるならば、われわれの「アルバム」に保存するべき一枚のスチールは、脱衣場に赴いた爵次郎が鏡面に口紅で書きつけられた「I LOVE ME」の文字を見て持っていた赤いハイヒールを取り落とす場面であるよりは、やはりボッシュの《悦楽の園》の複製パネルということになるか。そしてそれならば、それは、《悦楽の園》の中央画面、「ちょうどエデンの園の、アダムとイヴのあたり」がいいだろう。だが、よく見れば、そのちょうど「イヴの踝」あたりに、なにか「黒いものが貼りついている」。その「黒いもの」がぴんと伸ばした触角をピクピクさせている。アタナシウスか、それともアタナシアか、いったい誰にゴキブリの雌雄がわかるだろう。この部屋には、結局、はじめから「闇の色」をした一匹のゴキブリがいただけなのかもしれない。

ＢＧＭはテクストによってビリー・ホリデイの「奇妙な果実」と指定されている。そのいかにも場違いな歌声が大音響で流れるなか、誰かの指が「保存」をクリック、たぶん。

第四景

荻野アンナの『笑うボッシュ』の発表は一九九一年だったが、同じ年に群像新人賞を受賞したのが多和田葉子の『かかとを失くして』。であれば、昭和から平成という「時代」の転換にほとんどパラレルに進行した文化転換の断層を、この時期に登場する一群の女性作家たちの作品からスナップ・ショットを抜き出して並べる「アルバム」によって点描するわれわれの「演出」は、その最後の「結」として、もはや何が写っているのか、すぐには再認できないような――といってもただの「アレ、ブレ、ボケ」ではない――スチール一枚を、そこから取り出して「保存」しておく誘惑に抵抗できない。

ここでも、問題のトポスは部屋。『キッチン』(吉本ばなな)、『病室』(小川洋子)、『ボッシュの複製画の部屋』(荻野アンナ)と、どんどん人間的な「匂い」が薄くなり、「孤独」というテーマは一貫していながら、他者の影が薄くなっていくのに応じて、自己の存在感すら薄まり、平べったくなっていく、そのようなセリーの「とどめの一枚」ということになるのか、あるいは、これまでのアルバム・セリーの延長線が、とうとう国境すら超えてしまって、気がついてみると、自己は、見知らぬ他者の群のただなかに運ばれていて、――別に「性転換」するまでもなく――そのままで自己自身にたいしてすらほとんど他者となるということになるのか。いずれにしても、われわれとしては、「日常異常」のセリーのひとつの究極をマークすることができればよい。

誰かが引っ越していってしまった後のような、がらんとした灰色の部屋。その真ん中に、何か小さなものが横たわっていて私にはそれが何かすぐに分かったが、分かったことを頭の中で単語に翻訳しまいと頑張った。そんなことを認めるのがいやで、もちろん悲しくはないし、腹も立たないけれども、全く意味がないし、こんな馬鹿げた事はあとかたもなく消えてしまうべきで、私さえ忘れてしまえばこの世からこんな物語は消えてしまうのだから、誰かにうっかり話してしまわないうちに薬の力を借りてでもいいから、とにかく忘れるべきで、錠前屋は事情を知らないから、これをさほど変にも思わず忘れてしまうだろうけれど、つまり、部屋の真ん中に死んだイカがひとつ横たわっているという事実、これ自体は不思議でも何でもなく、私が未亡人になってここに立っていること、それも別にめずらしいことでなく、妙な繋がりやいきさつさえ消してしまえば私は新しい出発が出来るはずで、そもそも私が殺したんじゃない、私は自分の卵と帳面が取り戻したくて、ドアを壊してもらっただけなのだから、と心

——の中でしきりに繰り返していた。

（多和田葉子『かかとを失くして』）☆6——

「灰色の部屋」、それ以外には、われわれはこの部屋についていかなるイメージも得ることはない。「部屋の真ん中に死んだイカがひとつ横たわっている」と書かれているが、しかも文脈からすれば、この「イカ」は「私の夫」のはずなのだが、それがどのくらい大きいのか、服を着ているのかいないのか、そもそもほんとうに「イカ」なのかどうかも定かではない。このフォトには、ほとんどなにも写ってはいない。「イカ」という言葉以外には、そこにはなにも表象されていないのだ。

だが、もしこの『かかとを失くして』が物語であるとするなら、いや、実際、これはなにより も「物語」であろうとする「物語」であるのだが、それは、見知らぬ外国の街の中央駅に降り立った「私」が、結婚の契約を交わしている「夫」の住む中央郵便局通りの家に辿りつき、そこで「夫」と顔を合わすことなく数日を過ごしたあげく、ついに街の錠前屋を呼んで、——「鍵」ではなく——「鍵穴」を壊して、「夫」の部屋に侵入してみたら、「死んだイカ」があったという「物語」。

もちろん、引用文中で「私」自身が言明しているように、こんな「馬鹿げた物語」は「あとかたもなく消えてしまうべき」であるのかもしれないが、しかしじつは「私」は、ここでまさにそのような「あとかたもなく消えてしまうべき物語」をこそ書こうとしているとも言えるか

☆6　同前。

もしれない。

実際、「物語」の最後でこのように「私」は「死んだイカ」に遭遇することになるのだが、最初の部分では、「イカ」であるのは、むしろ「私」のほうだったはずだ。中央駅を出て、駅前の通りから脇道に入ったところで、「私」は、道路にチョークで絵を描いている子どもたちと出会うのだが、かれらは「私を見るといっせいに、笑い始め」、女の子のひとりは「しゃがんで、私のかかとに触ろうと」する。また「男の子が一人しゃがんでずるそうに私のかかとを見つめていた」。そして子どもたちは歌を歌いはじめるのだが、それは「旅のイカさん、かかとを見せておくれ、かかとがなけりゃ寝床にゃ上がれん」と聞える。つまり、「私」は「かかと」を失った「イカ」としてこの街にやってきたということになる。

いや、テクストの表現に忠実なら、「やってきた」というより、まるで「郵便物」のように送り届けられたと言うべきか。作品の冒頭は、「九時十七分着の夜行列車が中央駅に止まると、車体が傾いていたのか、それともプラットホームが傾いていたのか、私は列車から降りようとした時、けつまずいて放り出され先にとんでいった旅行鞄の上にうつぶせに倒れてしまった」とはじまるのだが、それは、「まるで郵便物をいれた麻袋がプラットホームに投げ出されるように、私はそこに投げ出された」ということと同じであると書かれている。

「私」は「郵便物」として、――実際、読者としては、作者の多和田葉子がこの作品が書かれるおよそ一〇年前に日本から移り住んだドイツのハンブルク市と勝手に想定してもかまわないのだが――中途半端にしか言葉が通じない異言語の街に「配達」され、そこで「現実」に密着する接点を失って、つねにまるで「つまずく」ように、前のめりにしか生き歩くことしかできないという「かかとを失った」状況にありながら、きっとそれゆえにこそ、「麻袋」のなかの「郵便物」のように、「旅行鞄」のなかに入っていた「分厚い帳面」に、なんとかその「私」の「物語」を書きつけようとする、まるでエッシャーの絵のような「物語」ということになるだろうか。なにしろ、引用文の最後に明かされているように、「私」が「夫」の部屋をこじ開けたのは、「夫」に会うためではなく、あくまでも「自分の卵と帳面」を取り戻すためだったのだから。

とするなら、では、この「イカ」である「夫」とはいかなる存在であるのか、野暮は承知で、そう問わないわけにはいかないだろう。「法律で許されている正式の書類結婚」を通して「私」と結ばれたはずの「夫」は、毎晩の「私」の夢のなか以外には、けっして姿を現わすことなく、ただ「ドアの隙間から」あるいは「窓のカーテン」のあいだから「私」を見つめている「目玉」にすぎない。しかし同時に、毎朝、一日に一枚ずつ増えるのだが、「私」にこの地で暮らすための札をテーブルに用意してくれる仕掛けでもある。とすれば、『笑うボッシュ』がそうであったように、ここでも、「私」と「夫」とは、じつは、（この表現に意味があるとして）現実的には「同一人物」であるのかもしれない。すなわち、まさにこのテクストの記述のなかにはけっして「鏡」は登場しないのであるが、それゆえにこそ、ここでも「私」と「夫」とは、「私」と「私」のような、つまりジャック・ラカンのシェマLに見られる「S—S′」のような鏡像的関係なのだと解釈してもよいかもしれない。その延長で言えば、シェマLにおける部分対象ａこそが、まさにここで「イカ」と名指された、「私」の身体（まさにその一部を「失くした」部分的身体）なのだと絵解きすることもできるだろう。もちろん、そこでは、大他者Ａは、「外国」というこの他なる他者世界の全体ということになる。

実際、「かかとを失くして」の全体は、他なる言語世界のなかで、自己同一性に入った亀裂（「Ｓ―Ｓ′」）を通して、自己の「身体」を再定位しようとするきわめて精神分析的なエクリチュールによって貫かれている。「私」は、まさに言葉のすべてが「謎」と化すような、妄想的、想像的でしかありえない世界において、――なによりも性的な身体を含めてだが――自己の身体的な同一性を確保しようと、もちろん分析の王道！である「夢」も最大限に動員しつつ、自己への終りなき接近を試みる。エクリチュールは、世界を表象しようとするのではなく、自己を精神分析しようとするのだ。もちろん、これは矛盾した言い方だ。無意識は自分自身では分析できないからこそ、分析家という他者の存在が必須となるはずなのだが、しかしここでは、分析家が位置するその「他者」の契機こそが、エクリチュールによって、すなわち「書くこと」によって担保されていると言うべきだろう。そしてそれだからこそ、「ａ」は「イカ」でなければならなかった。もちろん、「イカ」は「かかと」がないばかりではなく、そのなかに、まさに「インク」を溜め込んでいるからだ。「イカ」とは「インク」の換喩でもある。これは、四日目の「夢」の記述だが、そこでは「夫」は、とうとうまさに「ファルス」にほかならない「万年筆」を、「私」の「耳の穴」に突っ込む――「いま何を考えているのか、と夫に訊かれて、言葉につまり、卑猥な事を考えているなら大歓迎だなあ、卑猥な事か、と訊かれそれでも答えないでいると、夫は癇癪を起こして、なぜ答えない、聞えないのか、と怒鳴って、私の耳の穴に万年筆を突っ込んだので、黒インクが鼓膜に染みてさらに体に侵入していった。インクが体に入ってしまえばおまえも俺の仲間だなあ、と言うので、どうしてですか、インク壺じゃあるまいし、それより私の帳面を返してください、と言ったところで目が覚めた」。

いや、われわれは、「かかとを失くして」という本質的に精神分析的なエクリチュールの「精神分析」をここで展開したいわけではない。もしそうするなら、当然ながら、ここでは、たとえばテクストの前半にすでに、「私」が「イカの耳をむしる」という奇妙な仕事をするはめになった場面などを喚起して、一方では、「イカの耳」という存在しないものが外国語の「音」が聞き取れない「耳」を失くした身体のメタファーであり、他方では、ここであからさまに読まれるように、「穴」という性的なメタファーにも転化し、最終的には、そこに注ぎ込まれる「インク」を介して「エクリチュール」へと「昇華」するプロセスを丹念に追っていかなければならないだろう。だが、われわれは、まさにきわめて意識的に、「無意識」が演じられていいるこのエクリチュールを、――われわれの「オペラ」のロジックの視点から――「道化」的存在のひとつの極限を示す「検体資料」として「保存」しておきたいだけなのだ。たとえば、第二幕第二場で、われわれは、次のように言っていなかっただろうか、「こうして道化とは、一見すると、二人の主人に仕えるという典型が示すような相反する秩序の二重性のなかで揺れ動くだけではなく、その揺れ動きを通して、理性‐非理性という二項対立を垂直に転倒させて、現実の秩序とは直交するようなもうひとつの世界、現実にとってはファンタジー的でしかあり得ない世界を指示する高度な仕掛けということになる」と。この「理性‐非理性」の二項対立が、孤独な自己という舞台における「意識‐無意識」の二項対立に重ね合わされるとき、自己は、——舞台も観客もいない孤独のうちにあって——そのまま道化となる。エクリチュールがそのままアルレッキーノの舞台と化す。「私」は、そのままそっくり「日常異常」——「旅のイカさん、かかとを見せておくれ、かかとがなけりゃ寝床にゃ上がれん」という子どもたちの囃子声が響くなか、「鍵穴」のような、「耳」のような「穴」の向こうに、「がらんとした灰色の部屋」、「その真ん中」に、いったいどのようなものか、誰にもはっきりとはわからないのだが、小さな「死んだイカ」が横たわっているイメージ。それこそが、心の奥に閉ざされていた「内庭」=「内廷」のイメージなきイメージであるか。

間違って開けてしまった部屋の扉を閉めるように静かにしずかに「保存」をクリック。

＊

だが、思い出そう、われわれはこの「アルバム」を「アルバム・モラール」と名づけていた。われわれはまず「弱いモラル」を語り、それから「あらゆるモラルに先立つ限りなきもの」という境界線を渡ってきた。それでは、「自己」が「道化」的に「自己」を演じるだけというこの最後の二景、ここでは「モラル」はいったいどうなっているのか。

たぶん、答えはひとつしかない。それは、まさに「自己」こそが、まずなによりも「他者」であり、この「他者」にたいする、もはや「モラル」とは呼べないような「アモラル」な関係、ロジック的ではなく、レトリック的ですらあるような関係こそが、じつはあらゆる「モラル」に先立つものであるということになるかもしれない。Immoral ではなく Amoral。それは、当然ながら、カオス的である。なぜなら、そこには未知のものがあるからだ。「自己」の「内廷」において、「自己」という「未知なもの」にたいして「態度」をとる。そこには、きっと「非常」がある。その「非常」を書く。「アルバム・アモラール／日常非常」——そのどこかに、ひっそりと「アモール（愛）」Amor がうずくまっているのかもしれない。

第五幕「FUROR SANCTUS／あるいは雪降る迷宮」

第一場

たった四枚のフォトではあったが、アルバムが閉じられる。時代を示す四桁の数字は「一九九一」であった。ここから、劇的な様相がすっかり希薄になってしまったこの「オペラ」が、とりあえずその「end」と定めた「一九九五」まであと一幕、いったいどのように「演出」すればよいのか。どのように「舞台」へと戻ってこれるのか。

「だが、もう演出は不可能だ」と、閉じたアルバムをテーブルの上に打ち捨てたまま立ち上がり、「演出家」(?)であるわたしが言う。舞台の上で。わたしには、――すでに三〇年近くの時間が経過したのではあるが、それでも――この「時代」をあらたに「演出」することはできない。この第五幕、ある意味ではわたしはすでに「舞台」の上にいた。たとえ誰からも見えない奥の隅の端であっても、「舞台」の上で身体を動かしていた人間に、どうして「上演」の本質を見抜くことができるだろう。時々の絶えざる切迫のもとにただ自分なりの「時代」を行為するしかなかった人間、そうして「時代」を、視覚的なパースペクティヴのもとにではなく、ただ自分の皮膚の触感で感じていただけの人間には、――三〇年近い時間の経過のあとですら

――「自分」を通して見えていたものを語ろうとする以外に「時代」を捉える術はない。

［とすれば、「傍白」だが、「オペラ戦後文化論」というもとより無謀なこの企ても、当初目論んでいたようにワグナーの「リング」にならった四作の「環」を構成することはできず、第二作、つまり〈ラインの黄金〉に対応するこの「星形の庭の明るい夢」で打ち切られるしかないだろう。実際、第三作の〈ジークフリート〉に相当するべき「舞台」は、わたし自身の思いとしては、『歴史のディコンストラクション』、『存在のカタストロフィー』、『こころのアポリア』☆1などの著作を通して、世界のなかのそのときどきわたし自身の「漂流」の劇を、ほとんど現場で書いてきたわけだし、最後の〈神々の黄昏〉ならぬ「人間の黄昏」の劇はいまこの瞬間にも進行中、わたしには行く先は見通せず、「舞台」化などできるわけはない。］

で、「舞台」の隅で、わたしがアルバムを閉じる。すると、そこに収められていたイメージは消えてなくなるのだが、なぜか、それぞれのフレームだけが残って、浮かび出してくるように思われる。奇妙なことだ。実際、最後のフォトには、――姿のわからない哀れな「イカ」がいたのだとしても――「灰色の空間」以外にはなにもなかったのだが、その「空間」を閉じ込めていた「表象」のフレームだけが、少し光を帯びて輝きはじめる。

そのフレームのなかに浮かび上がるのは、もはやフォトですらなく、さまざまな色で描かれた、まるで街中の広告のような文字の列。それを読んでみようか。

☆1　拙著『歴史のディコンストラクション』（未來社、二〇一〇年）、『存在のカタストロフィー』（未來社、二〇一二年）、『こころのアポリア』（二〇一三年、羽鳥書店）など。強いて言えば、「リング」の構造で言えば「ジークフリート」に対応する「知の吟遊詩人」としてのわたし自身の「彷徨」を記録していると考えている。「人間の黄昏」は、当然、現在進行中のオペラである。

FORGET ANY GRAY

WE ARE TOLD TO FORGET ABOUT
GRAY. ALL RIGHT. THEN IT IS NON-
GRAY WE MUST FORGET ABOUT WHEN
VIEWING THIS PAINTING. THIS MAKES
ME ANGRY. OF COURSE NEITHER IS
POSSIBLE. AT LEAST NOT
ABSOLUTELY. AND EACH SUG-
GESTION (COMMAND?) MAKES
THE OTHER LESS POSSIBLE
WHAT KIND OF NONSENSE
IS THIS? I'M SO CONFUSED
I'D LIKE TO FORGET THE
WHOLE THING.

FORGET ANY NON-GRAY

じつは最後の「WHOLE THING」と最後の「FORGET ANY NON-GRAY」のあいだには、より小さなフォントで二行ばかりの文が挿入されていて、それは、「WHEN 'ALWAYS AND NOT' SIGNIFIES SOMETHING, 'THE SIGNIFIED OR IF' BELONGS TO THE ZERO SET. HAVE WE MET BEFORE?」と読める。

フレームの全体は、縦一七二・五センチ、横幅は二五四センチ。すなわち、これは一枚のペインティング。荒川修作の「Forget Everything」。制作年代は一九七一年。つまり二〇年あまり前にニューヨークで描かれた絵。それが、戦後日本文化論を、道化的にオペラ仕立てで上演しようとしたこの「舞台なき舞台」が「一九九一」の表示とともに最終幕に突入しようとするときに、浮かび上がってきたというわけだ。すでに「オペラ」は不可能だ、「上演」は不可能だ、ということを確かめたばかりだから当然と言えば当然だが、誰が語っているのかは知らず、一面明るいグレーのフレームのなかで、みずからの影によって二重化されたこれらの文字が言わんとする「不可能」への「激怒」こそ、ここでわれわれが分有するべきものなのだ。

FORGET ANY GRAY/FORGET ANY NON-GRAY——ダブル・バインドとでも言ったらいいか。「愛せよ！」の場合もほとんど同じだが、「忘れろ！」と言われれば、それだけでかえって忘れることができなくなる。忘却は、命令によって行なわれるものではないからだ。しかも、ここで「忘れろ！」と言われている対象は、この言葉がその上に書＝描かれているキャンバスの「地」、あるいは逆に「字（図）」にほかならない。「字」を忘れ、「地」を忘れ、だとすれば、いったいそこではどのように「見る」ことが可能だろうか。われわれはほとんど「見る」ことの不可能性を命じる絵画を見ているということになるのかもしれない。

同じ文を違った仕方でアレンジした他の三枚のタブローとともに、この作品が東京で展示されたのは、一九九一年十一月、銀座の佐谷画廊だった。展覧会のタイトルが「ARAKAWA: Untitled（無題の形成）」。このとき同じ時期に、東京国立近代美術館で「荒川修作の実験展

——見る者がつくられる場」が開催されており、大規模なその展覧会に連動した、ペインティング四枚だけのささやかな小さな展覧会。だが、画廊のオーナーから依頼されて、わたしは、展覧会のカタログに短い文章を寄せた。タイトルは、「FUROR SANCTUS——あるいは荒川修作を読むための方法素描」。

　そしてこのFUROR SANCTUS（聖なる激怒）という標識こそが、すでにFORGET ANY STAGE/FORGET ANY NON-STAGEというダブル・バインドの隘路に行き詰まってしまったわれわれの「不可能なオペラ」の最後の幕を開けるのに、わたしが呼びつけようと願った呪文にほかならない。

　そこでわたしは書いている——「（……）この舞台こそGRAYなのである。GRAYとはさまざまな色のなかのひとつなのではない。それは色ですらなく、むしろ色の不可能性そのもの、すなわち色を塗ること、ペインティングすることの不可能性そのものなのだ。荒川修作のこれらのタブローは、われわれに、——より正確にはわれわれの〈知性〉に——この不可能性そのものを演出するように要求しているのだ。（……）奇妙なことだ、荒川修作の作品がわれわれに教えてくれるのは、絵を描くということがどれほど不可能なことか、気違いじみて不可能なことかということである。絵画は少しも自明ではない。どうして絵を描くなどということができるのか。絵画の歴史は狂気の歴史以外のなにものでもない。どうして絵を描くことができるのか、誰にもわかっていない。そして、そうである以上、われわれはどうやって物を見たらいいのか、どうして〈見ること〉が可能なのか、まだ知ってはいないのだ——そう荒川修作は言うのではないか。／そこには激怒(furor)がある。ほとんど〈聖なる〉とも言うべき激怒がある。(……)THIS MAKES ME ANGRY、この激怒こそが、絵画の不可能性から出発して、しかしそれを危うく作品へと転化することを可能にしているのだ。GRAYの上にわずかに線が引かれ、もっとも基本的な、つまり抽象的な形態が描かれ、言葉そして色彩が置かれる。得られたものはきわめてわずかである。それは事物の複雑さ、世界の豊かさに較べれば、ほんとうにわずかなものである。だが、真の不可能性から出発したとき、この〈わずかなもの〉は途方もなく巨大なのだ。なぜならそこからはじめて世界がはじまるからである。それは、ヘレン・ケラーにとってのあの〈水〉なのだ。世界が迸るのだ」☆2。

FUROR SANCTUS——だが、なぜ〈聖なる〉なのか。なぜわたしは、このとき、「表現のダブル・バインド」とも言うべき不可能性が喚起する「激怒」をほとんど〈聖なる〉と形容しなければならなかったのか。

もちろん、たとえばそこにルネ・シャールの詩集『激怒と神秘』(一九四八年)の影響を見ることもできるかもしれないが、より重要なのは、テクストが一貫して参照しているのが、ステファヌ・マラルメの「イジチュール」であったことだろう。テクストは、「イジチュール」のエピグラフ「この〈物語〉は、読者の〈知性〉、みずから事物を演出する〈知性〉に差し出されているのだ」を引用することからはじまっていた。そして荒川修作のこれらのタブローもまた、事物をそのまま「見る」のではなく、事物を「見る」この不可能性／可能性をみずから「演出」する〈知性〉にこそ差し出されているのだ、とわたしは展開していた。「イジチュー

☆2 佐谷画廊の『荒川修作：無題の形成』展(一九九一年)のカタログ掲載テクストであるが、拙著『身体と空間』、筑摩書房、一九九五年、に再録されている。ちなみに、この『身体と空間』は、とりわけ芸術批評の分野における九〇年代前半のわたしの仕事を集めたものであり、本稿のこの最終幕の展開に重なる部分が多いことをお断りしておく。

ル」と呼ばれた存在が、マラルメの作品においては、なによりも「こども」であることを踏まえて、結局、わたしは、荒川修作のうちに「本質的な意味でのこども」を見ようとした。「激怒」とは、この「こども」(infans) のことなのだった。

「〈こども〉とは、話すことのできない存在、絵を描くことのできない存在である。〈こども〉は世界のなかにあって、世界から孤立し、不可能性のなかに閉じ込められている。われわれは〈こども〉をしばしば連続的に世界と調和した無垢な存在と考えがちだが、(……)それは、むしろ行為の絶対的な不可能性のなかで、たださまざまな異質な力によって横断されている存在なのだ。そこには聖なる激怒がある。すなわち、その激怒はなによりも自分がまだ身体をもっていないことにたいする激怒であるからだ。〈こども〉には身体がない。少なくともわれわれがもっているような身体がない。身体は、世界とともに、あとから構成されるのである。」

つまり、ここで〈こども〉は、身体として世界にあることの可能性＝不可能性として考えられている。すなわち、「世界が迸る」その「はじまり」のモーメント。だが、そのためには、ダブル・バインドに拘束された〈こども〉が、まるで「聖遺物」のように、埋められて忘れさられなければならない。FORGET ANY INFANS/FORGET ANY NON-INFANS.

「われわれがわれわれの身体を獲得するのは、この激怒する〈こども〉を殺すことによってである。世界が可能になり、共同体や歴史が可能になるのは、この聖なる〈こども〉の死を通してである。(……)イジチュールは、——母の禁止にもかかわらず——階段を下って、地下の墓に降りていく。同じように、荒川修作は、芸術の歴史の根底にある地下墳墓(クリプト)へと降りていく。そこで永遠に死すべき〈こども〉を演じるために。その聖なる激怒を演じるために、そしてあるいは、死なないために、to not to die。それは不可能であると同時に、すでに可能なのだ。実際、聖なる〈こども〉にはそもそも身体がないのだとしたら、そのとき死とは何だろう。死すべきこの〈こども〉はすでに死んでいるのであり、そしてそのかぎりにおいてすでに不死なのである。芸術の使命とは、おそらく作品というパラドックスを通して、われわれがすでに不死であったことを証明することにあるのだろう」。

　すでに死んでいる不死の〈こども〉。「聖遺物」。身体以前の身体……どのように言ってもいいのだが、この九〇年代のはじめの時期、わたしは、――強引にわれわれのこの「不可能なオペラ」の文脈におとしこむのなら――、「道化」という、矛盾する二重の運動が織りなす交差的身体の究極、その「身体」までが消えていくただ一面のGRAYのフレームのなかに、埋葬されている「不死の身体」、「激怒している身体」を見出そうとしていたと言ったらいいだろうか。それが、わたしが、荒川修作の世界の「標語」とも言うべき「to not to die（死なないために）」が指し示すものを自分なりに理解するためであったのか、あるいは、このころ原著で読んでいたフランスの精神分析家セルジュ・ルクレールの『こどもが殺される』、あるいはまさに九一年に原著が出たわが師のひとりジャン゠フランソワ・リオタールの『インファンス読解』の影響の下に、荒川修作を読もうとした結果だったのか、おそらく両方であったのだろうが、ここから出発して、「インファンス」という概念が、九〇年代のわたしの思考を貫く何本かの「導きの糸」の一本となったことはまちがいない。☆3

☆3　この二冊の本は、わたしのイニシアティヴによって、当時のわたしの大学院の講義に出席していた院生たちによって、日本語に翻訳されている。ジャン゠フランソワ・リオタール『インファンス読解』、小林康夫・竹森佳史・根本美作子・高木繁光・竹内孝宏訳、未來社、一九九五年。セルジュ・ルクレール『こどもが殺される』小林康夫＋竹内孝宏訳、誠信書房、一九九八年。前者のあとがきによると、わたしは九二年に東京大学大学院総合文化研究科（表象文化論）において「身体と表象」という講義を展開している。これらの本は、この講義で参照されたもの。なお、ルクレールの本を読むようになったのは、モーリス・ブランショの『災厄のエクリチュール』の誘導による。

こうして、一九六一年に渡米し、以来ずっとニューヨークに住んで活動していた荒川修作が、一九七一年に描いたタブローが、九一年に東京の画廊で展示された契機に書かれたわたし自身のテクストを呼び起こしながら、わたしはここで、ひとつには、日本から世界へと向かった運動が日本に回帰してきた現象の一端を提示し、同時に、九〇年代の文化の前線において、それぞれのジャンルを規定する「フレーム」あるいは「地」そのものまでが、過激に、問われはじめたこと、そしてそのとき芸術は、もはやただ感覚的内容を受け手に与えるだけではなく、みずからの形式そのものを問い、みずからの「限界」(limite) そのものをクリティカルに「上演」するようになるということを喚起しておきたいのだ。☆4

WHAT KIND OF NONSENSE IS THIS? I'M SO CONFUSED

わたしは激しく困惑し、混乱する。だが、その混乱を通じて、(不)可能性の「限界」に、突然、現実の空間には属していない、もうひとつの「空間」的次元が開かれる。いや、「開かれる」というのでは届かない。むしろ、荒川修作の言葉なのだが、「クリーヴィング」(cleaving)とでも言わなければならないのかもしれない。

荒川　時間とか時の発生は、さっきも言ったように、エンゲージメントによって生まれる。ほかとぼく自身とのエンゲージメント……極端な例を言えば、盲人や聾唖の人たちのエンゲージメントがどのように行なわれているのかを考えることによって、ぼくたちの忘れ去ったエンゲージメントを記すことができる、それでぼくは少し盲人や

☆4　「フレーム」という言葉が発せられた以上、まさにその名を冠した雑誌がこの時期に発行されたことを記録しておかなければならない。「Art and Conflict」と副題された「FRAME」である。アーティスト・岡崎乾二郎の編集でわたし自身も編集協力者としてノミネートされていた。創刊第1号は一九九〇年七月、最終第2号は九一年二月(発行所・IDEE PRESS)。創刊号で、わたしは「罪深い素朴さについて」というタイトルの書簡形式の批評を、松浦寿夫と交換している。なお、この創刊号の冒頭には「イメージのエチックス」と題された荒川修作の談話も掲載されている。

聾啞の人の認識について、とくにヘレン・ケラーについて勉強しています。

　それはそれとして、あなたは、それはいずれ物質および環境というものに還元できるんじゃないかという。そうでしょう。ただ、それが、クリーヴィングということなんですよ。切り閉じたり、切り開かれたりしている瞬間瞬間、それがいわゆるエンゲージメントを可能にしている。それではじめて、時とか時間というものの観念が出る。観念ですよ。盲人や聾啞の人でそういうことを言い表わせない人はどうやってるのかというと、どうしても肉体を使った動きになって現われる。（……）知覚を肉体の内側で変えていく作業、それこそが時間の積み重ねとかそういうものじゃなくて、肉体だという保証がありますからね。

小林　少し言い換えると、エンゲージメントというのはわれわれが普通に考えている時間と物質的なものとしての時間がまさに分離する瞬間だと思うんですね。分離したことによって何が起こるかというと、物質的なものは人間の肉体というかたちをとってくる。だから、つまり肉体と時間が分かれるわけです。その肉体と時間が分かれる前のところ、その二つが分かれていない時点に遡ることができる。盲人の経験がわれわれにとって興味深いのは、この地点を指し示しているからだと思うんです。そしてそれをエンゲージメントというわけです。☆5

冒頭のGRAYのフレームのなか、アルファベットの文字が次第に薄く消えていくと、そこ

☆5　初出は、雑誌「REPRESENTATION 表象ルプレザンタシオン」、第3号、筑摩書房、一九九二年四月、だが、他の六本の対話とともに、荒川修作＋小林康夫『幽霊の真理』、水声社、二〇一五年、に収録されている。

にいつの間にか、ふたりの人物が向かい合いに坐って、なにやら真剣に、奇妙なことを語りあっている。それが、荒川修作とわたし。佐谷画廊の展覧会から数ヶ月後の一九九二年の三月末か四月初め。場所は東京の千鳥ヶ淵にあったフェアモント・ホテルのロビー。わたしは事実上、編集の実務を荷なっていた雑誌『Représentation』（表象《ルプレザンタシオン》）の第3号のために、みずから荒川修作との対談を企画し、その日、千鳥ヶ淵の咲き誇る桜の列を抜けてホテルにのりこんだのだった。荒川修作に何をたずねるべきか。悩んだあげくに、満開の桜に唆されたのだろうか、開口いちばん「春についてお話をしようと思って今日は来ました。春について、春という時間について……。無謀なテーマだということはわかっていますが」と切り出した。

　わたしとしては、プロトコールは抜きで、はじめから荒川修作の不意を撃つ、渾身のパンチを繰り出したつもりだったのだが、少しもうろたえることなく荒川は、「人間と空間をまず入れたいんですよ。あなたがいま時間ということを言ったから、その三つを並べると、まず言葉だけから言ったら、時間、人間、空間でしょう。下はもう完全に共有してるわけ。上だけ一見、離れてますが、時と人と空、これは最初からもう一体になってるはず。上が離れてるだけの話で。その三つの漢字をとれば……」と返してきた。この掛け合いからはじまって、強いて言うならば、FORGET ANY SPRING/FORGET ANY NON-SPRING というダブル・バインドを前にして、対話が進行する、いや、ぐるぐると旋回し続ける。すなわち、問題領域のほとんど共有しながら、しかし決定的な一点において、われわれ二人は対立する。

　しかもそれは、この春についての対話をきっかけにして、二〇〇五年まで七回にわたって行なわれた対話でも繰り返し反復される対立となったのだが、荒川修作にとっては、「知覚が降り立つ場」、その感覚を閉じ込める構築物をつくることが絶対的なミッションであったのにたいして、わたしのほうは、構築物をつくらずとも、言語を通して、「人間以前の世界」のノスタルジーを歌うことができるのではないか、というポジションであった。だが、言うまでもなく、このような「対立」、あるいは解消しがたいポジションのずれ、それこそが、真に対話を成立させるものである。すなわち、わたしにとっては、ここでFUROR SANCTUSのインデックスのもとに、不可能性／可能性の極限的ダブル・バインドの前に屹立しつつ、他者と、それも途方もない尺度を超えた他者と、対話することこそが、ひとつの過激な「希望」として、あるいは密かな「弱いモラル」として立ち現われてきた、と証言しておきたいのだ。

　そしてもちろん、四半世紀も経過した「いま」の時点から振り返っての事後的な「演出」だが、千鳥ヶ淵の桜吹雪のPINK（それはこのとき展示されたもうひとつのタブローの題でもあった！）のなかで行なわれたこの「春についての対話」こそ、その後、「いま」に至るまでわたしが実践してきている無数の「対話」のセリーの先駆けとなるものであったと言いたいのだ。そして同時に、それは、わたし自身が、ひとりのインファンスとして、しかし「みずから事物を演出する〈知〉」を生きることを覚悟するということでもあったかもしれない。対話こそ、一九七〇年から九五年までと区切った「星形の庭」の「時代」の最後に浮かび上がってきた、わたしにとっての「明るい夢」であった。

小林　ぼくもその冷蔵庫、あると思うんですけど、ぼくはそれを「春」と言うんですね。つまり……荒川さんとぼくの違いですけれど……無理をして冷蔵庫をつくって感覚を閉じ込めておかなくても、それは保存されている。そのことを名づけて「春」と言うわけです。回帰してそれぞれ全部違う春ですけど、春というのは、ぼくに言わせれば、冷蔵庫の扉（ドア）が開くわけです。

荒川　初めから開きっぱなしですよ。

小林　で、その匂いとか春の暖かさとか香りとかが一挙にパーッと冷蔵庫から出てくる状態をぼくは「春」と言うんで……

荒川　ぼくの言う冷蔵庫、それ自体が春です。ぼくのがあなたの言われている春にならなくちゃいけないんだ！

小林　荒川さんのは冷凍庫じゃないんですか。開けるとコチンとして。（笑）

荒川　いまのところ、あなたの言ったようにコチンとしてほしいんですよ。カチカチで、冷凍庫のほうなんです、しかも縮小されて。お湯をわかしといてなにかひとつポンと入れると、チキンのスープになるのがあるでしょう。

小林　クノールとか……。

荒川　ぼくの場合、あれですよ。入れといてほっといたら、いずれ蒸発して全部なくなる。そうなってもいい。そうなることはもうわかっている。それを永遠に残したいなんて言ったら大変ですけど、いずれ向こうからやってくる、もうわき上がってきてるような自然というやつにむちゃくちゃにされちゃうことは最初からわかってる。だけどその秩序だけは一度明確にしておかないと。それから、そのプロセスも……。

（……）

小林　なんか急に石器時代の人間を思い出した。

荒川　そうだね。

小林　そうですよ。

荒川　そう。ぼくなんか、まさにプレ・ヒストリカルな人間。

こうして「春」をめぐって対話はずっと続いていく。ずっと続いている。ただ、「フレーム」が遠ざかっていくのか、ふたりの声がだんだんと小さくなる。そしてわれわれが見る「フレーム」には、いつのまにPINKの桜吹雪が次々と舞い降りてきて、いつのまにか視界は一面、GRAYとPINKが溶け合った「間」そのものとなる。☆6

第二場

PINKの桜吹雪だったはずだが、いつのまに、紙吹雪なのか、そのものなのか、雪が降ってくる。雪はみるみる降り積もり、舞台は一面まっ白、その中をいくつもの肉体が踊り続ける、床に尻をつけたまま、激しく、どこまでも激しく、踊り続ける。とうとう「舞台」が戻ってくる、と言おうか。Bunkamura オーチャードホール。一九九三年

☆6　この雑誌『Représentation』の次号（第四号、一九九二年秋号）では、わたしは、フランスで行なわれたシンポジウムの機会を利用してジャック・デリダに、そして直島のベネッセハウスのオープニングを飾った展覧会を訪れて三宅一生に、対話的なインタビューを行なっている。後者のなかで、三宅一生は九〇年代について「異なったコードによる言い換えが必要となる」、おもしろい「時代」になってきていることを指摘していた。「表象」という名を冠したこの雑誌の編集を通して、わたしは、「みずから事物を編集する知」としてみずからを（再）構成したのだったと、いま、あらためて確認する。

二月。ウィリアム・フォーサイスとフランクフルト・バレエ団の東京公演II。「THE LOSS OF SMALL DETAIL（失われた委曲）」第二部のラスト・シーン。振付けはフォーサイス、作曲はトム・ウィレムス。じつは、コスチューム・デザインは三宅一生だったが、ダンサーのなかに日本人はいなかった。日本の戦後文化論というコンテクストで、この作品をわれわれの「舞台」にのせることに躊躇がないわけではないが、九〇年代前半に——外の「非常階段」をのぼったのかもしれない！——たしかに視界一面、降り続ける白い雪に降り閉ざされた感覚を思い出すと、この選択は動かない。公演カタログによれば、この作品についてフォーサイス自身が「白とグレーだけに意識を集中させたいと思った。間接光の作用で白い陰の微妙な扱い方を覚えた。衣裳も身体もほとんど透き通るようにしたかった」と言っていた。☆ またしてもGRAY、そして白（あるいは黒）。透きとおる身体。

カタログに掲載された「Scene2」と見出しがある「指示書き」によれば、「舞台」は次のよう。

> 舞台のオブジェのくすんだ壁の上に
> 複雑な投影機に見えるものが
> 映しだされている。雪が降る
> その上に。すでに
> 雪は降り積もっている。プロジェクターの

☆7 「フランクフルト・バレエ団 日本公演IIプログラム」、日本文化財団、一九九三年。以下、このカタログに従って、フォーサイスの発言、また筆者自身のテクストなどを引用する。なお、筆者のテクストは、『身体と空間』、筑摩書房、一九九五年、「崇高の絶対的な不在——ウィリアム・フォーサイス『ザ・ロス・オヴ・スモール・ディテイル』」と題して収録されている。ついでに言えば、この本には、ほかにマース・カニングハム論「時間を学ぶ——終わりなきダンス」、ピナ・バウシュ論「聖なる疲労に向けて」も入っている。この時代、世界の先鋭的ダンスとの出会いは、わたし自身の「オデュッセイア」にとっては、きわめてインパクトが強かったと思う。本稿ではフォーサイスを取り上げたが、それはピナ・バウシュでもありえたかもしれない。し

光が、映像に映し出されているプロジェクターから
発している。この
映し出されているプロジェクターはゆっくりと、
ナレーションがはじまると、消えて行く。本物のプロジェクターは
雪が降っている映像を映す、おそらく
プロジェクターの上に。投影された映像は
次第に雪でいっぱいになって行く
放出された光が
真っ白になるまで。
ゆっくりと、非常にゆっくりと、映像は暗転する。
雪が降っている。
雪が
しばらくの間絶えず
降って
いたようだ。
いま次第に強くなって行く光が
照らし出す、
数人の人影を。

かし、ピナは一九九五年という本「オペラ」の守備範囲を大きく超えて、さまざまな展開があった。わたしにとっては、「リング」の次の「オペラ」のフィギュールであった。

かれらは見ている、
原始人の映像を、
現代の役者が演じている原始人。
人影が
雪におおわれている。
映像の原始人の役者のように。
映っている映像は
ネガでプリントされている。
雪は黒く
原始人の役者は白い。
かれらはあるシーンを眺めている。
現代の映像の
ネガでプリントされたシーンを。
その映像の中でも雪が
降っている、白く
舞台上に舞い落ちている
雪は
裏側から

映像によって照らされ
黒く見える。

激しい、しかし崇高なまでにエレガントなダンスをここで記述することなどできない。だが、引用で言及されている「原始人」に関しては、ここでは、古代エジプトの食人を主題とした讃歌やアメリカ・インディアンの創世神話、アフリカの宗教儀式などが——「映像」をともなって——「引用」されていたことを指摘しておいたほうがよいかもしれない。「舞台」の空間は、ただ現在の踊る肉体のための空間ではなく、そこに古代の、暴力的ですらある、肉体の「謎」が投影されていたのだ。

しかも、それだけではなく、このバレエ作品が、「銘」として掲げていたのが、なんと！三島由紀夫の『豊饒の海』第二巻「奔馬」の一節「時の流れは、崇高なものを、なしくずしに、滑稽なものに変えてゆく。何が蝕まれるのだろう。もしそれが外側から蝕まれてゆくのだとすれば、もともと崇高は外側をおおい、滑稽が内奥の核をなしていたのだろうか。あるいは、崇高がすべてであって、ただ外側に滑稽の塵が降り積もったにすぎぬのだろうか」であった。もちろん偶然とも言えるが、偶然はまた必然、われわれの『オペラ戦後文化論Ⅰ』の最後を掠めていった三島由紀夫が、またしてもこの『II』の終わりに、しかもフランクフルト経由！で、戻ってくるというのか。だが、ここでフォーサイスによって抜き出された一節は、「崇高」と「滑稽」の相補的構造に言及しており、それこそ、じつはこの「オペラ」を通してわれわれが発見した「道化」という存在の様態そのものではなかったか、とわたしはいささかうろたえながら納得する。

　このときの公演カタログにわたし自身もテクストを寄せているのだが、（当然、「実際の舞台」を見る前に書かれたものであり、わたしはきっと「みずから事物を演出する〈知〉」としてなのか、「読めないもの」を「読もう」としたのだが）、なによりもこの「崇高」と「滑稽」の「回転扉」へと辿り着こうとした。そしてここでもまた、「インファンス」の肉体とは「人間以前の肉体」であることを語ったうえで、「（……）この人間以前の領域において、崇高な神と滑稽な動物とがあるいは一致するということ。それは、残酷な——しかし同時に、言葉にならない静かな美しさに満ちているような——決定不能の領域だ。そしてそれは、崇高な統一性を欠いているが故に、必然的に滑稽な領域だ。すなわち、崇高は滑稽を許容しないとしても、滑稽は、崇高すらもその内に含みこみ、包みこむことができるのであり、その限りにおいて、じつは、両者のあいだのシンメトリーは危うく破れているのだ」と書いていた。

　そこからわたしは、フォーサイスは「あまりにも性急に人間化されて、《伝説》ないし《物語》という形態へと統一され、固定化され、そして滑稽なまでに崇高化されてしまったバレエの神話性に、そのもっとも原初的な次元を与え返しているのではないか」と問いかける。

　つまり「肉体が神話を演じるのではなく、肉体が神話とともにある」ということ——「そこでは、空間が不連続であるばかりか、時間も統一的な流れであることをやめて、無数のさまざまな時間の不連続な共起の場処となるのである。降り続く雪／塵だけが時間ではない。われわれの肉体もまた、こうして無数の分散的な時間の統一なき集積なのだ。」

そして、――すっかり忘れているので、自分で書いたことながら、読み返して少々驚くのだが――この論の展開の収斂点としてわたしが持ち出したのが、「恐怖」であった。

わたしは書いていた、「けっしてメロディー・ラインを構成しない衝迫のリズム、けっしてまだフレーズをかたちづくらない肉体の象形文字、肉体からその実体性を奪いとってしまうようなイマジネールなコスチューム、すべては断片的であり、分散的であり、恐怖に満ちていると同時に滑稽である。いや、むしろ恐怖こそが、この滑稽を途方もなく美しいものにしているのだと言うべきか。肉体の根源には恐怖がある。けっして死への恐怖というのではない、世界への、そして肉体への忘れることができない恐怖――フォーサイスが肉体を見る眼差しの奥底には、透明な恐怖の炎が燃えてはいないか。そして、その恐怖の眼差しのもとで、滑稽もまた美しく、透明に燃え上がらないか。

《美しい滑稽》――あるいは、それだけが唯一、今日、崇高への、あるいはその絶対的な不在への逆説的なアプローチを可能にするのだろうか。それが、フォーサイスの不思議な方法論であっただろうか」と。

であるならば、この「恐怖」という「尖点」を、フォーサイス自身に直接ぶつけてみてもよかったかもしれないと、いま、そう思う。というのも、その翌年、一九九四年十月シアターX《カイ》の舞台上で、浅田彰とともに、わたしはフォーサイスと直接、話をする機会をもったからだ。「ダンスの現場から／Part3～身体と都市、現代の空間の冒険」第一夜「フォーサイスを囲んで」と名づけられたこの鼎談イベント、フォーサイスと浅田彰は旧知の友人同士であり、そこに第三者として割り込んだかたちになったわたしは、「対話」の波にうまくのれたわけではなく、フォーサイスの言葉に完全に置き去りにされたと言ってもよい。たとえば、冒頭、「フォーサイスさんがダンスについてどのようなコンセプトをもっているか？」というわたしの素朴な問いに、かれは「最初の質問が簡単なのがうれしい」とはじめて次のように続けていた。☆8

> フォーサイス――（……）しかし、ある種の豊かさには、取得とか獲得とかいうことではなく、現在ということだけが必要なのではないか。というわけで、われわれに必要だったのは、現在をもう一度考えるのに役立ちそうな分析方法、分析技術の開発に取り組み、必要ならそれを身につけること、このように言語を使って現在の脱構築と再構築を同時にやってみることで、われわれはほぼ文法以前といってよい状態のダンスに行きついたのです。そのときどきにめざしていた変化の痕跡とともに取り残されたわれわれは、時系列的な差異やデカルト的な差異を表現するのではなく、差異に向かいはしても、むしろ差異化を招いた無数の空虚の方を舞台に乗せよう、と。ここで言っておくべき有用な言葉は、ダイアクロニックな状態というものです。われわれの分析方法では、このダイアクロニックな状態は、さまざまな状態における多くの時間、あるいは一つの現在における多くの時間といった、ポリクロニックな状態のための試みになっています。（……）ダンスを見るときにはいつも、形の出現ではなく、僕は僕

☆8　この鼎談は、最初は『Inter-Communication』第14号に収録されたが、浅田彰・監修『Forsythe1999／フォーサイス 1999』、NTT出版、一九九九年、に再録されている。以下の引用はそれに基づく。引用は部分的であり、浅田さんの発言も、申し訳ないが、カットさせていただいている。

の前からの消滅を見ようとします。僕は僕の前の消滅を見たい。誰のダンスを見ていてもね（笑）。

（……）

小林――フォーサイスさんから最初にすごい答えが返ってきて、ああいうふうに言われてしまうと私はほとんどもうなにも言えなくなってしまうような気がするのです。それをもう一回、浅田さんがこちらに少し引き戻して解説してくださった。それで、もう少しフォーサイスさんの言葉に引っ掛かってみたいのですが、僕は現在ということをフォーサイスさんがずいぶん言われたところに興味があります。普通は現在と言うときに、身体というのがつねに現在を考える中心ですから、身体があってはじめてそこが現在ということになるわけですが、しかしそうすると一見古い近代的な哲学のなかに入ってしまうように見えて、全然そうならない。それを説明しようとすると多中心ということになると思うのですけど、結局、この身体が、それだけではなくて身体と空間との関係が、いままでの身体の考え方とまったく違うのではないか。身体が一つあるというのではなくて、同時にそこにいろんな時間が、過ぎた昔の時間などが入り込んでしまっているのではないか。ということは、記憶と身体の問題という、ほかのダンサーや振付家が考えなかったことを、フォーサイスさんが考えているのではないか、と思うのです。これが僕の一つ目のポイントです。それから、最後に消滅とか無にいっちゃうのは驚くべきことで、西欧文化の伝統の王道のなかから来た人がそういう消滅にポイントを置く哲学を口にされるので、僕は愕然とします。その無の感覚が、前回日本で上演された《失われた委曲》での三島由紀夫の引用に繋がると思うんですが、その無の感覚がフォーサイスさんのなかにどういうかたちで現われたのかをお聞きしたい。

フォーサイス――（……）ダンサーにとっての身体の場とは、身体の及ぶ空間のことでもあるわけですが、この空間は記憶に似たはたらきをもっています。つまり、ここがダンサーの記憶が置かれているところ、言ってみれば虚の空間です。そう、潜在的なもの、自分の立ち居のすべての歴史を人はつねに運んでいる。自分の身に生起したすべての物事は、いつ何時も自らの身体のあらゆる部分につねにたたみこまれてある。問題は、いったいどうすればそうした経験が、どんな瞬間にせよ表現できるようになるのか、ということです。空間の性質のなかでもっとも情感豊かな性質とは、僕が考えるにその透明性にある。そうするとダンスとは不可能なものを物語ることのように見えてくる。（……）もっとも複雑なダンス、あるいはマグニチュードをもったダンスとは、身体のうちに減少に向かうすべての部分を分析すること――そこに現前する身体を小さなセクションに分けていって、透明に変化した身体と関連づけて見ていくことで出てくるのではないか（……）つまり、こうして僕が動けば、それによって一瞬前と比べて一変している何かがある。

「生起したすべての出来事」をたたみこんでいるこの「身体の部分」、あるいは、それこそが、はじめから「LOSS」としてある「SMALL DETAIL」でもあったのかもしれない。その（これはこのときのフォーサイスの言葉だったが）「極端に細かなこと」を見ること、観察すること、まさに「LOSS」そのものを見届けること。そこでわたしは、話を「THE LOSS OF SMALL DETAIL」のほうになんとか引っ張ろうとして、やはりというべきか、（「恐怖」とは名指してはいないのだが）「感情」について語ろうとした。そして、そこにこそ、かれとわたしとの決定的な「差異」が露呈したのだったかもしれない。しかも応答は、思いもがけない衝撃的な発言に続いていく。

フォーサイス――（……）そして僕が舞台上の人間を見ているときに出てくる最終的な問いとは、情報がどんな形態を取っていたためにこの人が舞台に上がることになったのか、というものです。

小林――それは、振付家としてなんですか？ そうではなくて、観察者として？

フォーサイス――そう、私は観察者として見ているわけです。

小林――振付家ではない私がダンスを見ていて単純に思うのは、そこにどのような感情があるのかということで、それがいままでのダンスの見方で（……）

フォーサイス――僕は絶対にそんなことは思いません（笑）。絶対に！ 僕はともかくなにも理解しないのです。よくどんな意味だったのか人に訊かれて、驚いてしまいま

す。

小林——例えば、この前日本でやった《失われた委曲》という作品には、一般的な物語的な情感というのとは違う、非常に深い感情というものが捕らえられているように思います。幾何学的なもの、数学的なものの対極にあるような、普通われわれが動作を見るときに、すべてを見なくても、いくつかのポイントだけで知覚できる経済的な方法だと思うのです。フォーサイスさんがそういうふうに見ないというのはわかるのですが、そういう古典的なバレエの文法を作っていた感情についてどう思いますか。

フォーサイス——《失われた委曲》にはシンクロニックとダイアクロニックという二つのものがありました。ダイアクロニックなものは、願いごと、もっと言えばシャーマニズムに関するものでした。願いごとの空間には未来についての物語が現われました。具体的には妻が死んだのです。

なんということ！「感情」というアプローチを否定する文脈で、たしかに「感情」に訴えることなく言明された「妻が死んだのです」。当然、わたしは即座に受けとめることなどできず、また浅田彰は、その衝撃をかわすように、すぐに、その前にフォーサイスが「捨てるべき」と語っていた「バッハの対位法」へと話題を切り替えた。それでもわたしは、執拗に、「先ほどから不思議なのは、フォーサイスさんが歴史のなかに消えていくとか、消えていくのがダンスだとか言われている。その消えていくというのは、肉体が死と相関しているということと関係があるのかもしれません」などと語って、浅田彰から「いや、それについては、個人的な体験まで含めて、すでに話されたように思うのですが」とたしなめられたりもしたのだが、時間切れが迫って最後に、フォーサイス自身が語ったのが次の言葉であった。

フォーサイス——最後にひとこと言っておきたいのは、理解しないということです。バレエに行って僕はなにも理解しない、と前に言いました。こういう人間なので、僕は妻が亡くなったときも死についてなにも理解しませんでした。いまもですが（笑）。そのとき夢を見たのです。夢のなかである声が語るには、「紙の上の文字が自身を理解できないように、おまえも死の意味を理解することなどできない」と。われわれの作品は映画のようなほかの文化的所産に「植民」しているわけですが、例えばその映画作りに関わった人のなかで、われわれがこの別の事態において引き出しているような出来事について考えた人は、ひとりもいなかったと思います。僕の夢のメッセージはなにも目新しいものではありませんが、ただわれわれの方法が、なにか言語の性質を理解したうえでの結果であるとは言っているのでしょう。

「理解するな！」DON'T UNDERSTAND! という、これもまたダブル・バインドのような命法がここでも響き渡ったのであったか。「みずから事物を演出する」とは、まずなによりも

「けっして理解しない」ことでなければならなかったのか。

衝撃はいまでも残っている。わたしは、フォーサイスの妻がどんな人だったのか、どのように亡くなったのか、そのときもいまもなにも知らない。それは、「けっして知ってはならない」こととして封印されたままだ。

しかし、以来、「THE LOSS OF SMALL DETAIL」の舞台に降り注ぐ夥しい雪片あるいは塵片の空間を思い出そうとするたびに、そこにひとりの女の消滅の形象が、密かに、(誰にも知られずに)生起していたことを思わずにはいられない。降り続ける雪の下に隠されているひとりの女の不在あるいは死。その女は「妻」、あるいは「姉」でもあるか。というのも、この時代に、ある詩人の詩を論じて、わたしもまた、「雪」の下に「死んだ姉」の形象を透かし見る論稿を書いていたからだ。もちろん、この詩人とフォーサイスのバレエのあいだに直接的な結びつきはない。しかし、舞台の、フレームの、さらには密室、そして迷宮のなかに、降り続ける「雪」の一点において、わたしの「時代」への想像力は、二つの名のあいだに一本の線を引こうとする。

その詩人は朝吹亮二。わたしの論稿は、『現代詩文庫一〇二 朝吹亮二詩集』(一九九二年)のために書かれたもので「雪のカルナヴァル」と題されていた。☆9 朝吹亮二の『終焉と王国』、『封印せよ その額に』の二冊の詩集を論じたものであるが、それは「はじめに雪があった。いや、《はじめに》という言い方は正しくない。《はじめ》はないのだから。そしてそれ故にこそ、雪が降るのだから。どうしてか。《はじめ》と思われるところにまで遡る。《はじめ》を思う。だ

☆9 小林康夫『出来事としての文学』、講談社学術文庫、二〇〇〇年、に再録されている。

が、そこではつねに雪が降っているのだ。どれほど遠くまで遡っても、つねにもう雪が降っている。そして、降る雪がその《はじめ》をかき消してしまう」とはじめられているのだ。
そして、その雪降る夜に、透かし見るのが「死んだ姉」の形象。

夜の冷えた火災に
死んだ姉の
白い脚からひきずってゆく

という詩句を引用しながら、わたしは「《夜の冷えた火災》が雪と別のものではないことはあきらかだろう」と言って、朝吹における降る雪の下の「死んだ姉」の詩学を追究するのだが、そこでの「鍵」はやはり「こども」Infans――「いずれにせよ、雪は姉と弟をその共通の《はじまり》から隔絶する。いや、もっと正確に言えば、そこで降りしきる雪によって閉じこめられるのは、姉の軀――あるいは軀としての姉――と、逆にいつまでも軀を持つことができない《こども》としての弟である。わずかばかり先行する姉の軀に成熟によって、弟である《ぼく》はわずかに軀を奪われている。きわめてわずかな差異だが、しかしそれそのものとしては、けっして解消することのできない差異である。この差異を横切るようにしてむこうへゆくこと、つまりどこにも行き着かないゆくことをゆくこと――それがここでの詩という行為の運命であるように思われる」。

だから、この「詩という行為」が可能になるためには、――「ぼくの死んだ姉が／いちどだけ彼女の部屋に導いてくれた日だ」という詩句を引用しつつ、わたしは書いているのだが――「わたしが姉の軀を所有し、そしてそのことによってわたし自身の軀を所有する――そのような出来事がいちどだけは可能であったとしなければならなかった」。

「詩が可能になるためには、その非常の出来事が起こったのでなければならない。なぜなら詩はその不可能な出来事をこそ目指すからである。詩の可能性はその不可能な出来事のいちどだけの可能性にかかっている。その非常の祝祭にかかっている。すなわち、いちどだけは祝祭の輝きに染めあげられて雪が彩り豊かな紙吹雪として爆発する火災のような夜が、《ぼく》の記憶の忘れられたどこかに刻まれているのでなければならないのだ」。

雪のカルナヴァル。雪の祝祭。それは朝吹亮二のある詩句がはっきり示しているように「カルナヴァル／カンニバル」であった、つまり「食人」の「肉の祭り」であった。そしてその一点においても、朝吹亮二の「雪のカルナヴァル」はフォーサイスの「THE LOSS OF SMALL DETAIL」と密かに呼応していたのだ。

だとすれば、そのとき朝吹亮二の詩について書いた次の言葉を、そのままシアターXの舞台の最後にフォーサイスが語ったあの夢のなかの「紙の上の文字が自身を理解できないように、おまえも死の意味を理解することなどできない」という言葉への、先行していながら、しかしかくも遅れた「応答」として、ここに書きつけておいてもいいだろうか――「雪は、重力というこの太古の力に従って落ちてゆき、そしてわずかに沈黙を脱してすでに《つぶやき》――つまり言葉となる。そして、それを死と呼ぶのであれ、あるいは文字と言うのであれ、白い沈黙は黒い強度と化している。すなわち、奇妙なことに、雪の白さは文字の黒さであり、初めの力は、それ自体がすでに死の力そして喪なのだ。詩は初めの力だが、しかしそれはあくまでも死としての初めの力なのである」。

一九九四年、朝吹亮二は詩集『明るい箱』を刊行する。明らかにロラン・バルトの『明るい部屋』を参照したまさにフォト的詩作品の「アルバム」なのだが、そこでも「雪の祝祭」はオスティナートのように持続されていた。

だから、わたしとしては、「1994」というこの数字をマークするためだけにだとしても、「THE LOSS OF SMALL DETAIL」の最後、もはや人間のものではないような激しい「哄笑」のなかで、舞台がFADE TO WHITE、つまり「白い無の輝き」だけが残ったそのフレームのなかに、『明るい箱』の次の詩句が、はにかむ微笑のように浮かび上がってくることを想像してみたいのだ。

ヒトのような植物学者に
雪が降りつもる
記憶や記述をとどめるためだろうか
消去するためだろうか
さら、さら

祝祭の
日々
だろうか
祝祭
だろうか
日々
だろうか

（朝吹亮二『明るい箱』、「ヒトのよ」）

「理解しないこと」――それこそが「祝祭」を成り立たせるのではあるまいか？

第三場　フィナーレ

「祝祭／だろうか／日々／だろうか」――そう呟きながら、われわれは、とりあえずのこととして「1970-1995」と区切られた、「戦後文化論第二オペラ」の終幕へと辿り着く。とすれば、ここで終わる「ひとつの時代」があったということなのだろうか。いや、われわれは、幾度となく「ある世界が終わった。だが、それに替わる新しい世界がはじまったわけではない」（第三幕第一場）と語ってこなかっただろうか。そうだ、われわれは「ひとつの時代」が終わったあとの、なんにもない、しかしなぜか妙に明るい「空白」を確かめるように、時間の流れを追ってきたのではなかったか。

「祝祭／だろうか／日々／だろうか」――しかし、同時に、この「1995」という標識とともに、これにかぶさるように、もうひとつの「声」が聞えてこないわけではない。その「声」は呟く、「カタストロフィー／だろうか／日々／だろうか」と。

言うまでもなく、参照項は、この年の一月十七日早朝に関西を襲った「阪神・淡路大震災」であり、さらに三月二十日のオウム真理教による東京の「地下鉄サリン事件」である。いわゆる「バブル景気」が崩壊し、すでに経済・社会的には、いまにまで続く長いながい「失われた三〇年」へと突入していた日本の社会に、自然のなかの目に見えない地層から、そして社会の秘密の閉域から、思いもかけない、途方もない規模のカタストロフィーが涌き襲ってきた。「地下」が崩れ、崩壊し、それが、――多くの人びとの生命をふくめて――「地上」の風景、その「生活」、その「意味」を、根こそぎ破壊してしまったのだった。しかも、それは、二〇一一年三月十一日の「東日本大震災」までを含んで、いまに至るまでも続くカタストロフィーの連鎖のはじまりにすぎなかった。

ひとつの時代が終わったが、「新しい時代」がはじまったわけではないというその「余白の時代」、いや、「〈時代〉の余白」に、文化の内部からではなく、その「外部」から、もうひとつの――次のように言ってはいけないだろうか？――「不可能な時代」が重ねあわされてくる。われわれは、「二〇二〇年」という標識に示される「いま」においても、この「祝祭（カタストロフィー）」の「時代」を生きているのだ。

朝吹亮二の詩句を勝手に改竄させてもらうなら、「祝祭（カタストロフィー）／だろうか／日々／だろうか」――われわれは、以来、そう呟きつづけているのかもしれない。☆10

だが、もうひとつ、この「1995」という標識が指示する、いまもいっそう過激に進行中の巨大な変化のはじまりがある。それは、単純に文化の「外部」からとも、逆に「内部」からとも言えない、といって両義的であったり、境界的であったりするわけでもなく、むしろ徹底して一元的であるような、つまり「内」も「外」も区別なく通貫するような一元性のシステム、端的に言うなら「情報」テクノロジーによる、文化のコントロールのはじまり。言うまでもなく、マイクロソフト社によるWindows95の発売である。もちろん、それ以前にもコンピュータの技術の長い歴史がある。だが、日本の「文化」という次元で考えた場合、わたし自身の身体感覚として、このWindows95の登場が、社会・文化の全面的な「情報化」という、産業革命にも匹敵する、未曾有の「時代」転換の象徴的な出来事であったことは間違いない。水面下で進行していた技術革新が、この時点以降、もはや誰にも明らかな仕方でわれわれの文化の地平そのものを変動させ、しかもその変化がわれわれをどこに連れていくのか、いまだにはっきりとは見通せていないのだ。「情報」、それは、地震のように「自然」のものでもなく、かといって、人間が生み出すいわゆる「文化」でもない。それは、「意味」を超えた、あるいは「意味」の手前にあるような「世界」の「（非）存在」なのだが、それについての考察をここで繰り広げている余裕はない。われわれとしては、「1995」という年を、「カタストロフィー」と「情報」というもはやヒューマン的ではない二つの巨大次元が起動する「人間ではない

☆10　きっと、だからなのだろう、二〇一九年「平成」から「令和」に年号が替わる直前に『週刊読書人』から「平成の3冊を選べ」という原稿依頼が来たときに、わたしは、即刻の反応として次のように応答していたのだった――「奇妙に明るく軽く、しかしいくつものカタストロフィーが刻み込まれていないわけではない不思議な時代であったということになるだろうか。このままでは確実に〈氷河〉にぶつかるとわかっているのに、ホールでは人々がしなやかに踊っている「タイタニック」号のように。九七年のセリーヌ・ディオンのあの主題歌こそ、「平成」の主題歌でもあったか」と。
　ついでに、その後に、わたしは「わたし自身の仕事の上で『平成』に遭遇したと言えるのは、『知の技法』（東京大学出版会）だろう。自分の著作ではないし、諸

もの」の「時代」がはじまったことをマークできれば、それでいい。「祝祭（カタストロフィー／情報）／だろうか／日々／だろうか」――ヒューマン的なものが、もはやヒューマン的ではないものとはげしくぶつかる、まさに「カオス」の時代がはじまった、と戯画的に言い放っておくとしよう。

とすれば、いったいわれわれは、われわれのこの「オペラ」をどのように終わらせたらいいのか。もとより「終わり」はなく、ただなにか未曾有の「カオス」がはじまったこの「1995」に、たとえ「仮」のものだとしても、いかなる「終わり」を仮構することができるのか。だが、すでにこの第五幕に入って、同時代の文化を三人称的な距離から「上演」することをあきらめて、わたしはわたし自身が、一個の「道化」として「時代の出来事」と「対話」をしようとしたか、その蹌踉として、漂流的 erratique な歩みをトレースしているではないか。ならば、この年のわたし自身の「舞台」のひとつにスポットライトをあててみるしかないのではないか。

となれば、

（1）時間的にはじつは二年前の九三年四月であったのだが、そのズレは無視して、すでに本「オペラ」の「間狂言」のところで言及した、東京大学駒場のわたしの授業に「マリリン・モンロー」が降誕した出来事

（2）今度は一年前ということになるが、九四年六月、同じく東京大学駒場キャンパスの視聴覚ホールで、この第二幕「East Meets West」の主役のひとりでもあった三宅一生を招いて、

般の事情でたまたま（共）編集することになった『ガイド・ブック』にすぎない。驚いたことに、それがベストセラーになった（累計四六万部とか！）。本来的な仕事ではない仕事で、多少有名になった。単著も十数冊も書いているのに、そちらは読んでくれる人は皆無。この微妙な捩れ感覚に、わたしにとっての『平成』という時代が象徴されていると言ってもいい」とも書いている。この『知の技法』の刊行は一九九四年、確かに、それは、わたしの人生の転換をマークしている。

「クリエーションのダイナミクス」というタイトルの講演会＋ファッションショーを企画実行した出来事

（3）同じく九四年八月、東京五反田の東京デザインセンターで、わたしが構想したコトバを踊るというコンセプトのもとで、ダンサーの野和田恵理花が踊る「オト・コト・コトバ」という舞台

（4）あるいは、一九九五年の夏、バイロイト音楽祭を訪れて、本「オペラ」が（遠く）下敷きにしているワグナーの「ニーベルングの指輪」全作（キルヒナー演出・レヴァイン指揮）を観たその衝撃

（5）あるいは、前場の延長線の上に、一九九五年六月パリ・シャトレ座におけるフォーサイスの舞台「Eidos, Telos」、「Firstext」、「Invisible Film」、「Of Any If And」を観た出来事[☆11]などから、どれかひとつを選び出してみるべきなのかもしれない。

とりわけ、このフォーサイスの舞台については、第五幕のある種の「まとめ」として、わたしが書いた批評的テクストから、最後の部分を引用しておかなければならないと感じられる――「フランクフルト・バレー団の今年のパリ公演のすべてのプログラムを貫いてもっとも印象的だったのは、その舞台のどこまでも青白い、非人間的なまでにモノトーンの照明（それはフォーサイス自身の手になるものだ）の効果だった。その空間のなかを、いくつもの色が、肢体が、響きが激しく横切って行き、そして静かに消えていった。装置も仕掛けも音楽もそれぞれにまったく違う作品のどれもが、しかしその空間の重さに関しては、同じような剝き出し

☆11　ここにあげた出来事については、拙著『大学は緑の眼をもつ』、未来社、一九九七年、にそれぞれに関するテクストが収録されている。次に引用するフォーサイスに関するテクストは、当初『ダンスマガジン』九五年十月号に掲載されたものである。

の、そして底なしの無を呈示していた。まるでなにかの、いや、身体の消滅そのものが空間化されたかのような青白い深淵のなかに、ダンサーたちの身体とともに、われわれの眼差しはただ落ち込むように溶けいっていく。そしてそこでその記憶の空間の一部と化したとわれわれには思われた」。

消滅。

そして、こうなれば、この文章には、どうしてももうひとつ、同じ一九九五年にわたしが書いた別の文章が接木されなければならないだろう。

「祝祭——そう、北の国では、夏はもうそれだけで祝祭なのだ。光が舞い、音楽が立ち昇る。そして、非情の明るい官能のなかですべてが異様にくっきりとした輪郭を描く。サン・ミッシェル大通りの歩道にうずくまって物乞いをする失業者たちも、シャトレ劇場のフランクフルト・バレー団の公演のチケットをもとめて正面階段に力なく坐りこんで開場を待っている明らかにエイズ発症の兆候を呈した年齢不詳の痩せ細った男も(特別の割引があるのだ)、その向かいのカフェ・サラ・ベルナールの窓際で立てつづけに煙草を吸いながらトーマス・マンを読んでいる若い女も、その横で夢中になってキスをしている一組の男女も、誰もがまるで劇場のライトに照らし出されたかのように、この街の明るい石灰岩の舞台の上にみずからの生の強度を刻みこんでいる。祝祭とは、日常の生を忘れさせるものではなく、日常の衰弱した反復のなかで見失われてしまった生の本来的な強度を与え返してくれるものでなければならない。なんという強度。なんという残酷な強度。閃光のように。激しければ激しいほど、強度のきらめきは一瞬のうちに消え去るのだ。

その消滅を惜しむ。はかないものの美しさを成り立たせているのは、われわれのその惜しむ能力だ。消滅したものを惜しみ、そしてその無を確保しようとするわれわれの心の古代的な力。時間すら無化してしまうわれわれの狂気のような力。「さよなら、あまりにも短かったわたしたちの夏」とある詩人はうたった。そのように、われわれは惜しむ。あまりにも短かったわたしたちの夏、夢見るその肉体、その生の輝きを。その垂直な光を。その運命の切っ先を。☆12」

こうして、この夏、わたしはパリにいた。文部科学省の在外研究員の資格を得て、一九九五年四月から一年間――「カタストロフィー」の余波が襲い続けている日本列島をあとにして――パリに住んだ。それは、わたしの生にとって「中間休止」（ヘルダーリン）とも呼ぶべき「隙間」であった。

そうか、ここではじめてわたし自身、納得するのだが、本「オペラ」が、劇的なクライマックスの「終り」をもつことなく、ただ断ち切れたように終わらなければならない理由の一端は、この私的な、あまりにも私的な動きにもあったのかもしれない。わたしの日本戦後文化論」は、ここで日本列島を離れて、パリへと逃走する。いや、あえて事後的に理屈をつけるなら、これこそ、この第二オペラを通じて、わたしが強調してきた日本から「外へ」の運動に、ようやくわたし自身が追いついたということでもあるのだ。

☆12 「パリの夏――はかなきものについてのスケッチ」、雑誌「ＩＳ」第69号、（ポーラ文化研究所）、一九九五年。小林康夫『思考の天球』、水声社、一九九八年、に収録されている。

であるならば、――たとえ時間的な整合性だけからにしても――「オペラ日本戦後文化論」の最終『舞台』として、この年の十月、パリの小さなアトリエで、わたしが「上演」したささやかなパフォーマンスを思い出すことをみずからにゆるしてもいいだろうか。

すなわち、

(6) 一九九五年十月、パリの画家・黒田アキのアトリエで、わたしが書いたフランス語のテクストをもとに、パフォーマーの高橋幸世が、アリアドネーを踊った出来事。

この年のパリ、わたしは黒田アキに出会った。空間のなかに空白の「穴」が空いたような「カリアチード」のフィギュール、ブルーをはじめとする色彩、そしてどこまでも無限に続く「糸」のような「線」――かれの絵画の基本をなすものに共振して、わたしもまた「詩人」となったと言おうか。サン・ジェルマン・デ・プレのカフェ「フロール」で毎日のように会って珈琲を飲みながら二人がかわしたお喋りが出発点になって、――「ベンヤミンにも通じるカリアチードのフィギュールやシュールレアリスムの雑誌『ミノトール』、さらにはスポンジ宇宙論の理論などさまざまな糸が絡み合っていて、その多次元的な相互浸透を通してひとつの火花が発したと言うべきか」――ギリシア神話の迷宮のミノタウロスとアリアドネーを源泉にした詩的テクストをわたしが書いた。そしてそれを元に、「耳のうつろに闇は深く」というパスカル・キニャールの言葉(仏語)をアレンジした黒田アキのタブローの前で、パフォーマーの高橋幸世が、「アトリエのアリアドネー（エスキス）」と題した数十分のパフォーマンスを踊ったのだった。

この迷宮の奥底には怪物がひとりいる。生きている？　死んでいる？　どうでもいいの。過去というものはいつでもここに残っているのだからね。かれが殺したの。殺したはずなの。でも、ほんとうなの？　かれはいない。ここにはいない。あるのは海だけ。霧だけ。それしか聞えない。耳を澄ますわ。耳を開くわ。わたしはいつも耳をすませている。なにも聞えない。誰もいない。海の音だけ。☆13

あたり一面、「霧」だけ。フレームのなかは「霧だ！」それは、GRAY だ！　FORGET ANY GRAY、いや、FORGET ANY NON-GRAY。「霧だ」。「ここ海底であろうか、古代の／霧」。ここパリ、ダゲール街。それならば、「明るい部屋」？　それともブラック・ボックス？　ここパリ、パリ不吉。ダゲール街不吉。そのどこまでも GRAY の「霧」の下のほうから、かすかな音が聞えてくるような気がする。

いや、待って。なにか聞える。なにか。なにか吼えるような音。地の底から。大地に耳をつけてわたしは聞く……海の叫びを通して……その吼える声を。それは吼え、唸っている。地の深さのなかを彷徨いながら。その方へとかれは降りて行ったのでし

☆13　このアリアドネーに関するパフォーマンスについては、前掲の『大学は緑の眼をもつ』の所収の「誰でもないものの耳」を参照のこと。これは、翌一九九六年八月に雑誌『ちくま』三〇五号に発表したテクストである。なお、ここで引用されているわたし自身の詩的テクストは、その後、黒田アキのスケッチとともにプリントされた版画ヴァージョンがある。また、それとは別に、その数年後だったたか、わたしの詩句四行を組みこんだ、カリアチードをモチーフとする、黒田アキの「プラカール」と呼ばれる限定三〇点のプリント作品も制作された。わたしのその詩句は、

L'ECLAIR DE TA PLUS BELLE FUREUR
DECHIRE LA NUIT
CRIE LE NOM DE LA DEESSE,
SURGIRA ALOR LA FLEUR.

た。剣を片手に。糸を曳いて。戻ってくる？　倒すことができる？　そう、そのはずです。この糸のおかげで。わたしがその端を握っているこの糸の。ほら、糸が引っ張られ、ほら、また撓む。そして、ほらまた思いっきり引っ張られて、ほとんど切れそうになる。ああ、切れたら、すべては失われる。でも、切れない。また、撓むわ。けれども、遠くから、恐ろしい咆哮が聞えてくるの。戻ってくる？　できる？　それともこの地底で永久に失われてしまう？　胸を締めつけられるような不安！　わたしは耳を澄ます。海の音。唸り声。ソレの音。

と書かれている（おまえのもっとも美しい激怒の閃光が／夜を引き裂く／女叫べ、女神の名を／そうすれば、現われ出るだろう、美しい花が）。

一面GRAYのなかに、「純白の糸」が一本「垂直に走っている」。地下の「迷宮」へとのびている一本の糸。その糸の端を手にしているのがアリアドネー。「なにものかの帰還にほかならないなにものかの到来を待ち続ける身体」。そしてまた、「みずからの内の迷宮——ニーチェ言うところの〈小さな耳〉——と大地の奥底に拡がる怪物を擁したもうひとつの、限りなき迷宮という大小二つの迷宮のあいだでいたずらに待ち続けるもの、その待機の強度を一本の糸のように張りめぐらせているもの、そしてそれをディオニュソスの酩酊的な錯乱へと持ちきたらすもの」。

空間が「迷宮」となる。それは「記憶」という「迷宮」。空間のあちこちに「穴」があき、いや、「フレーム」があき、いや、「部屋」があき……そのなかには、「わたしの夫」であった「イカ」がひとつ横たわっているのか、あるいは、ただただ清潔で、完璧な「キッチン」があるだけなのか、いずれにしても、「消滅」したはずの存在が「耳のうつろの深い闇」のなかで、咆哮をあげ、彷徨しているのだ。

（そしてわたしもまた耳のなかへと降りていく。この迷宮のなかへと。糸を手繰り、声を尋ねて。かれの方へ。ソレの方へ。怪物の方へ。殺すため。憎むため。愛するため――「わたしはおまえの迷宮なのだ」）。迷宮へのうつろな入口。そこへと伸びている一本の糸。わたしはその端を握っている。かれは戻ってくる？　わたしがこの端を放してしまえば、この糸を切ってしまえば、もう戻ってはこれない。出発できない。もうわたしを捨てられない。そして、かれはこの迷宮の夜のなかに閉じ込められて、ずっとここに留まる。永久に呑みこまれたままで。そして、かれもまた怪物のようになる。ミノタウロスとなって、いつまでもいる。怪物はもう二度とわたしから離れられないのよ、ミノタウロス！

奇妙なテクストだ。ここではテセウスがミノタウロスになり、「迷宮」の外にいたはずのアリアドネーもいつしかミノタウロスになる。だが、ミノタウロスの姿をわれわれはけっして目にすることはない。その現前は、瞬間ごとに、限りなく遅れている。「遅れ」こそが「迷宮」をつくりあげている。このダゲール街のアリアドネーのパフォーマンスについて語ったテクストのなかで、わたしは、ジャック・デリダの『声と現象』からの一節を引用しているのだが、そこには、「とすれば、残されているのは、現前の欠けた輝きを追補するために話すこと、つまり回廊のなかに声を響かせることである。音素（フォネーム）、聴素（アクメーヌ）とは、迷宮の現象なのだ」と書かれていた。

とすれば、当然ながら、「迷宮」のなかをのびている「一本の糸」とは、「声」という「みずからへのイデアルな究極的な近さ」がはてしなく遅れ、折れ曲がり、迷宮的にさまよい続けていく「エクリチュール」でもあることは明らかだ。そう断言しつつ、わたしは最後の問いを自分に投げかける。

「だが、それにしてもこの耳は誰の耳か？」と。そう問うて、わたしは次のように続けていた――「地底の底へと開かれたアリアドネーの耳、その小さな、繊細な耳？　だが、こうしてあらゆる根源の以前にある回路、出生と死、つまりはじまりと終りすらもが、その効果のひとつにすぎないようなこの回路がいったい誰かのものであるだろうか。そう、それは誰でもないものだ。それは誰でもないものの耳だ、ちょうどパウル・ツェラーンが〈ひとつの無〉について書いて、いや、歌っていたように」と。

ツェランは歌っていた、「ひとつの無／だった　ぼくたちは、である、でありつづける／だろう、咲き誇りながら――／あの無の――、あの／誰でもないものの薔薇」と（中村朝子訳）。まさにこの「第二オペラ」がはじまる一九七〇年の春にセーヌに身を投げて、この地上から消滅していったルーマニアの詩人の詩句が一九九五年パリ・ダゲール街の一夜のパフォーマンスに重ねあわされる。

薔薇
だろうか
耳
だろうか
迷宮
だろうか
それとも赤い靴
だろうか

「その夜、パリのダゲール街のアトリエで、高橋幸世はただひとり、ミノタウロスとなり、テセウスとなり、ついにはディオニュソスとなったアリアドネーであった。古代ギリシア学が伝える伝説のひとつによれば、アリアドネーは最後にはみずから木の枝にかかって縊死するのだが、そのことをまったく知らずして彼女はアトリエの天井からみずからを吊り下げた。すると、その身体のすみずみから無数の時間の粒子のような白い砂が、なにやら迷宮のような模様を描きながら果てしなく零れ、降り続けたのである。そしてすべてが終わったとき、天井のちょうどその場所に、真っ赤な靴が一個鮮やかに取り残されていた。そしてそれは、咲き誇った一輪の真紅の薔薇＝耳の紋章と見えたのである。」

雪のように降り続ける白い砂。そしてわれわれが目にするのは一個の赤い靴――それは、時代の「中間休止」の「無」に咲き出たFUROR SANCTUSの「花」でもあったろうか。突然に、すべての照明が落ちて暗転。静かに幕が降りる。

＊

あえて本稿の最後の部分が書き終えられた日付を記しておくなら、二〇二〇年一月十七日、「阪神・淡路大震災」から四半世紀の日であった。

季刊誌『未来』二〇一六年春号から二〇二〇年冬号まで一六回にわたって連載した「星形の庭の明るい夢（1970-1995）」に、未発表の第五幕第二場・第三場の原稿を加えて、二〇一六年に上梓した『オペラ戦後文化論Ⅰ　肉体の暗き運命 1945-1970』に続く「オペラ戦後文化論Ⅱ」として一冊にまとめたものである。

本文中でも何度か言及しているが、このエクリチュールは、三人称の視点からの「文化論」ではなく、あくまでも著者であるわたしが、自分が生きた「日本戦後文化」を「内部観測」的に記述するというものであり、それゆえに、随所でわたし自身の過去のテクストの引用・言及もあり、また、執筆中にわたし自身に起こった関連する出来事も随時、織り込んでいたりする。すなわち、強いて言うなら、一九七〇年から一九九五年という、ある種の「喪失」を抱え込んだ日本文化の一「季節」において、どのようにわたし自身が——「成熟」という言葉がふさわしくないとすれば——「未熟」していったのか、を振り返ろうとした試行錯誤のエクリチュールである。

このエクリチュールが発動するために、わたしにはある種の指示記号が必要で、それが「星形の明るい庭」という言葉だった。「オペラ」の五幕構成が、五芒星の五つの尖点に対応し、その「内庭」に、わたしもそのなかの一羽であるのだが、何羽かの鳥が降り立つというイメージが、執筆中、離れることはなかった。だから、わが「オペラ」としては「星形の明るい庭」という題は取り下げることができない。

しかし、編集者の西谷能英氏からの強い要請によって、書物全体のタイトルは、それとは別に、『日常非常、迷宮の時代』とさせていただくことにした。

本文中にも述べているが、いま、われわれの時代は、ワグナーの「リング」に言寄せて言うなら、まさに「人間の黄昏」の時代。実際、いまこの瞬間にも、新型コロナ・ウィルスの猛威が世界じゅうに荒れ狂っている。こうしたカオスのなかでは、もはや「理性・非理性」、「聖・俗」、「生・死」など異なる次元のあいだで限りなくPlayしようとする、「美しい滑稽」あるいは「聖なる激怒」である「道化」などは、あっというまに見捨てられてしまうさだめかもしれない。まさに「Dead End」である。この「黄昏」のあとにどんな恐ろしい「夜」がまっているのか、戦慄とともにそう思わないわけにはいかない。

この困難な時代に、「日常非常」を花開かすことができた、遠いなつかしい時代を振り返るこのような本を刊行してくださる、未來社社長・西谷能英氏の長年にわたる友情に、深い感謝を申し上げる。

二〇二〇年三月三十一日　　小林　康夫

■著者略歴
小林康夫（こばやし・やすお）
1950年東京生まれ
東京大学名誉教授。現代哲学、表象文化論。

・単著
『若い人のための10冊の本』（筑摩書店、2019年）
『絵画の冒険』（東京大学出版会、2016年）
『君自身の哲学へ』（大和書房、2015年）
『こころのアポリア』（羽鳥書店、2013年）
『存在のカタストロフィー』（未來社、2012年）
『歴史のディコンストラクション』（未來社、2010年）
『知のオデュッセイア』（東京大学出版会、2009年）
『Le Cœur/La Mort』（UTCP、2007年）
『表象の光学』（未來社、2003年）
『青の美術史』（平凡社文庫、2003年）
『増補・出来事としての文学』（講談社学術文庫、2000年）
『思考の天球』（水声社、1998年）
『建築のポエティクス』（彰文社、1997年）
『創造者たち』（講談社、1997年）
『大学は緑の眼をもつ』（未來社、1997年）
『身体と空間』（筑摩書房、1995年）
『光のオペラ』（筑摩書房、1994年）
『起源と根源』（未來社、1991年）
『無の透視法』（書肆風の薔薇、1988年）
『不可能なものへの権利』（書肆風の薔薇、1988年）

・共著／編著／翻訳など多数
『日本を解き放つ』（共著、東京大学出版会、2019年）
『21世紀における芸術の役割』（未來社、2006年）
『いま、哲学とはなにか』（未來社、2006年）
『声と身体の場所（21世紀文学の創造）』（岩波書店、2002年）
『表象のディスクール』全6巻（東京大学出版会、2000年）
『知のモラル』（東京大学出版会、1996年）
『知の論理』（東京大学出版会、1995年）
『知の技法』（東京大学出版会、1994年）
ジャック・デリダ『名を救う』（共訳、未來社、2005年）
ジャック・デリダ『シボレート』（共訳、岩波書店、2000年）
マルグリット・デュラス『緑の眼』（河出書房新社、1998年）
ジャン＝フランソワ・リオタール『ポスト・モダンの条件』（水声社、1986年）

【ポイエーシス叢書73】
日常非常、迷宮の時代 1970-1995　オペラ戦後文化論II
二〇二〇年五月十一日　初版第一刷発行

定価……本体二八〇〇円＋税
著者……小林康夫
発行所……株式会社　未來社
東京都世田谷区船橋一—一八—九
振替〇〇一七〇—三—八七三八五
電話（03）6432–6281
http://www.miraisha.co.jp/
info@miraisha.co.jp
発行者……西谷能英
印刷・製本……萩原印刷
ISBN978-4-624-93283-1 C0310

ポイエーシス叢書

（消費税別）

1 起源と根源　カフカ・ベンヤミン・ハイデガー　小林康夫著　二八〇〇円
2 未完のポリフォニー　バフチンとロシア・アヴァンギャルド　桑野隆著　二八〇〇円
5 知識人の裏切り　ジュリアン・バンダ著／宇京賴三訳　三二〇〇円
6「意味」の地平へ　レヴィ＝ストロース、柳田国男、デュルケーム　川田稔著　一八〇〇円
7 巨人の肩の上で　法の社会理論と現代　河上倫逸著　二八〇〇円
9 タブローの解体　ゲーテ「親和力」を読む　水田恭平著　二五〇〇円
10 余分な人間　『収容所群島』をめぐる考察　クロード・ルフォール著／宇京賴三訳　二八〇〇円
11 本来性という隠語　ドイツ的なイデオロギーについて　テオドール・W・アドルノ著／笠原賢介訳　二五〇〇円
12 他者と共同体　湯浅博雄著　三五〇〇円
16 ニュー・クリティシズム以後の批評理論（上）　フランク・レントリッキア著／村山淳彦・福士久夫訳　四八〇〇円
17 ニュー・クリティシズム以後の批評理論（下）　フランク・レントリッキア著／村山淳彦・福士久夫訳　三八〇〇円
18 フィギュール　ジェラール・ジュネット著／平岡篤頼・松崎芳隆訳　三八〇〇円
21 スーパーセルフ　知られざる内なる力　イアン・ウィルソン著／池上良正・池上冨美子訳　二八〇〇円
22 歴史家と母たち　カルロ・ギンズブルグ論　上村忠男著　二八〇〇円

23アウシュヴィッツと表象の限界　ソール・フリードランダー編／上村忠男・小沢弘明・岩崎稔訳　三二〇〇円
25地上に尺度はあるか　非形而上学的倫理の根本諸規定　ウェルナー・マルクス著／上妻精・米田美智子訳　三八〇〇円
26ガーダマーとの対話　解釈学・美学・実践哲学　ハンス＝ゲオルク・ガーダマー著／カルステン・ドゥット編／巻田悦郎訳　二二〇〇円
27インファンス読解　ジャン＝フランソワ・リオタール著／小林康夫・竹森佳史ほか訳　二五〇〇円
28身体　光と闇　石光泰夫著　三五〇〇円
29マルティン・ハイデガー　伝記への途上で　フーゴ・オット著／北川東子・藤澤賢一郎・忽那敬三訳　五八〇〇円
30よりよき世界を求めて　カール・R・ポパー著／小河原誠・蔭山泰之訳　三八〇〇円
31ガーダマー自伝　哲学修業時代　ハンス＝ゲオルク・ガーダマー著／中村志朗訳　三五〇〇円
32虚構の音楽　ワーグナーのフィギュール　フィリップ・ラクー＝ラバルト著／谷口博史訳　三五〇〇円
33ヘテロトピアの思考　上村忠男著　二八〇〇円
34夢と幻惑　ドイツ史とナチズムのドラマ　フリッツ・スターン著／檜山雅人訳　三八〇〇円
35反復論序説　湯浅博雄著　二八〇〇円
36経験としての詩　ツェラン・ヘルダーリン・ハイデガー　フィリップ・ラクー＝ラバルト著／谷口博史訳　三五〇〇円
39フレームワークの神話　科学と合理性の擁護　カール・R・ポパー著／M・A・ナッターノ編／ポパー哲学研究会訳　三八〇〇円
40グローバリゼーションのなかのアジア　カルチュラル・スタディーズの現在　伊豫谷登士翁・酒井直樹・テッサ・モリス＝スズキ編　二五〇〇円

42イメージのなかのヒトラー　アルヴィン・H・ローゼンフェルド著／金井和子訳　二四〇〇円
43自由の経験　ジャン＝リュック・ナンシー著／澤田直訳　三五〇〇円
44批判的合理主義の思想　蔭山泰之著　二八〇〇円
45滞留［付／モーリス・ブランショ「私の死の瞬間」］　ジャック・デリダ著／湯浅博雄監訳　二〇〇〇円
46パッション　ジャック・デリダ著／湯浅博雄訳　一八〇〇円
47デリダと肯定の思考　カトリーヌ・マラブー編／高橋哲哉・増田一夫・高桑和巳監訳　四八〇〇円
48接触と領有　ラテンアメリカにおける言説の政治　林みどり著　二四〇〇円
49超越と横断　言説のヘテロトピアへ　上村忠男著　二八〇〇円
50移動の時代　旅からディアスポラへ　カレン・カプラン著／村山淳彦訳　三五〇〇円
51メタフラシス　ヘルダーリンの演劇　フィリップ・ラクー＝ラバルト著／高橋透・高橋はるみ訳　一八〇〇円
52コーラ　プラトンの場　ジャック・デリダ著／守中高明訳　一八〇〇円
53名前を救う　否定神学をめぐる複数の声　ジャック・デリダ著／小林康夫・西山雄二訳　一八〇〇円
54エコノミメーシス　ジャック・デリダ著／湯浅博雄・小森謙一郎訳　二二〇〇円
55私に触れるな　ノリ・メ・タンゲレ　ジャン＝リュック・ナンシー著／荻野厚志訳　二〇〇〇円
56無調のアンサンブル　上村忠男著　二八〇〇円
57メタ構想力　ヴィーコ・マルクス・アーレント　木前利秋著　二八〇〇円
58応答する呼びかけ　言葉の文学的次元から他者関係の次元へ　湯浅博雄著　二八〇〇円
59自由であることの苦しみ　ヘーゲル『法哲学』の再生

60 翻訳のポイエーシス　他者の詩学　湯浅博雄著　二二〇〇円
61 理性の行方　ハーバーマスと批判理論　木前利秋著　三八〇〇円
62 哲学を回避するアメリカ知識人　コーネル・ウェスト著／村山淳彦・堀智弘・権田建二訳　五八〇〇円
63 赦すこと　赦し得ぬものと時効にかかり得ぬもの　ジャック・デリダ著／守中高明訳　一八〇〇円
64 人間という仕事　フッサール、ブロック、オーウェルの抵抗のモラル　ホルヘ・センプルン著／小林康夫・大池惣太郎訳　一八〇〇円
65 ピエタ　ボードレール　ミシェル・ドゥギー著／鈴木和彦訳　二二〇〇円
66 オペラ戦後文化論1　肉体の暗き運命 1945-1970　小林康夫著　二二〇〇円
67 反原子力の自然哲学　佐々木力著　三八〇〇円
68 信と知　たんなる理性の限界における「宗教」の二源泉　ジャック・デリダ著／湯浅博雄・大西雅一郎訳　一八〇〇円
69 最後のユダヤ人　ジャック・デリダ著／渡名喜庸哲訳　一八〇〇円
70 嘘の歴史　序説　ジャック・デリダ著／西山雄二訳　一八〇〇円
71 沖縄思想のラディックス　仲宗根勇・仲里効編　二二〇〇円
72 ヘテロトピアからのまなざし　上村忠男著　四八〇〇円
73 日常非常、迷宮の時代　オペラ戦後文化論II　小林康夫著　二八〇〇円

本書の関連書

表象の光学　小林康夫著　二八〇〇円
大学は緑の眼をもつ　小林康夫著　一七〇〇円
ミケル・バルセロの世界　形という生命／物質と暴力　小林康夫著　二八〇〇円
歴史のディコンストラクション　共生の希望へ向かって　小林康夫著　二四〇〇円
存在のカタストロフィー　〈空虚を断じて譲らない〉ために　小林康夫著　二八〇〇円
いま、哲学とはなにか　小林康夫編　二四〇〇円
文学の言語行為論　小林康夫・石光泰夫編　二〇〇〇円
美術史の7つの顔　小林康夫編　二六〇〇円
21世紀における芸術の役割　小林康夫編　二八〇〇円